二嫁的燦爛人生 1

風文創 993

李橙橙 著

目錄

序文

李橙橙

「山重水複疑無路，柳暗花明又一村」。身陷逆境，永不言棄，遇到困難，換個思路設法解決，會是另一番天地，這是我的人生信條。

我待在一間很小的公司，人少事也少，沒有競爭，與同事相處融洽，和老闆的關係也挺好，沒有嚴格的上下級之分，像朋友。在這樣的環境中工作，身心愉悅。

我算公司元老，公司設立時就進來了，老闆曾許諾，我是管理者。

後來，來了一個同事，是老闆的老婆。

老闆娘剛進來時，老闆說她只是新員工，不參與公司管理。天真的我們信以為真，但之後發生了一些小磨擦，比如懷疑我們故意藏她的資料，要在辦公室裡裝攝影機；懷疑我私底下兼差，這是同事臨辭職時告訴我的。還有幾次諸如此類的事情，讓人傷心又失望，我才清楚意識到，老闆和員工的關係不可能是朋友。

新來的同事變成了老油條，野心逐漸暴露，開始爭奪我手中的權力和業務。公司是人家的，沒有直接的利益衝突，我便把手中事務都轉給她，接替其他同事的工作。

她的處事方法與我截然相反，發生問題，我會想辦法解決，一條路走不通，就拐彎走另一條；她是先發脾氣，再埋怨別人，最後留下爛攤子，還得由我們收拾。她從不反省自己，工作不順，家庭一團糟，把自己的老公貶得一無是處，甚至比喻成畜生，想想都覺得可笑。

話題扯遠了，其實我想說的是，生活需要經營，婚姻更需要，一條路走不通，可以換條路走，或許就是不一樣的人生。如本書中的女主角沈玉蓉，嫁給一個紈袴，第一次她直接結束自己的生命，煙消雲散，什麼也沒有了。她走進死胡同，誰都沒辦法拉她回來。

第二次，她選擇面對，解決困難，最後贏得大家的尊重，同時也讓三個男人傾心於她。勇敢自信的女人，總散發著不一樣的魅力。

我也挺欣賞文中的男主角謝衍之，專情隱忍，有勇有謀。起初沈玉蓉不能生，他也頂住壓力，不讓她受委屈，這才是一個男人該做的事。

總之，故事情節還算可以，我自己也挺滿意，卻沒想到能出版。因為某些原因，連載期間沒有上榜，成績不好，當時以為這本書就這樣了，沒想到竟接到出版通知，真的非常感謝網站編輯及出版社編輯能給我這個機會。

此書獻給喜歡它的人。

也願大家在逆境中成長，像文中的女主角一樣，勇敢面對人生，散發自己的光采，取得應有的成就。

第一章

初春時節，天氣開始變暖，剛下過一場雨。

大齊京郊外的一個莊子上，白日辦了喜事，不說多熱鬧，卻也人來人往。

入了夜，人聲鳥鳴都匿跡，靜悄悄的。正房堂屋內搖曳著一盞燭光，顯得格外寂靜。

有個人跪在地上，看背影是男子，著紅綢衣衫，背脊挺直，望著面前的婦人，目光堅定。

「娘，孩兒不想渾渾噩噩過日子了，想去邊關闖蕩一番，還望娘答應。」

謝夫人坐在上首，身穿半新不舊的寶藍色衣衫，一根銀簪將花白頭髮盤起，再不見其他頭飾，可見日子過得並不富裕。

她凝視跪在地上的長子，半晌後才道：「衍之，我不准你去。就算你去了，他們也不許你出頭，只是平白送了性命。」語氣中帶著惋惜，還夾雜著恨意。

謝衍之聽了這話，不由疑惑，起身坐到婦人對面。「娘，這是為何？隱忍多年，我不想再忍了！」到底是誰要欺壓他們家？

他是武安侯嫡長子，根骨極佳，是習武奇才，也喜歡練武，可父母偏不許他學。

他百般懇求，父母仍不答應，若非那次遇險，父親不會找武師傅教他，卻要他保證，不可在人前展露功夫。

他也喜歡讀書，頗有天分，但每每顯露才氣時，父母總憂心忡忡。忽有一日，父親把他叫進書房，千叮嚀萬囑咐，讀書習武之事不可告訴旁人，在外要不顯山不露水，假裝資質平庸。

他不明白，問父親為何？

父親說，為了保命。武安侯府的人可以平庸一輩子，卻不可太過出頭，否則性命不保。

但父親終日鬥雞遛狗，為紅顏知己一擲千金，去賭坊大散家財，十足紈袴，不也早早沒了性命？

隱忍無用，那就反擊。

無論是誰想害謝家，謝衍之都不允許。

謝夫人怔怔地看著兒子，目光呆滯，好似透過他看其他人，半晌後悠悠道：「衍兒，你長大了，你一向有主意，我也做不了你的主，想做什麼，便去做吧。有苦有淚時，想想家裡，我們都在等你。我不求你建功立業，只要平安回來。」說到此處，已淚流不止。

謝衍之紅了眼眶，聽見母親允了，上前替她擦眼淚。「孩兒知道，定給娘親和玉蓉掙個誥命回來。」

聽見兒子喊兒媳的小名，謝夫人破涕為笑。「早些回房，別讓玉蓉久等了。」

謝衍之面露遲疑，欲言又止。「娘，孩兒等會兒就走。那些人不許孩兒出頭，孩兒便隱姓埋名，憑著孩兒的功夫，定能在軍中混出名堂來。」

謝夫人想了想，覺得不妥，急切道：「那玉蓉怎麼辦？她今日剛過門，你連夜離開，讓別人怎麼看她？咳咳咳……」興許是氣壞了，竟咳嗽起來。

謝衍之忙倒一杯水，送到謝夫人面前。「娘，您喝水。」手伸到背後，替她順氣。

謝夫人喝水，順了口氣。「要走，也得圓了房再走。咱們侯府落魄至此，玉蓉還願意嫁進來，是咱們虧待人家，你不可再欺負她。」

二十年前，武安侯府是一等侯爵世家，子弟尚公主都可以，如今卻落魄到娶五品小官的女兒。但謝夫人不看重門第，只要兒媳知禮孝順，與兒子琴瑟和鳴便好。

「娘，此去生死未可知，玉蓉是個好姑娘，於我有救命之恩，還請娘多多照看一二。若有命回來，我們再圓房也不遲。」謝衍之扯動唇角，露出一抹苦澀的笑。

前途未卜，何必耽誤人家？若他不能歸來，她可以再嫁。清白之身，也能得夫君尊重。

知子莫若母，謝夫人只消一眼，便看出謝衍之的心思。「既然把玉蓉放在心上，就活著回來。如果她再嫁，進了狼窩，受盡冷待屈辱，你是好心辦壞事，虧不虧心？」

謝衍之臉頰一紅，從懷裡掏出一張銀票塞給謝夫人，告退出來。

他走到院中，徘徊幾步，最後邁開步子，朝院子東邊的棲霞苑走去。

棲霞苑正房西屋內，沈玉蓉坐在床邊，頭上頂著紅蓋頭，一臉莫名其妙。

她這是在哪裡？剛才不是還與母親在地府喝茶嗎?!

前世，她嫁給謝衍之不堪受辱，找根繩子吊死了，魂歸地府遇見早逝的母親。母親成了地府的工作人員，帶著她見識許多幾千年後的新鮮東西，還囑咐她好好活著。

難道，她投胎轉世了？

沈玉蓉想掀開蓋頭，看看身處的地方，門卻吱呀一聲開了，遂趕緊坐好，想聽聽來人說什麼，好做應對之策。

有人朝她走來，目測身高有一百八十多公分，身姿挺拔。隔著蓋頭，影影綽綽，看不清他的臉。

謝衍之緩緩走至床邊，環顧四周。

屋內一片喜氣，窗前床頭掛著紅綢，八仙桌上的紅燭高燒，旁邊放著合巹酒，等著新人共飲。

沈玉蓉端正坐著，一言不發，心道這人倒是說句話啊，好讓她知道現在是什麼情況。要不是去了趟地府，她絕不會如此淡定。

看著這一切，謝衍之的目光閃過痛楚，從懷裡掏出一塊扇形玉珮，塞到沈玉蓉手中。「這個妳拿著，誰讓妳受委屈，儘管去找娘，她會替妳做主。」話音未了，轉身離開，腳步沒有一絲留戀。

他不敢多留，怕再也捨不得離開。

等謝衍之離開，沈玉蓉將玉珮塞到枕頭下，掀開蓋頭，環視周圍。

她果真成親了！這裡看著像古代，剛才的男人是新郎嗎？

沈玉蓉在屋內轉了幾圈，越發覺得眼前的情景有些熟悉，卻又想不起在哪裡見過。

這時，有個丫鬟進來了，手裡端著托盤，見沈玉蓉掀起蓋頭，忙道：「姑娘，您怎麼把蓋頭揭了，應該等姑爺掀的，快蓋上。」走過來把托盤放好，扶著沈玉蓉坐回床上。

沈玉蓉打量著眼前的小丫鬟，越看越眼熟，不由喊出聲。「梅、梅香？」是她前世的丫鬟，難道她重生了？這也太玄幻了！

沈玉蓉的眼神太過陌生，讓梅香有些不喜，拿起蓋頭幫沈玉蓉蓋上。「姑娘，您怎麼了，怎麼連梅香都不記得了？」

「我、我有些睏倦，不太清醒。對了，梅紅呢？」沈玉蓉忙岔開話頭。

提起梅紅，梅香就一肚子氣，嘮叨唸道：「誰知那小蹄子去哪裡了，或許見姑爺家落魄，回沈家了也說不定。」

沈玉蓉沈默不語，一段久遠的記憶湧入腦中。

前世她被繼母張氏嫁到謝家，謝家看似是侯府，卻風光不再，還欠了一屁股債，就等著她的嫁妝還呢。

若是沒記錯，明兒一早，便有人上門討債。

不僅如此，謝衍之在新婚當晚離家，去了邊關。府裡的人都說，謝衍之不滿意這樁婚事，一怒之下才離開的。

最最可恨的是她的丫鬟梅紅，竟背叛了她，說她看上一個舉子，可舉人老爺看不上她，這才嫁進謝家。

那時，謝家人看她的眼神都變了。沈玉蓉雖被嬌養著長大，也是閨閣少女，年方十七，哪裡受得了這樣的侮辱。為證明清白，才找了根繩子上吊自盡。

沒想到母親憐惜她，又想辦法讓她回來。

好呀，好得很，既然母親讓她好好活著，她就要好好活著。

不就是紈袴嗎，好好調教便是。她就不信，母親教她不少本事，還教不好一個紈袴。實在不行便和離，沒什麼大不了的。

想到這裡，沈玉蓉憶起一件事，聽說謝衍之連夜離家去了邊關？他可不能走，人走了，她調教誰啊？忙吩咐梅香去找謝衍之。

梅香不明所以，咕噥著道：「姑娘，女兒家應該矜持，您急吼吼地喚姑爺來，顯得著急了些。」

今晚就是洞房花燭夜，不急於這會兒吧？想到這裡，梅香的臉頰微紅，看沈玉蓉的眼神都變了。

沈玉蓉語塞，這是在說她飢渴難耐？她是那樣的人嗎？

「快去。」沈玉蓉來不及解釋，若是去得晚，讓謝衍之那廝跑掉，可就麻煩了。

她得和謝衍之談談，能過就過，過不下去就和離。憑著她學的本事，不靠著沈家，也能混出人樣來。

謝衍之也是，若不滿意這婚事，可以和離，有必要跑嗎？

梅香不情願地去了，一刻鐘後回來，面帶怒色，嘟著嘴。

「莊子上全找遍了，不見姑爺的蹤影。姑娘，您說姑爺是不是不滿意這樁婚事，覺得咱們沈家門第不高，配不上他們侯府？可您看看，這是侯府嗎？誰家侯府住莊子上，連伺候的下人都沒幾個。不知道的人，還以為您嫁給農家的泥腿子呢！」

沈玉蓉沈默不語，沒想到謝衍之已經離開了。

謝衍之的事不急，先收拾梅紅。梅紅已被人收買，要不是這背主奴才，前世她不會羞憤自殺。

方才梅香說梅紅可能回沈家了，但她清楚，梅紅根本沒回去，在西廂房睡覺呢。

「別氣，妳去灶房找二兩木炭，研磨成粉。再去西廂房尋梅紅，就說她辦事俐落，我要賞她。」

沈玉蓉看看桌上的合巹酒。這酒應該是新人喝的，沒想到便宜了梅紅那小蹄子。

梅香應聲，轉身出去了。

不久後，梅香進來，身後跟著梅紅，睡眼惺忪、神情慵懶，一看就知沒睡醒。

還不等沈玉蓉開口，梅紅便先聲奪人。「姑娘，三更半夜的，您不早些歇著，叫奴婢來有何吩咐？」

梅香瞪梅紅一下，欲開口訓斥，被沈玉蓉用眼神制止，又看向她手中。

「這是姑娘要的東西。」梅香會意，將帕子包裹的炭粉交給沈玉蓉。

沈玉蓉背對梅紅，倒了杯酒，將木炭粉灑入酒杯中，轉身道：「梅紅，明日妳想誣衊我的清白，以此討好妳的新主子，我說的是也不是？」

梅紅愣住，眸中閃過驚慌，隨即掩飾過去，堆著笑道：「姑娘在說什麼，梅紅聽不懂，梅香說您要賞我，我才來的。您別聽小人嚼舌根，梅紅對姑娘絕對忠心。」

但房中只有三人，愛嚼舌根的小人是誰，不言而喻。

第二章

梅香不再說話，等著沈玉蓉處置她。

沈玉蓉用手指叩擊桌面，氣定神閒地說：「真以為我不知妳的打算？看在往日的情分上，我再問妳一次，是誰指使妳敗壞我的名聲？」

繼母張氏不會這麼蠢，她自己也有女兒，對一榮俱榮、一損俱損的道理清楚得很。

這幕後指使之人歹毒至極，借張氏的手誣衊她，又能嫁禍給張氏，一石二鳥，當真是心思縝密。

「姑娘，您在說什麼？梅紅聽不懂。」梅紅撲通跪在沈玉蓉跟前，眸中含淚，搖頭表忠心。她不能承認，也不敢承認。

沈玉蓉端起酒杯晃了晃，嗓音輕緩柔和，又帶著些許寒意。「我信妳的忠心，可妳如何讓我信妳呢？不能妳說什麼，便是什麼吧？」

梅紅掀起眼皮看向沈玉蓉，咬唇委屈道：「我要如何做，姑娘才會信我？」若仔細瞧，會發現她的身子在微微顫抖。

「簡單。」沈玉蓉把酒杯送到梅紅唇邊。「妳想污我清白，靠的不過是一張嘴。只要妳變成了啞巴，我自會信妳。」

梅紅驚得癱坐在地，不敢置信地望著酒杯，身子哆哆嗦嗦，支吾了半晌。「這……這是什麼？」

沈玉蓉見她這樣，心裡極為痛快。上一世梅香誣衊她時，可曾想過她的處境？分明想逼死她。

對於敵人，她不會心慈手軟。進過地府，見過的惡鬼多了，她的心腸早已變硬。一次不忠，百次不用，何況賣身為奴，就應該盡到奴僕的本分。

沈玉蓉想收拾梅紅，不是一日兩日了。待在地府的日子，有時她忍不住會想，若能重來，定先處置梅紅。

沒想到，時隔多年，夙願竟能達成，母親果然疼她。

「讓妳不能說話的藥。只要喝下去，我便信妳。」沈玉蓉晃動著酒杯。「妳想害我，我卻饒妳一命。只要妳變成啞巴，我什麼都信妳。」

梅紅瞪著酒杯，又驚又怕地搖頭。沈玉蓉果真都知道了，她不能喝，她不想變成啞巴。

梅香在一旁看著，看看沈玉蓉又瞅瞅梅紅，目光落到酒杯上。酒裡是什麼她最清楚，沈玉蓉只是想嚇梅紅，梅紅馬上被嚇住了，心中果然有鬼。

沈玉蓉把酒杯放在桌上，砰的發出聲響。

梅紅忍不住打了個哆嗦。「姑娘，請您饒了我，我也是迫不得已。」

「好一個迫不得已。妳這樣的奴才，我可用不起。」沈玉蓉對梅香道：「明日叫牙婆進來，領走她吧。」

梅紅不願意，又鬧又懇求，見沈玉蓉無動於衷，遂道：「妳沒資格賣我，我的賣身契在玉蓮姑娘手中。」

她投靠沈玉蓮時，沈玉蓮便拿走她的賣身契。若不是這樣，梅紅斷然不敢如此囂張。

沈玉蓉手中的不過是一張廢紙，無權發賣她。

這邊動靜不小，驚動了謝家人，謝夫人身邊的許嬤嬤過來關心。

沈玉蓉三言兩語解釋了。

許嬤嬤是墨家老人，從小跟著謝夫人，自然知道內宅的齷齪事。

她暗暗打量沈玉蓉，見她姿態強硬，面容不怒而威，氣質從容，眸中閃過一絲讚賞。

大少夫人雖是小官之女，這氣度卻堪比高門閨秀，能配得上大公子。

「原來妳早就背主了。既然妳不仁，別怪我不義！」

話落，沈玉蓉請許嬤嬤幫忙，將酒灌入梅紅口中。不到兩刻鐘，她便啊啊說不出話了。

沈玉蓉見狀，道：「後日一早，我會把妳還給玉蓮姊姊。是生是死，全看妳自個兒的造化。」說完，吩咐梅香和許嬤嬤把人關到柴房去。

許嬤嬤和梅香將撒潑的梅紅拉走，沈玉蓉陷入了沈思。

要不是梅紅提起沈玉蓮，她都忘記了，她還有一位庶出姊姊呢。

平時沈玉蓮說話柔聲細語，見人便有三分笑，不爭不搶。見到她，也是妹妹長、妹妹短的，一副什麼都為別人考慮的樣子，可算計起人，一點都不含糊。

好一朵白蓮花，跟她的名字倒是般配極了。

虧她以為沈玉蓮是庶出，在家委屈，平日裡幫襯不少，心意全餵狗了。要真餵狗，狗還搖搖尾巴感謝主人呢，可白蓮花得了好處，卻背後捅刀。

收拾這朵白蓮花也不著急，明日才是重頭戲。

有人上門要債，搶走她的嫁妝，是前世她選擇上吊的原因之一。

新娘嫁進來沒兩天，嫁妝被人搶個乾淨，也是歷史上頭一遭吧。

沈玉蓉回到房裡，將金銀首飾收入錦盒中，又找出自己的嫁妝盒子。

盒裡除了首飾外，還有五千兩銀票。張氏沒給她壓箱銀子，這是出嫁前父親給的，肯定是他的私房。

沒想到，父親看似老實巴交，竟然也藏了私房錢。

收拾妥當，沈玉蓉抱著兩個盒子在屋內轉圈，打量半天，沒找到藏東西的地方。

那些潑皮無賴，看見什麼搬什麼，只留下一張架子床，嫌太大不好搬，不然也搬走了。

沈玉蓉想了想，出了屋子，循著久遠的記憶，朝廚房走去。

那些人明兒一早就來，謝家人還來不及做飯。等人走了，她再來拿東西。

且不提沈玉蓉把東西藏在何處，再說回許嬤嬤。

她回到正院，見裡間的燈還亮著，知道謝夫人未睡，推門進去。

謝夫人的聲音響起。「嬤嬤回來了？」

「是。」許嬤嬤應聲，關門走進裡間，見謝夫人靠在床上，笑了笑。「本以為大少夫人是小官之女，又沒了親娘，不知被繼母養成什麼樣子，怕委屈了咱們大公子。方才我瞧著，那容貌氣度不輸世家貴女，還處置了叛主的奴婢，手段也有，看來是大公子賺了。」

「果真？」謝夫人有些驚訝。

許嬤嬤點頭，說了沈玉蓉處置梅紅的經過。

謝夫人神色激動，許是太興奮，竟咳嗽起來。

許嬤嬤忙倒杯水，坐到床邊，一手餵謝夫人喝水、一手輕拍她的背。「大少夫人性子潑辣些才好，才不被那群人欺負。」

「但願如此。」

謝夫人就怕沈玉蓉性子軟，護不住她的孩子們。她的身子一日不如一日，謝衍之又去了邊關，若是她不在了……

她不能倒下，她要好好地活著，看著孩子們長大成人，等著謝衍之強大起來，為墨家平反，親眼看著那些人倒下去。

想到此處，謝夫人扯著錦被的手緊了緊，暗暗下了決心。

與此同時，京城一處華麗的院子內，歌舞昇平，樂器聲伴隨著男女的嬉笑聲，顯得格外嘈雜。

一名中年男人坐在上首，衣著華麗，醉態盡顯，目光迷離地望著不遠處的歌姬。十幾個歌姬腰肢纖細，翩翩起舞，扭動間帶著別樣的風情。

男人身邊圍了三五個丫鬟，有捧著酒杯餵酒的、有專門夾菜的、有擦嘴的、有捶背的，還有捶腿的。

這時，一個身著短打的佩劍侍衛進來，走到男人跟前，單膝跪地，拱手道：「爺，謝家把婚事辦了，接下來該怎麼做？」

男人擺擺手，丫鬟、歌姬與樂師全退出去。不消片刻，廳內只剩下男人和侍衛。

「找幾個人去謝家要債，就說武安侯生前欠咱們五千兩。一個小官之女，嫁妝也就這些銀子，等謝家山窮水盡時，自然會帶我們去找東西。」

男人端起酒杯，微微瞇起眼睛。

謝家老的老、小的小，還有一個謝衍之，雖已到弱冠之年，卻是個紈袴，中看不中用。只要他再逼迫一番，墨家的東西，很快就能拿到手。

侍衛想了想，點頭應下，告退出去。

翌日，天剛微微亮，京郊外的謝家莊子，雞也打鳴了。

沈玉蓉知道今日有事情，早早醒了，洗漱穿戴好，領著梅香，準備去向謝夫人請安。

剛走出棲霞苑，有個婆子迎面跑來，還慌慌張張不時回頭看，像是有人追她一樣，喊著。「不好了，門外來了幾個男人，凶神惡煞，看著像來鬧事的。」

梅香嚇得躲到沈玉蓉身後，問沈玉蓉該怎麼辦。

沈玉蓉剛要說話安慰她，另一邊跑來兩個少年，一個十四、五歲，一個十一、二歲，手裡提著短劍，趕到沈玉蓉跟前。

「嫂子別怕，我們會保護妳們。」

他們早起讀書，聽見動靜就跑來了。別看兩人手裡拿著短劍，不過嚇唬人而已，只會些三腳貓的功夫。

沈玉蓉欣慰地望著他們，這兩人應該是謝衍之的弟弟。至於名字，她已不記得了。

不過，上一次發生這種事時，她在做什麼？

謝衍之一夜未進房，她以為謝衍之不滿意這婚事，獨自傷心坐了一晚。

隔天，有人闖進她的院子，除了床，所有東西都被搶走。

她一個沒見過世面的姑娘，見到男人們凶神惡煞闖進來，不敢上前阻攔，只能抱著梅紅和梅香，躲在一旁哭泣。事後又聽到不好聽的話，遂想不開，上吊死了。

如今不一樣了，她知道今日會發生的事，提前做了準備。更讓她意外的是，謝家這兩個半大孩子，竟揚言要保護她。

砰砰砰，傳來幾聲砸門聲，隨後是男人的喊叫。「謝衍之，出來！你老子欠了債，你休想當縮頭烏龜，快把銀子還了！」隨後又是一些污言穢語。

「走，咱們去門口看看。一大清早的，是誰家的狗沒拴好，出來亂吠？」沈玉蓉挑眉，率先朝門口走去。

「姑娘，」梅香跺腳，去追沈玉蓉。「咱們先躲吧，萬一那些人傷了您，可怎麼辦？」

「放心吧，妳家姑娘可不是吃素的。」沈玉蓉道。

經歷嫁妝被搶後，她意識到自己的懦弱，去了地府，沒少學傍身的本事，尤其是功夫。母親也告訴過她，有一天她會回去。

謝瀾之望著沈玉蓉的背影愣怔片刻，隨後拉上弟弟謝清之，小跑幾步跟上沈玉蓉，將手中的短劍遞給她。

「嫂子，他們人多，妳拿著這把短劍，他們敢動妳，妳就砍他們。」

沈玉蓉接過短劍，拔出來比劃兩下，滿意笑了笑。「很不錯。」帶他們去了門口。

第三章

幾人來至門口，大門被人踹開。

有個五大三粗的人進來，滿臉橫肉，見沈玉蓉等人站在不遠處，嗤笑一聲。

「呵呵，這是迎接我們？謝衍之那個紈袴呢，怎麼讓娘兒們出來？不過這小娘子長得倒是挺俊的，是吧？」

後面的人聽了，哄笑一聲，紛紛附和他。

沈玉蓉站著未動，淡然如水的眸子盯著最前面的男人。

男人見沈玉蓉不出聲，以為她怕了，上前幾步想摸她的臉，嘴裡說著不乾不淨的話。

「小娘子，謝衍之那個混蛋是紈袴，妳不如跟我們走吧。跟了我們，保證妳吃香的、喝辣的。」

話音未落，只見沈玉蓉飛快扯住他的手腕，轉身用力，對他來了記過肩摔。

撲通！個子高大的壯碩男人躺在地上，仰面朝天，痛得直哆嗦。「妳……妳……」

所有人驚得目瞪口呆，這是什麼情況？

不等別人反應過來，沈玉蓉起身上前，一腳踩在男人臉上，拔出劍，在他心臟處比劃。

「再重複一遍剛才的話！」

她一臉狠勁，嚇得其餘人退到門外。

男人的臉被踩著，胸口上是利劍，哪敢重複剛才的話，一動不動，眼珠子轉了轉，結結巴巴道：「欠、欠債還錢，天經地義……」

沈玉蓉挑眉，勾唇輕笑。「我沒說不還錢啊。可你們是來打劫的，還污言穢語，真以為我們好欺負呢。我爹好歹也是五品官，何時輪到你們這些地痞欺上門了。你可知這是什麼地方？這裡可是武安侯府的別院！」

「我們就是找武安侯要債。」躲到門外的另一個男人說。

「你胡說，我父親已去世四年有餘，他在世時，怎不見你們上門？人都去了四年，再來要債，你們誆騙誰呢？」謝瀾之年紀大些，知道的事情也多。

沈玉蓉聞言，覺得此事另有隱情，垂眸看腳下的人。「你們來討債，可有證據？」

男人聽了，忙說有，從懷裡掏出一張疊得整整齊齊的紙，遞給沈玉蓉。

沈玉蓉接過紙，抬起腳，劍指向男人脖頸處。「起來。」

男人小心翼翼地起身，眼睛瞟向鋒利的劍，生怕沈玉蓉手抖，他的腦袋跟著搬家。

沈玉蓉對謝瀾之道：「你看著他，要是敢不老實，就把他的脖子戳個窟窿。私闖民宅偷東西，被打死活該。上了公堂，咱們也不怕。」

男人額頭上沁出汗珠，大顆大顆落在地上。早知這裡有個不好惹的，他就不接這活了。不是說謝家長子是紈袴，一家人老的老、小的小，很好拿捏嗎？呸，說出去誰信啊，這女人比母夜叉還凶狠！

謝瀾之接過沈玉蓉手中的劍。「嫂子放心，他敢動，我就戳死他。」

男人聽見這話，臉皺成包子，欲哭無淚。「我不動，你放心，我一定不動。」

沈玉蓉展開紙看了看，是一張借據，說武安侯醉酒後，打破了王元平的玉珮。此玉珮價值千金，武安侯身上暫無銀兩，遂寫了借據，言明歸還現銀五千兩。

「王元平是誰？」沈玉蓉掀起眼皮，掃向要債的男人們。

「王太師的名諱，妳不知道？」男人詫異。要不是太師府的人吩咐，他們也不會來。

「太師？」沈玉蓉嗤笑。「堂堂一國太師，何等重要的人物，國事都忙不過來，怎會讓人上門討債？就算討債，也不屑用這種卑鄙無恥的手段。定是你們假借太師之名，私闖民宅，欲圖謀不軌。」

「上面有武安侯的親筆畫押，借據如何有假？好啊，你們武安侯府欠債不還，還將我們打傷，仗著侯門貴府，欺辱我們這些平頭百姓。」另一個男人見硬的不行，只能耍賴。

沈玉蓉和謝瀾之不理會他，把扣在手上的男人推出門外。

這時，謝家門口聚集了不少人。

謝家附近也有其他莊子，都是京城有頭有臉的人家，對破落戶謝家有所耳聞。同情有之，唏噓有之，但也不乏落井下石的。

男人的話剛落，人群中擠出一個婦人，四十多歲，穿的是綾羅綢緞，頭上簪四、五根金簪，腕上戴著金鐲子，全身金光閃閃。不知道的人，還以為她家開金礦。

婦人甩著帕子，笑嘻嘻道：「都道武安侯謝家大房落魄了，卻不知落魄到如此地步，連欠債都還不了，真真是可憐呀！」

「哪來的瘋狗出來亂叫？」沈玉蓉雙手抱胸，倚靠在門框上，漫不經心地問出口。

「妳罵誰是瘋狗！」婦人一手掐腰、一手指著沈玉蓉，滿臉怒容，恨不得把她吃了。

「誰應了就說誰。我們謝家如何，跟妳有半毛錢的關係嗎？輪得到妳在這裡指手畫腳？」沈玉蓉不緊不慢道。

婦人想開口罵人，沈玉蓉伸手奪過謝清之手中的劍，面色冷凝，嗓音堪比極地寒冰。

「光腳的不怕穿鞋的，不要命的都上來試試。」

婦人見沈玉蓉不怕事，縮縮腦袋，退後幾步，呸了一聲，罵罵咧咧走了。

周圍的人也往後退幾步，目露怯懦，唯恐得罪沈玉蓉。

沈玉蓉的目光掃向討債的人，抖了抖手中的借據。「我說你們有些腦子好不好，四年前的借據，紙張如新，仔細聞還能聞到墨香，是昨天晚上寫的吧？」

一個男人心直口快，道：「妳怎麼知道？」話出口，知道自己說漏了嘴，抬手搧自己一耳光。「就你嘴快。」

「想知道如何把紙張做舊？」沈玉蓉聲音溫柔，聽不出喜怒，唇角微揚，彷彿在笑。

「怎麼做？」自打耳光的男人問。

沈玉蓉鄙夷地看著他。「告訴你，讓你們再坑我們一次？」話落，將手中的借據撕個粉碎，抬手撒向空中。紙片像雪花一樣，紛紛落在地上。

要債的人見沈玉蓉撕了借據，又怒又氣，卻無可奈何，遂放幾句狠話，轉身帶人離去。

沈玉蓉望著他們走遠的背影，讓周圍的人散了，轉身跨過門檻道：「快關門。」現在她的話對謝家兄弟而言就是聖旨，一人一邊將門關上，插好門栓。

聽見門響，沈玉蓉再也撐不住，癱坐在地。

梅香嚇一跳，忙蹲下身查看。「姑娘，您怎麼了？不要嚇我啊！」

謝清之和謝瀾之也湊上來關心。

「我沒事，就是渾身沒勁，腿軟。」沈玉蓉搖頭笑了笑，感覺自己的腿在發顫。謝面對那樣一群人，她不是不怕，但謝家有老有小，她必須強勢，在氣勢上壓倒別人。謝家兄弟的關心，讓她心裡熱呼呼的，決定不能讓前世的鬧劇重演。原本擔心會失敗，沒想到贏了。

她的話音剛落，許嬤嬤扶著謝夫人走來。

謝夫人見沈玉蓉癱坐在地，忙問怎麼了？

不等沈玉蓉回答，謝清之正想把剛才的事敘述一遍，剛說兩句，就被謝夫人打斷了。

「快扶你嫂子回去歇息。」

剛才的事，她們遠遠看在眼中，果然是上天眷顧謝衍之，讓他娶到這樣的媳婦。

沈玉蓉有墨家人的風範。若是墨家的哥哥嫂嫂還在世，看見她，也會欣慰吧。

沈玉蓉被扶回新房，躺在床上，聽著外面的人說話。

謝夫人站在屋外，囑咐梅香好生照顧著，又讓婆子去廚房做些吃食。

謝家大房被分出來，除了許嬤嬤，莊子裡只有兩個婆子、兩個丫鬟，並兩個小廝，還有一個車夫，便再無多餘的人。

兩個丫鬟伺候謝家的兩個女兒，小廝跟著謝瀾之和謝清之。

今兒一早，謝夫人聽見地痞來要債的動靜，囑咐女兒們不要出來，打發兩個小廝去保護她們。

待她安排好一切，朝門口走來時，正巧看見沈玉蓉將人攆出去。

她以為沈玉蓉英勇無懼，誰知也是個膽小的。

不過，一個姑娘家哪裡見過這樣的陣仗，能將人打發走，已是不易了。

剛才的一幕，謝夫人記在心中。

沈玉蓉面對幾個凶狠的男人，臨危不亂，見借據上是當朝太師的名字，也絲毫不懼，還給王元平扣了一頂高帽子。說要債的人胡亂攀扯，借據是假的，足見其聰慧睿智。

有沈玉蓉在，或許哪日她死了，也能閉上眼。

謝夫人進屋囑咐沈玉蓉幾句，便帶著許嬤嬤離開了。

沈玉蓉喝了些粥，吩咐梅香去廚房把她藏的東西取來。

等梅香回來，沈玉蓉收好兩個錦盒，才上床睡了。

是夜，她又夢見那些人來要債，闖進她的屋子，一言不發就搬東西。

她想阻攔，哭著喊著要他們停手，可那些人根本不聽，還狠狠地將她推倒在地。

沈玉蓉倒在地上那一刻，瞬間驚醒，猛地坐起來，看看周圍，暗道原來是一場夢。

梅香正好推門進來，見沈玉蓉醒了，笑道：「姑娘，都過了午時，您可餓了？」

沈玉蓉算了算，她竟睡了兩個多時辰，便讓梅香將飯菜端來，簡單吃些，換身衣裙，領著梅香去了謝夫人的院子。

第四章

正院中，謝夫人和許嬤嬤正說著沈玉蓉呢，說她有膽識、有智慧，像墨家人。

一旁的兩個小姑娘好奇，眨眨眼問：「為何像墨家人？嫂嫂進了咱們謝家，自然像咱們謝家人。」

沈玉蓉打開簾子進來，正巧聽見這句話。

屋內的人聽見動靜，齊齊朝門口看來。

「夫人萬福金安。」沈玉蓉來至謝夫人跟前，屈膝行禮。

「快起來。」謝夫人頷首點頭，對許嬤嬤使眼色。

許嬤嬤會意，端起茶盞遞給沈玉蓉。「大少夫人，可不能喊夫人，該改口了。」

沈玉蓉接過茶盞，知道這是要敬茶，可新郎官不在，她自己敬茶，有些說不過去吧。

謝夫人看出她遲疑，伸手接過茶，抿了一口放下，笑著解釋。「那小子昨晚走了，臨走前囑咐我多照顧妳。

「多的，我不想解釋，妳既入我謝家門，就是我謝家的媳婦了。謝家人少，規矩不多，咱們娘兒幾個過好日子就好。」

謝夫人說著，掏出一只祖母綠的玉鐲。「這是我家祖傳的東西，歷來都要傳給嫡長媳。

今兒，我就把它交給妳了。」拉過沈玉蓉的手幫她戴上，笑著道：「希望妳能傳承下去。」

許嬤嬤望望那鐲子，這是墨家長媳才能擁有的東西，看來謝夫人徹底認可了沈玉蓉。

沈玉蓉抬手看著，覺得這鐲子有千斤重。傳承下去是何意，要她和謝衍之生個崽兒?!

梅香跟在沈玉蓉身後，見她愣怔，悄悄推了推她。

沈玉蓉回神，向謝夫人道：「多謝夫人信任。」

謝夫人道：「茶都喝了，該改口了。」

沈玉蓉神情有些不自然，低頭怯怯羞羞地喊了一聲娘。

謝夫人又幫沈玉蓉介紹身旁的姑娘。二女兒謝沁之，今年十二歲；庶出的三女兒謝敏之，今年八歲。

兩個女孩嬌嬌羞羞地上前，向沈玉蓉見禮。

沈玉蓉把準備好的禮物送給她們，不見謝瀾之及謝清之，便問：「今天一早跟在我身旁的哥兒呢？」

「那兩個皮小子在讀書，早上見了，這會兒沒過來，晚飯再見吧。」謝夫人說完，讓謝敏之和謝沁之出去玩，顯然有話要對沈玉蓉說。

沈玉蓉見狀，也找個藉口，打發梅香出去。

屋內只剩謝夫人、沈玉蓉和許嬤嬤。

謝夫人打量沈玉蓉，越發覺得滿意，緩緩開口道：「妳可知今早鬧事的人是誰找來的？」

「應該是王太師。」沈玉蓉道。敢假借王太師之名的，在京城內找不出幾個人來。

「不愧是衍之看上的姑娘，果真聰慧。」謝夫人誇道。「那妳可知，王元平為何要為難我們謝家？」

「不知。」沈玉蓉如實回答。時隔多年，她將古代的事忘了個七七八八，哪裡知道謝家和王家的恩怨。

「他覺得謝家有他想要的東西，才會步步緊逼。」謝夫人拉著沈玉蓉的手，笑了笑。「好了，不說這些，明天回門，讓瀾之陪妳回去。妳是謝家的大少夫人，要拿出謝家大夫人的款來，雖然謝家落魄了，卻仍不是好欺負的。」

武安侯去世時，要把爵位傳給二房，摺子都遞上去了，但明宣帝沒批。謝衍之未被封侯，卻依然是侯府世子。明宣帝的意思，這爵位定要替謝衍之留著的。

沈家繼母不是個好相處的對象，她怕兒媳婦回去遭人奚落。

「瀾之學業重要，明日我可以自己回門。」

沈玉蓉覺得謝夫人真心待她，處處為她考慮。雖然又離開了母親，可她還是有人疼的。

謝家這邊婆媳融洽，京城華麗的院子裡卻有人不滿了。

王太師得知派去的人沒有得手，還被個小丫頭教訓一頓，灰頭土臉地回來，不由氣悶。

再逼迫一下謝家人，說不定他們就找那些財富去了，偏偏殺出個多管閒事的。

「謝衍之那個廢物呢？讓一個新婦出來主持大局，他一向愛面子，這次不要臉面了？」王太師平復心情，轉身看向來人。

「屬下混在人群中，一直沒有見到謝衍之。說來奇怪，昨日他大婚，今日卻不露面。」侍衛露出狐疑之色。

「那跟著謝衍之的人呢，可有消息傳來？」王太師問。

「今日還未有消息傳來。」

侍衛話音剛落，管家進來，手中拿著一只手指大小的小竹筒，恭敬地呈給王太師。

王太師示意他打開，管家取出密信看了幾眼，驚呼道：「太師，大事不妙，咱們的人被謝衍之甩了，如今謝衍之不知所蹤。」

欺負謝家的人令王太師失望，現在派出去的暗衛又跟丟了謝衍之。

王太師堵在胸口的火氣再也壓不下去，吼道：「廢物，都是廢物！連紈袴都看不住，我養他們有何用?!」喘著粗氣，來回踱步，半晌後指著外面道：「給我找！就算把京城翻過來，也要找到人。活要見人，死要見屍！」

墨家鐵騎絕不能落入謝衍之手中，否則他這些年的心血就白費了。

侍衛抱拳應是，提著劍往外走，又聽王太師道：「人大了，心會野，既然看不住，以後不值得浪費工夫。墨家血脈不只謝衍之一個，不是還有幾個小的嗎？」話裡有殺氣。

「是。」侍衛立刻領會王太師的意思。

王太師見侍衛走遠了，甩袖冷哼一聲。「敢壞我的好事，我就讓妳當寡婦！」

沈玉蓉不知京城發生的事，陪著謝夫人說了一下午的話，晚飯時與謝家兄弟正式見禮。飯後回到棲霞苑，她躺在床上輾轉難眠，想著這兩日發生的事。

上一世得知她上吊死了，父親應該很難過吧，畢竟父親是真心疼她。還有弟弟，今年應該十四了吧，記得他十三歲便考中秀才，讀書天分頗高呢。

當年她死後，他們怎麼樣了？如今重新來過，也能彌補前世的缺憾了。

沈玉蓉想著想著，進入了夢鄉。

隔天早上，沈玉蓉是被梅香拉起來的，穿戴好，吃完飯辭了謝夫人，坐上馬車去沈家。

沈玉蓉站在府門前，仰頭看著匾額，上面寫著沈府，金色大字在陽光照射下熠熠生輝。多久沒見到這兩個字了，突然有種恍如隔世的感覺。

沈玉蓉抬手準備敲門，門開了。

一位少年走出來，看起來十三、四歲的年紀，眉清目秀、紅唇緊抿，身著寶藍色衣衫，身姿修長。

他看見沈玉蓉，面上一喜，上前抓住她的手。「阿姊，妳回來了？」

沈玉蓉這才認出，來人是她弟弟沈謙。多年不見，還是記憶中的樣子，抬手摸他的頭。

「謙哥兒長高了。」

沈謙拉住沈玉蓉的衣袖，往屋裡走。「才幾天不見，就覺得我長高了。快走吧，父親一早就等著了。」忽然想起什麼，駐足回頭，眉頭緊鎖。「怎麼只有妳回來，那人沒陪妳？」

那人指的是謝衍之。

沈玉蓉不知該如何解釋。本來謝夫人讓謝瀾之陪她，但她不願耽誤謝瀾之的功課，只帶了梅香。

梅香跟在後面，氣鼓鼓道：「成親當晚，姑爺就走了，據說去了邊關。」

「他混帳！」沈謙怒罵。「新婚之夜離開是什麼意思，不滿意這樁婚事嗎？不滿意，就別娶呀！」

沈玉蓉怕沈謙氣壞了，忙道：「別生氣，不是你想的那樣。他對我挺好的，走前特意說了一聲，說要闖出一番功業，給我無限榮光呢。」

這話是她瞎編的，唯有這樣，才能安撫沈謙。

果然，沈謙聽了這話，火氣消了不少，冷哼一聲。「算他有良心。他若敢對妳不好，我替妳揍他。」

「知道你厲害。」沈玉蓉扯著他，往書房走去，面上帶著微笑，眼眶卻忍不住紅了。弟弟如此關心她，上一世她離開，弟弟該有多傷心。

沈父早已等在書房，聽見姊弟倆的說話聲，開門迎出來，笑吟吟道：「回來了？」

沈玉蓉聽了，強忍一路的淚水珠串似的落下，上前幾步抱住他，哭喊出聲。「爹爹。」

沈謙見沈玉蓉哭，握緊拳頭。「從小到大，姊姊很少哭泣，定是在謝家被欺負了。」

沈父一向嚴肅，猛地被女兒抱住，身子僵硬，兩隻手不知該放哪裡，聽見女兒哭得傷心，只好拍拍她的背。

「好了，不哭，讓人看見了笑話妳。」他拉著沈玉蓉進書房，沈謙和梅香跟在後面。

書房內，沈父拿出帕子為沈玉蓉拭淚，問道：「謝家待妳不好？」

回京述職後，他想著繼室張氏為人大度，辦事妥當，對沈玉蓉和沈謙不錯，雖不能一視同仁，卻也不多苛責，把女兒的婚事交給張氏操辦。

謝家雖落魄，但好歹是侯府，女兒嫁進去，還能吃苦不成？

「婆母待我猶如親女。」沈玉蓉抽抽噎噎。

沈父略微放心。「那妳為何痛哭？」

「女兒想爹爹了。」沈玉蓉道。

沈父臉一紅，瞪她一眼。「都嫁人了，還口無遮攔的。」

「七老八十也是爹爹的女兒。」沈玉蓉挑眉。

「妳啊。」沈父搖頭失笑。

父女倆說了一會兒話，沈父便讓沈玉蓉去見張氏。

張氏得知沈玉蓉在謝家過得不錯，頗為驚訝。據她所知，謝家大房成不了氣候，侯府被謝老夫人和二房霸占，大房雖有爵位，卻被趕到了莊子。

謝衍之又是個誰也管不動的紈袴，沈玉蓉嫁進去能過得好，她才不信，定是這丫頭怕沈父傷心，故意報喜不報憂。

這麼想，張氏心裡舒坦多了。在沈父心中，元配生的兩個孩子比她的孩子好，處處為他們打算，令張氏心中不忿，故意替沈玉蓉找了這樣一個婆家。

多虧了沈玉蓮，若不是那丫頭提醒，她還想不到這樣好的主意。看似進了高門，實則比破落戶好不到哪裡去。

張氏不喜歡沈玉蓉，講沒幾句話，就說自己累了。

沈玉蓉會意，帶著梅香告辭，去了沈玉蓮的院子。

第五章

沈玉蓉剛走進沈玉蓮的院子，就有丫鬟向沈玉蓮稟報了。

沈玉蓉不甚在意，直接朝屋內走，見沈玉蓮坐在榻上繡花，勾唇一笑。「大姊姊在繡花？快讓我看看繡的是什麼花樣。」走至她跟前，見是一朵蓮花，在水中亭亭玉立。「好一朵白蓮花，跟大姊姊的名字真般配呢。」

沈玉蓮放下手中的針線，抬頭看向沈玉蓉。不知為何，她總覺得沈玉蓉話中有話，語氣中夾雜著幾分鄙夷。

「妳何時回來的？」沈玉蓮起身，拉著沈玉蓉的手坐下，吩咐丫鬟雲草上茶。

沈玉蓉不著痕跡地推開她的手，笑著道：「今兒一早回來的。」

沈玉蓮低頭，眸中閃過疑惑，平日她也這樣拉著沈玉蓉，她從不推開，今兒是怎麼了？抬眼瞧見沈玉蓉手腕上的碧玉鐲，瑩潤如酥，一看就知價值不菲。

「這鐲子是……」

沈玉蓉舉手晃了晃。「妳說這只鐲子？婆母給的，說是傳家寶，只傳給長媳，讓我傳承下去。」

沈玉蓮聽了這話，覺得好笑。傳承下去？可惜謝家大房這支到謝衍之這裡，就要斷了。

謝衍之跑去邊關，卻死在那裡。謝家老的老、小的小，沒有了謝衍之，只能任人欺辱。

謝夫人早早病逝，兩位公子，一個失足落水過世，一個被馬車撞死。兩位姑娘被二皇子抬進門做妾，後來當了妃子。可那又如何？謝家大房沒了男丁，便是絕戶。

沈玉蓮之所以知道這些，是因為她重生了。

重生前，她姨娘柳氏處處掐尖要強，與張氏不睦，最終惹惱張氏，替她選了這門親事。她和柳姨娘一聽是侯府，歡喜得跟什麼似的。可嫁進謝家才知過的是什麼日子，獨守空房，第二日嫁妝被搶，成了京城的笑柄。

而沈玉蓉不一樣，她是嫡女，張氏進門時她還小，和張氏頗為親近，張氏對她不錯。後來，因緣際會下，沈玉蓉救了五皇子的命，嫁進皇子府，雖是側妃，可也是上了皇家玉牒。生下兒子後還被封為正妃，一時風光無限。

哪像她，守活寡不算，還要照顧謝家老小。她不願過貧困潦倒的日子，跟富商跑了。商人就是商人，眼裡只有利益，她陪他赴宴時，被一個當官的老男人看上，富商就把她送給老男人。

那老男人是變態，在床上慣會折磨人，她受不了折辱，一頭碰死在門框上。孰料，醒來便回到了小時候。

張氏進門不久，柳姨娘還沒與張氏發生齟齬，她費盡心思討好張氏，暗中挑撥張氏與沈玉蓉的關係。果不其然，張氏從心裡討厭沈玉蓉，謝家的婚事也落到了沈玉蓉頭上。

這一世，就讓沈玉蓉去謝家受苦，她要成為五皇子的救命恩人，成為五皇子妃，讓前世欺負她的人都下地獄吧。

沈玉蓉見沈玉蓮不說話，身上卻散發著陰鬱氣息，還摻雜著些許戾氣，忍不住問：「大姊姊，妳怎麼了？」

「沒事，突然想到了一些事。」沈玉蓮回神。

這時，雲草進來奉茶，沈玉蓉又道：「還是大姊姊會調教下人，個個聽話懂事，不用妳操心。」端起茶杯，刮去茶沫，輕抿一口。「還是在家好，茶的味道都不一樣。」

沈玉蓮越發覺得沈玉蓉意有所指，見她身邊只有梅香，忍不住問：「梅紅呢，怎麼不見？」

「大姊姊果然馭下有方，連我的丫鬟都替妳說話，還說她的賣身契在大姊姊這裡。既然她喜歡大姊姊，今兒我就把她讓給大姊姊。大姊姊喜歡梅紅，直接開口便是，何必遮遮掩掩，一副小人行徑，不知道的人還以為我做妹妹的不念著姊姊呢。」

這番話，沈玉蓉當真沒留一點面子。

沈玉蓮的臉一陣紅、一陣白，想解釋幾句，抬頭對上沈玉蓉清澈明亮的眸子，欲出口的話生生憋在嗓子裡。

她知道，無論說什麼，沈玉蓉也不會信。

「當了婊子還想立牌坊，說的就是妳這種人。我與繼母處得不好，有妳的手筆吧。還有，讓我嫁去謝家，妳也出了不少力。背後捅我刀子，還在我面前裝姊妹情深，沈玉蓮，妳可真行，沒墮了妳名字的含義，表面像蓮花，根子裡爛透了。」

這次回來，沈玉蓉忽然想通了許多事。明明張氏挺喜歡她的，為何突然厭惡了；柳姨娘明明與張氏針鋒相對，為何突然巴結起來，這一切都是因為沈玉蓮橫插一槓。

沈玉蓉盯著沈玉蓮好一會兒，道：「我自認從未得罪大姊姊，為何要在背後捅刀子？」

沈玉蓮自然不會承認，一臉忐忑和不解。「玉蓉，妳說什麼呢，我怎麼會害妳？我是妳大姊姊呀，咱們感情最好了。」

這種態度讓沈玉蓉服氣，都撕破臉了，沈玉蓮還想裝。

啪！沈玉蓮的臉偏向一邊，轉過臉，不敢置信地盯著沈玉蓉。「妳敢打我？」

沈玉蓉甩甩手，漫不經心道：「打都打了，妳還問敢不敢，這不是廢話嗎？」

原來打人手會疼，早知道就更用力點，也不算吃虧。

丫鬟們在外面伺候，聽見屋內爭吵，掀開簾子進來，沒看見沈玉蓮被打腫的臉，忙問道：「這是怎麼了，姑娘們拌嘴了？」

沈玉蓉見狀，湊到沈玉蓮耳邊道：「若不想讓人知道妳做的事，嘴巴就別亂說。那些似是而非的話，我可不喜歡。」

以前，沈玉蓮被打了，肯定會說與沈玉蓉沒關係。她越這樣說，所有人越覺得是沈玉蓉動的手。

沈玉蓮聽了，瞳孔一縮，喝斥丫鬟們。「無事，我們姊妹鬧著玩，妳們都出去。」

丫鬟們退下，屋內只剩下沈玉蓉和沈玉蓮，沈玉蓮也不裝了。「妳想做什麼？」

「人是我的，妳想要，就得拿錢買。」沈玉蓉笑了笑。「一百兩，不二價，過時不候。幾天不見爹爹，我想他老人家了。」

「我給。」沈玉蓮咬牙切齒。

沈玉蓉揣著一百兩銀票離開了。

午飯時，丫鬟們說沈玉蓮身子不適，沒見她出來。

沈玉蓉自然不願看到沈玉蓮，吃了午飯，拉著沈謙說一會兒話，高高興興地走了。

出了沈府，沈玉蓉上車，問梅香哪裡的糕點好吃，想買些糕點零食給謝夫人他們。

梅香疑惑。「姑娘不是喜歡一品齋的糕點嗎？裡面還有許多果脯，味道很好，可是價錢不便宜。」

有的糕點一兩銀子一盒，果脯半兩銀子一斤，乾果更貴，要二兩銀子一斤。以前沈玉蓉一個月的月錢才八兩，只能偶爾買上一些。

「那咱們就去一品齋。」沈玉蓉吩咐車夫啟程。

來到一品齋，沈玉蓉四處看看，糕點種類不多，桃酥、杏仁酥、梅花糕，口味簡單，樣式倒是精緻，怪不得要一兩銀子一盒呢。

果脯更少，只有糖漬酸梅、山楂等。這時代的水果本就稀少，又不易保存，自然吃不到新鮮水果。乾果也不多，山核桃、松子、葵花子都是原味，味道不出眾。

沈玉蓉買了點心、果脯並乾果，花了十兩銀子。

梅香在一旁肉疼。「姑娘，您一下用掉十兩，也太會花錢，以前您不是這樣的。」想到謝家的情況，更是後悔，方才應該攔著的。

沈玉蓉看出梅香的心思，笑了笑，掏出一塊果脯塞進她嘴裡。「放心吧，咱們有錢。跟著本姑娘，包妳吃香的、喝辣的。」

回到謝家莊子，主僕倆還未進門，就看見一輛馬車停在莊子門口。

沈玉蓉心道，這是誰上門了？沒聽謝夫人說起親戚朋友啊。

她帶著疑惑，直接去謝夫人的正院，見謝沁之和謝敏之站在門口，戰戰兢兢不敢進屋。

兩人看到沈玉蓉，彷彿找到主心骨，忙說壞人又來欺負娘親了。

沈玉蓉還未進門，就聽見一道尖酸刻薄的聲音。「大夫人，今年的奉養銀子，您還沒給呢，老夫人等著老奴回話。當初分家時說好，每年給老夫人二百兩，侯爺在時，從未拖欠過，怎麼侯爺一走，這奉養銀子就不給了呢？」話裡指責謝夫人不孝。

謝夫人坐在主位上，神情淡然地看著婦人。「我會送過去。」這種事經歷得多，她也不放在心上了。

不是她不拿出銀子，實在是手頭不寬裕。

謝衍之臨走前，給她二百兩家用。若全給花婆子，他們娘兒幾個真要喝西北風了。

花婆子道：「不勞大夫人跑一趟，老奴順便帶回去就成。您也知道，老夫人不喜歡您，看見您，心情就不好。」話不恭敬，態度也鄙夷，顯然不把謝夫人放在眼中。

沈玉蓉站了一會兒，實在聽不下去，安撫好謝敏之和謝沁之，笑嘻嘻地進屋。「娘，咱們家有客人？」幾步到謝夫人身後，望著花婆子道：「喲，我以為是哪家的夫人，原來是個跑腿的。」

花婆子看向沈玉蓉，上上下下打量，暗道這就是謝衍之娶的新婦？聽說是個小官之女，看著不像沒見識的，說話落落大方，比府裡的姑娘都端莊大器。

謝夫人一聽，便知沈玉蓉看不慣花婆子，笑著解釋。「這是妳祖母身邊的婆子。」別的不再解釋，怕沈玉蓉為銀子發愁，又對花婆子道：「妳先回去，過幾日我去向婆婆請安。」

沈玉蓉見謝夫人不願意多說，也不再問，對花婆子道：「原來是祖母身邊的紅人，今兒一早，我說喜鵲在窗邊叫呢，原來是貴人到了。我回來時帶了一品齋的糕點，您捎給祖母嚐嚐，東西不值錢，卻是我們小輩的心意。」

梅香把懷中的糕點遞給花婆子，卻是一臉不情不願，顯然不想給。

花婆子沒拿到奉養銀子，心裡本不高興，聽見有糕點，還是一品齋的，當即臉上樂開了花，對著沈玉蓉誇讚一番，揣著糕點往外走。

剛走到門口，她腳下忽然一滑，竟直直往前倒去，嘴正巧磕在門檻上，當即流血，掉了兩顆門牙。

第六章

沈玉蓉驚呼一聲，讓人扶起花婆子，快步走到她跟前，嘖嘖兩聲。

「嬷嬷呀，您方才說話太缺德，老天爺都看不慣，這才讓您摔跤，磕掉了門牙。以後說話小心些，下次再磕到門檻上，可不是掉門牙這麼簡單了。」

她本不想為難一個老婆子，誰讓這婆子太可惡。

剛才在門外聽謝沁之說，這婆子心是黑的，為讓她兒子娶謝夫人身邊的丫鬟，硬生生把丫鬟逼得跳了井。

謝老夫人為難謝夫人，大半主意都是她出的，上門要銀子還趾高氣揚，一副狗眼看人低的模樣，著實可惡。

婆子聽了這話，還有什麼不明白，她會絆倒，是眼前的小蹄子所害。抬起頭，目光猙獰地瞧著沈玉蓉，咬牙切齒道：「是妳！」

「是我什麼呀，大家都瞧著呢，我可沒碰您。您的眼睛長在頭頂上，走路不看路摔了一跤，與我何干？」

沈玉蓉說著，起了身，居高臨下看著花婆子。「不就是奉養銀子嗎，今兒我心情好，讓您帶回去。」說完，讓梅香去棲霞苑取六百兩來。

梅香愕然，她家姑娘哪來這麼多銀子？

沈玉蓉湊到她耳邊，小聲嘀咕幾句。梅香臉上一喜，答應一聲去了。

謝夫人張口想說話，被沈玉蓉攔住。「娘，咱們是一家人，不說兩家話，先解決了眼前的事再說。」

謝沁之和謝敏之見沈玉蓉鎮住花婆子，提著裙襬小跑過來，經過沈玉蓉身邊時，略微停下，眸中滿是敬意與欽佩。

沈玉蓉讓花婆子寫了張收據，言明某年某月某日，收到謝家大房給謝老夫人的三年奉養銀子六百兩，下次再給是某年某月某日，要花婆子按手印，收起收據，才給了銀票。

「滾吧，再讓我看見妳欺負我的家人，可不是少門牙這麼簡單了。」

她不怕謝夫人說她沒規矩，成婚三日，謝夫人沒讓她去拜見謝老夫人，可見兩家關係不好，就算得罪了也不要緊。

只要她真心待謝家人，謝夫人自會對她寬容。

花婆子揣著銀票，灰溜溜地走了。她要回去告狀，說謝夫人不孝，謝衍之的新婦大逆不道。打狗還要看主人呢，她們這是打謝老夫人的臉。

沈玉蓉不管花婆子的想法與打算，她這人不能吃虧。誰給她氣受，她就狠狠還回去，下次別人就不敢輕易得罪她了，這是地府的母親教她的。

此刻，謝沁之和謝敏之圍著沈玉蓉，目光裡都是崇拜。

「嫂子，妳太厲害了，比大哥還行。」每次花婆子來，她們都要吃虧，沒想到大嫂竟把花婆子打跑了。

沈玉蓉一手牽著一個小姑娘回屋，對著謝夫人道：「娘，您不會怪我自作主張吧？」

謝夫人笑了笑。「怎麼會？我謝妳還來不及呢。」

這丫頭心眼實誠，都將自己的嫁妝拿出來了，可見是真把他們當家人。

這時，謝瀾之和謝清之也進屋，滿面帶笑。「方才看見花婆子，她捂著嘴，滿臉是血。問她又不說話，直搖頭，到底發生什麼事？」誰讓花婆子吃了這麼大的虧？

謝夫人看向沈玉蓉，方才她瞧見了，是沈玉蓉偷偷往門口撒了松子，花婆子才會摔倒。

謝沁之年紀大些，嘴巴也快，把剛才的事說一遍，末了又道：「真是太痛快了，我早想這麼幹了。」瞄向謝夫人，見謝夫人含笑不語，沒有責怪的意思才放心。

謝瀾之和謝清之也朝沈玉蓉投去欽佩的眼神。

幾人說著話，沈玉蓉將帶回來的東西分給大家，樂得謝沁之和謝敏之合不攏嘴。

「這是一品齋的，許久不曾吃到他們家的糕點呢。」謝沁之喜道。

此話一出，謝夫人眼神黯淡下來。若是以前，孩子們哪會為這些點心開心，想吃早讓小廝或婆子去買。

沈玉蓉見謝夫人心情不佳，忙問道：「該做晚飯了。娘想吃什麼，我去做，讓娘嚐嚐我的手藝。」

謝夫人拉著她的手，一下一下撫摸著。「妳一個官家小姐，十指不沾陽春水，哪裡會做飯，讓婆子們去做。想吃什麼，告訴她們一聲就成。」

「我會做飯，比婆子做得還好。娘要是信我，讓我做一頓，保准您吃了這頓想下頓。」

沈玉蓉本想哄謝夫人開心，但見她真心疼自己，心裡更為感動，暫時待在謝家也不錯。

謝夫人不願約束她，點頭答應了。

謝沁之和謝敏之覺得稀奇，想看看沈玉蓉做什麼，遂也跟著去了廚房。

在地府時，沈玉蓉認識了一個御廚傳人，也在地府工作，與母親關係不錯，非要收她為徒弟，因此沒少被師父提著衣領學藝。原以為地府的人都不吃不喝呢，沒想到比人還講究。

沈玉蓉進了廚房，身後跟著兩個小尾巴。

她也沒在意，打量廚房裡的食材。成婚那日採購得多，現在還餘下不少，雞鴨魚肉全有，還有羊肉、鹿肉和各色青菜。

梅香站在沈玉蓉身後，有些懷疑。「姑娘，您真的會做菜嗎？您在家時也沒做過，從哪裡學的？」

沈玉蓉擼起袖子，一面選食材、一面回答。「夢裡。」她不算說謊，確實在夢裡。

「夢裡？」梅香、謝沁之、謝敏之異口同聲地說。

「是啊。」沈玉蓉找了把趁手的刀。「我夢見我娘，和她同住了一段時日，她教會我許多本事。不信，你們就瞧瞧。」

越是實話，越是沒人信。

但謝沁之等人見沈玉蓉動作嫻熟，刀工又快又好，比廚娘都厲害，又不得不信。

待沈玉蓉做出六菜一湯，擺到桌上，松鼠桂魚、回鍋肉、宮保雞丁、糯米鴨、清炒水芹、涼拌藕片，湯是菌菇湯。色香味俱全的菜引得人口水直流，她們才真信了。

「娘親，咱們家換廚娘了嗎，今兒的飯菜也太香，我都無心讀書了。」謝清之說著，走進飯廳，待看到桌上的菜時，驚呼出聲。「誰做的？看著就好吃！」湊近聞了聞，捏一塊雞丁放嘴裡，頓時驚呆。「好吃！」

他想再捏一塊，被謝瀾之拉住。「你的規矩學到哪裡去了？」

謝夫人難得見孩子們隨心所欲，笑著招呼大家坐下。「你倆猜猜，這桌菜是誰做的？」

謝瀾之的目光落在梅香身上。「難道是梅香姊姊？」在他眼中，大家閨秀可不會做這些菜，只有丫鬟或廚娘會。

謝清之也猜是梅香做的。

梅香羞紅了臉，低下頭，小聲地說：「我也想有這樣的手藝。」語氣中帶著遺憾，瞥著沈玉蓉。

謝瀾之和謝清之同時去看沈玉蓉。「是大嫂做的？」

「不能是我嗎？」沈玉蓉拿起筷子，替謝夫人夾了塊魚肉。「您嚐嚐這松鼠桂魚，外脆裡嫩，酸甜可口。」

聽了她的話，所有人都朝松鼠桂魚伸筷子。

謝夫人吃了一口，滿意地點點頭。「我怎麼覺得，比皇宮的御廚做的還好吃。」

沈玉蓉又幫她夾其他菜，謝夫人讓她自己吃，又對許嬤嬤擺擺手。「你們也去吃吧，這裡不用人伺候。」

沈玉蓉做了兩份晚飯，另一份在廚房，是給許嬤嬤他們的。

許嬤嬤應聲，帶著梅香退下，也去嚐嚐沈玉蓉的手藝了。

這頓飯吃撐了所有人，尤其是謝瀾之和謝清之。兩人平時吃一碗飯，今兒破例吃下兩碗，撫摸著肚子，直說大哥沒口福。

謝夫人望向沈玉蓉，見她平靜無波，暗道這孩子還沒喜歡上謝衍之呢。

四個小的也看沈玉蓉，又默默交換眼神，覺得她不關心大哥。若是關心，該說下次大哥回來，做給他吃。

不行，大嫂上得廳堂、下得廚房，只能是自家的，看來該打聽一下大哥的去處，給大哥捎封信，說說大嫂的好處，讓大哥在外少拈花惹草。

沈玉蓉絲毫不知其他人的想法，只顧著享受美食。

飯後，沈玉蓉又熬了些酸梅湯，送來給謝夫人。酸梅湯消油解膩，飯後喝正好。

謝夫人一手端著碗、一手攪動著勺子，抬眸看沈玉蓉。「妳來不止送湯吧，說說妳有何想法？」知道沈玉蓉有主意了。

這孩子心誠，明眸清澈，不帶有一絲算計和嫌棄，這樣的人配得上謝衍之。

「咱們家可還有其他進項？」沈玉蓉直接問。

「妳想開酒樓？」謝夫人道：「我勸妳收了這心思，開了酒樓，也未必有人敢進去。」

「為何？」沈玉蓉暫時沒有這樣的打算，卻也忍不住好奇。「又是王太師？」

謝夫人點頭，算是確定沈玉蓉的話。

「他到底想要什麼？」沈玉蓉問。什麼東西這麼重要，當朝太師苦苦相逼，只差沒把謝家人逼死了。

謝夫人嘆氣。「陳年舊事，不提也罷。妳若真想做些什麼，我可以指條明路。」

沈玉蓉皺眉。「明路？」路都被堵死了，還有路可走嗎？

「對。」謝夫人笑了笑。「王家和王太后隻手遮天，但並非所有人都怕他們，當今長公主就不怕。」

第七章

謝夫人說起了長公主的事。

先皇好色，嬪妃眾多，偏子嗣不豐，皇子和公主加起來，只有五個。長公主是他唯一的女兒，還是皇后所出，與前太子一母同胞，自然得先皇看重，剛出生就給了封地，食邑五千戶。

長公主是先皇的掌上明珠，千嬌百寵地長大，及笄後到了嫁人的年紀，所有人都以為她會嫁到百年望族之家，或者位高權重的門第。再不濟，也是新科狀元。

孰料，她竟看上了商人之子莊遲。莊遲雖是商戶出身，一張臉卻比女人還嬌美。

「咱們這位長公主看上了駙馬的臉？」沈玉蓉樂了，她以為只有在地府需要看臉，因為人有各種死法，死狀也極為難看，沒想到公主選駙馬也看臉。

謝夫人微微頷首。「起初先皇不答應，諸位皇子也不滿，但長公主為了嫁給莊遲，一哭二鬧三上吊，什麼招數都使上了。」

「所以先皇就答應了？」沈玉蓉問。

果然一哭二鬧三上吊的手段到哪裡都好用，要是她想與謝衍之和離，謝家不肯，她也用這招試試。上吊就免了，她對繩子有陰影。

「是啊。」謝夫人道：「不僅如此，先皇還封莊遲為宜春侯，將兵器打造之事交給莊家。莊家不管朝堂的事，只經營生意，說一句富可敵國也不為過。」

沈玉蓉立刻明白謝夫人的心思，想讓她走莊家的路子。莊家背後是長公主，王太師不敢動莊家。

背靠大樹好乘涼，這盤算與她的不謀而合。

可她怎樣才能搭上莊家這條線，莊家財大氣粗，背景雄厚，看不上她這隻小蝦米吧？

「莊世子是莊家獨子，名叫莊如悔，喜歡去茶樓聽書。」謝夫人提醒。

沈玉蓉眼眸一亮，臉上浮現笑意，這個她在行啊。在地府時，她看了不少名著故事，有的讀了幾十遍，早已爛熟於胸，還能默寫，保准莊世子喜歡。

謝夫人看看外面的夜色，不知不覺已到二更，催促道：「我累了，妳也回去歇著吧。」

沈玉蓉告退，等她走了，許嬤嬤上前伺候謝夫人睡下。

「夫人為何不告訴少夫人，那莊公子是……」

她的話未說完，被謝夫人打斷。「這件事知道的人本就不多，玉蓉機靈，不告訴她，她也能猜到。如今只有長公主能幫上咱們了，她也很樂意出手。」

許嬤嬤替謝夫人掖了掖錦被，笑道：「夫人就如此篤定？」

「不信妳瞧瞧，這丫頭大膽心細。」謝夫人睡下，也催促許嬤嬤去歇著了。

沈玉蓉躺在床上，思索著該用哪本書引起莊如悔的注意。莊如悔是男人，男人喜歡英雄人物，要不講《三國演義》？等等，莊家不涉入朝政，或許對三國不感興趣，不如講《紅樓夢》，還是講《西遊記》？

左右睡不著，沈玉蓉起來找出紙筆，將《紅樓夢》第一章默寫下來，直到四更才睡下。她惦記著搭上莊家這條線，清晨醒來毫無睡意，隨意吃了幾口早飯，便去找謝瀾之借身男裝，打算去茶樓會會莊如悔。

謝瀾之不解。「大嫂，妳要男裝做什麼？」

「我進城逛逛，女裝不方便，我又沒有男裝，只能找你借一套了。」沈玉蓉找個藉口。

謝瀾之不再多問，尋出一件他十二歲時穿的廣袖長袍。他比沈玉蓉高半個頭，現在的衣裳不適合她。

沈玉蓉也不嫌棄，拿了長袍回去換上，又替梅香找了套小廝的衣服。

兩人換好衣裝，梳了頭髮，互相打量對方，打趣幾句，又作揖行禮，怎麼看都像書生與書童。

進了城，沈玉蓉找了個小乞丐，掏出一塊碎銀子，在手裡掂了掂，問道：「你可知莊世子喜歡去哪間茶樓喝茶？」

小乞丐看看她手中的銀子，立刻說出茶樓的名字。

沈玉蓉給了銀子，道聲謝，帶著梅香去橋緣茶樓。

梅香跟在她身後，猶豫半晌才問：「姑……公子，妳怎知小乞兒曉得莊世子的去處？」

沈玉蓉展開扇子搖了搖，一面走、一面道：「長公主是誰啊，先帝唯一的女兒，備受寵愛，她的獨子可是名人。小乞丐整日待在街邊，看著形形色色的人，不知道才奇怪呢。」

兩人說著，走進橋緣茶樓，直接上二樓，找了靠街的位置坐下，叫來小二，要一壺上好的龍井，一邊品茶、一邊聽大堂內的說書。

這故事講的是風流公子與青樓歌姬的故事，才子佳人，有些老套。不過說書先生的嗓音極好，語氣抑揚頓挫，愣是讓故事多出好些曲折來。

沈玉蓉聽了一個時辰，沒見莊世子出現，便喊來小二打探一番，才知莊世子好似病了，從昨天起就沒來。

「今兒白跑一趟了。」沈玉蓉有些失望。

莊世子這一病，什麼時候才會好？謝家快揭不開鍋了。

她也不氣餒，帶著梅香在城裡逛一圈，午飯前回謝家。

一連五日，沈玉蓉早飯後都去橋緣茶樓聽書，來個守株待兔。回謝家後，她繼續默寫《紅樓夢》，內容越多，越能引起莊如悔的興趣。

其實茶樓也是個打探消息的好地方，東家長、西家短，這幾日可沒少聽新鮮事。

沈玉蓉也樂意看戲，點一盤點心，要些花生、瓜子，再配上一壺好茶，裝備就齊全了。

但她怎麼也沒想到，看戲能看到自己身上。

「你們聽說了嗎？」這聲音是從隔壁桌傳來的。

「聽說什麼？」另一個人問。

「武安侯謝家徹底落魄，有些日子不見謝衍之了。」又一個人搭腔。

「那廝就是個紈袴，還看不慣這個，瞧不上那個的，鬥雞遛狗倒是在行，仗著馬球好，每次都壓咱們一頭。如今他不進城，也是好事，該咱們出風頭了。」最先開口的人道。

「謝衍之成婚了，如今是有媳婦的人，有人管著，自然不能隨意出來嘍。」

「他娶的是戶部郎中沈大人的嫡長女吧，五品小官之女，也就謝家能看上。換作是我，做個妾還差不多。」

「聽說沈家女長得閉月羞花，性格溫柔端莊，就是身分低些，配謝衍之倒是委屈了。」

話落，三人哄堂大笑，又說了些葷話。

沈玉蓉回頭看他們一眼，長得人模狗樣，穿著也華麗，就是不說人話，白費了好樣貌。

梅香坐在沈玉蓉對面，想起身找那些人理論一番。

沈玉蓉忙按下她。「被狗咬了，還去咬回來，豈不是與狗無異。」

她不計較，卻有人計較。

沒等沈玉蓉反應過來，有人從樓梯口走來，相貌如同《紅樓夢》裡寫過的句子，面若中秋之月，色若春曉之花，眉如墨畫，唇若桃瓣，身著月白色暗紋錦袍，腰間繫金玉腰帶，墜著環珮，手擎長鞭。

他身後還跟著一個戴面具的侍衛，手中提劍，寒氣逼人，一副生人勿近的樣子。

沈玉蓉一瞬不瞬盯著來人，眸中閃過驚豔，隨後是讚嘆。

無論古代還是現代，她都沒見過這樣好看的人，明明是男人，卻比女人好看，這廝該不會是女扮男裝吧？一個男人長成這樣，太可惜了。

梅香也癡癡望著那人，湊到沈玉蓉身旁，小聲嘀咕一句。「公子，這是男人嗎，怎麼比姑爺還好看？」

謝衍之是她見過最好看的男人了，如今竟被人比下去。

沈玉蓉打量著來人，似乎沒有聽到梅香的話。

來人一言不發，朝嬉笑的三人走去，手中的鞭子隨意往桌上一扔，撩起袍子坐下，雌雄莫辨的嗓音夾雜著鄙夷不屑。

「你們有臉說謝衍之廢物？他一個廢物都娶親了，你們呢，同樣是紈袴子弟，卻沒討到媳婦兒，還有臉嘲諷別人，不撒泡尿照照自個兒。」

「莊如悔，你笑話誰呢，你不也沒成婚？」一個青袍青年站起來，指著莊如悔憤憤道。

莊如悔睨著他，笑了笑。「小爺未及弱冠之年，不著急。」

「姓莊的，你欺人太甚！」為首的王昶握緊拳頭想打莊如悔，卻被身旁的兩個青年攔住。「王兄，息怒，他一向如此，咱們不跟他一般見識。」

長公主和宜春侯就這麼一個獨子，甚是護犢子，他們惹不起。還有，莊家小子武功了得，他們打不過。

家中再三叮囑，見了莊如悔，能不招惹就不招惹。若是得罪了，自己承擔後果，不可連累家中。

「有本事出去打，嚇唬誰呢，我可不是你們這幫紈袴。」莊如悔挑眉，勾唇嗤笑。她從小練武，在京城年輕一輩裡鮮有對手，教訓這幾個廢物易如反掌。

「狂什麼狂，你要不是長公主的獨子，我早收拾你了！」王昶狠狠瞪著莊如悔，掙扎著想動手。

沈玉蓉打開扇子搖著，饒有興致地望著他們，繼續看戲。

天下竟有這樣標緻的人，怪不得長公主非莊遲不嫁，兒子長成這樣，老子也不差，當得起京城第一美男的稱號。

莊如悔似乎發現有人看他，轉身瞧過來，眉頭緊鎖，對沈玉蓉喝斥道：「看什麼看，小爺長得俊美無雙，也不是妳能看的。」

真是年少輕狂，想罵誰便罵誰呢。

沈玉蓉笑了，合上扇子，朝莊如悔走來。「不想被人看就待在家裡，出來招搖過市，好歹也遮一遮、擋一擋，不遮不擋，不就是讓人看嘛？再說，長得俊不是你的錯，出來招搖過市，讓別人無地自容，就是你不對了。」目光清澈，絲毫沒有褻瀆的意思，只是純粹欣賞。

王昶聽了這話，冷哼一聲，鄙夷道：「馬屁精。」

莊如悔笑起來。「小爺就愛聽這話，你們自己長得醜，怨誰？」

沈玉蓉見莊如悔穿著高領的衣服，遮住脖頸，腦中靈光一閃，突然想起謝夫人的話。

謝夫人怎會放心她與外男往來，原來如此！

她勾唇，笑著幫腔。「怨自己不會投胎唄。」

莊如悔大笑。「哈哈，這話不假。」

第八章

王昶脾氣不好，本就氣惱，聽見沈玉蓉和莊如悔一唱一和的，更是怒火中燒。

莊如悔是長公主的獨子，他惹不起，可眼前這小子面生，定是名不經傳，也不知道從哪個犄角旮旯裡出來的，竟敢嘲諷他，便掄起拳頭朝沈玉蓉砸去。

沈玉蓉本就會功夫，雖然不高，卻反應靈敏，當即躲到莊如悔身後。

一個躲，一個打，莊如悔在中間攔著。

王昶打了幾次，沒打到沈玉蓉，氣得臉頰通紅，罵道：「小白臉，有種你別躲！」

沈玉蓉才不會站著挨打。「不躲是傻子。」

莊如悔很喜歡沈玉蓉的個性，乘機幫她說話。「王昶，夠了。在我跟前恃強凌弱，膽子肥了，要不要我找王太師聊聊去？」

王昶是王太師嫡幼子，十分得寵，在京城霸道慣了。但明宣帝不願王太師和太后坐大，對長公主多有維護。京城若有人敢與王太師叫板，也只有長公主一派了。

大齊的兵器掌握在莊家手中，王太師不能得罪莊家與長公主。

王昶知道討不了好，帶人準備離開。

沈玉蓉朝他做了個鬼臉。「欺軟怕硬。」

王昶回頭，正巧看見這一幕，揮起拳頭朝沈玉蓉比劃一下。

孰料沈玉蓉嚇得驚叫一聲，轉身撲進莊如悔懷中，手好似無意一般，摸上他的胸。軟的，不似男人的堅硬，果然……

莊如悔察覺到什麼，一把將沈玉蓉推出去，又驚又懼。「妳……」

沈玉蓉後退兩步，堪堪站穩，滿臉歉意。「我、我不是故意的。」

莊如悔想到什麼，瞥向身旁侍衛，見他站在一邊，依然冷若冰霜，似乎沒有覺察到不對，清了清嗓子，試圖掩飾自己的尷尬。

「都是男人，摸一下而已，小爺還不至於如此小器。」

方才她就看出沈玉蓉是女子，有耳洞、沒喉結、柳葉眉。在她這個喬裝老手跟前，太遜色了。

不過，沈玉蓉很可能知道了她的秘密。

這個秘密，不能讓外人知道。莊如悔微微瞇起眼，渾身發散出危險的氣息。

沈玉蓉一直悄悄打量著莊如悔，感覺到她的異狀，怕惹怒她，忙對她拱手行了一禮。

「多謝世子相助，今日在下還有要事，改日定當重謝，告辭。」話落，沈玉蓉拉著呆愣的梅香，逃也似的下樓離開。

莊如悔見狀，拿起桌上的鞭子，對一旁的侍衛道：「走，跟上去，不能讓她跑了。」

想走，沒那麼容易。

沈玉蓉剛走下樓梯，餘光看向身後，見莊如悔跟上來，腳下的步子更快，想快點離開，偏偏這時發生了意外。

哎喲！沈玉蓉和人撞到一起，把對方撞倒了。

沈玉蓉急忙去看，被她撞倒的是個少年，與謝瀾之一般年紀，唇紅齒白，一臉憨相。

她見莊如悔追上來了，趕緊扶起少年。「實在對不起，我走得太急了些。你沒事吧，需要去醫館嗎？咱們現在就去。」扶著他往外走。

少年卻呵呵笑指著沈玉蓉。「姊姊，我認識妳，妳是衍之表哥新娶的娘子，對不對？」

沈玉蓉一臉苦笑，心裡哀嚎，對不對，都讓你說了。今兒出門沒看黃曆，惹了煞星不算，還遇上熟人。

少年見她不答話，問道：「姊姊，妳怎麼了，笑得比哭還難看，是我把妳撞疼了？」

不待沈玉蓉回答，莊如悔走至跟前，打量著沈玉蓉，嘖嘖道：「妳就是謝衍之那廢物娶回家的新婦？他雖紈袴了些，眼睛倒不瞎啊。」

少年見是莊如悔，笑嘻嘻喊了句。「如悔表哥。」

莊如悔這才看向少年。「曦兒怎麼在此處？你一個人來的，那些伺候你的人呢？」

「他們慢，跑不過我，在後面呢。」

少年話音剛落，一個太監打扮的人跑來，抱怨道：「殿下，您慢些，老奴跟不上呀！」

又見少年的袍子沾了土，哎喲一聲。「殿下，您這是怎麼了，一會兒不見，衣袍上都染了灰。回宮讓皇上瞧見，又該說老奴不盡心了，您就體諒體諒我們這些做奴才的吧。」

沈玉蓉這才知道眼前的少年是皇子，但到底是哪位皇子呢？沈家初來京城，城裡又無親密的朋友，對京城的事一無所知。

這皇子居然喊謝衍之表哥，又喊莊如悔表哥，謝家與明宣帝是親戚，也拐著彎與長公主有關係。堂堂侯府，能混到京郊莊子去，這本事不一般啊。靠山硬，卻被王太師為難，謝家定有不少秘密呢。

不過現在不是想這些的時候。

沈玉蓉站到一旁，聽莊如悔和少年說話。

莊如悔見少年臉上髒兮兮的，拿出帕子幫他擦。「不許再跑快了，你是皇子，有事讓那些奴才們去辦。今兒來橋緣茶樓，是特地尋我？」

少年憨憨點頭。「許久不見衍之表哥，我有些想他，便去侯府。但那些人說衍之表哥搬走了，至於搬去哪裡，他們不知。」說到此處，垂下眸，欲哭不哭，好似受了天大的委屈。

莊如悔面容當即冷了幾分，手裡攥著帕子，手背青筋暴凸。「是不知，還是欺負你？走，到侯府老宅瞧瞧，看是哪個不長眼的奴才說的，今兒我扒了他的皮。」

少年是當朝六皇子齊鴻曦，今年十四歲，五歲時病了一場，高燒三日，太醫們束手無策。病好後，人卻傻了，如今心智只有七、八歲。

那些奴才竟敢欺辱他無知，豈有此理！

沈玉蓉見莊如悔顧不上她，對梅香使眼色，悄悄退到橋緣茶樓大堂，轉身進內堂，從後門溜走了。

此時不走，更待何時？幸虧遇見六皇子，不然真被莊如悔逮住了。

等出了橋緣茶樓，梅香滿臉疑惑，問道：「姑娘，咱們為什麼要跑啊？」

那少年應該是皇子，跟姑爺很熟，沒必要跑啊。

沈玉蓉語塞，她能說發現大秘密嗎？不能啊，不然小命真沒了，於是隨意敷衍道：「那世子是個煞星，腦子有病，看我不順眼。再不跑，等會兒要遭殃。」

梅香更是不解。「我覺得世子很好啊，長得好，人也好，還誇姑娘呢。」說姑爺眼光好，這不是說她家姑娘好嗎？

「廢話少說，趕緊回去吧。時辰晚了，娘該擔心了。」沈玉蓉一邊走、一邊說。

梅香哦了聲，乖巧地跟在沈玉蓉身後。

橋緣茶樓前門，齊鴻曦再次抬眸，卻沒發現沈玉蓉，環顧四周，也沒見人，清澈明眸滿是疑惑。

「姊姊呢，怎麼不見了？」

莊如悔這才發現沈玉蓉跑了，看向一旁的侍衛。「瞧見她去哪兒了嗎？」

侍衛指指茶樓內堂，冷冷道：「八成從後門跑了。」

莊如悔氣笑了。「好啊，居然敢在我眼皮子底下耍花招，謝衍之的小娘子當真膽大，這混帳眼光倒是不錯。」頓了下，對齊鴻曦道：「曦兒，那些人欺負你，我幫你討回公道。」

齊鴻曦噘嘴。「不去，我想找衍之表哥。」

「你知道謝衍之住哪兒嗎？」莊如悔問。

齊鴻曦搖頭，那日謝衍之成婚，他本想去的，父皇覺得不安全，便沒讓他去。為此，他鬧了幾天脾氣，父皇才准許他出來找人。

「武安侯府的人肯定知道，走，咱們去問問。」莊如悔腦海中閃現沈玉蓉的模樣。敢跟她耍心眼，不知道有句話叫「跑得了和尚，跑不了廟」？

齊鴻曦欣喜拍手，點頭應了，拉著莊如悔去了武安侯府。

謝老夫人自是不敢得罪莊如悔和齊鴻曦，恭敬地把人請進去，說了謝衍之的住處，又恭敬地把人送出去，回來把糊弄齊鴻曦的門房打了一頓。

門房也是冤枉，他是真不知謝衍之的住處，並非有意隱瞞。知道大房住處的，只有謝老夫人身邊的嬤嬤和去過的車夫而已。

莊如悔知道沈玉蓉的住處後，也不耽誤，帶著齊鴻曦，坐上馬車去了郊外莊子。

第九章

莊如悔帶齊鴻曦去武安侯府的事，沈玉蓉並不知情。

她自知得罪了莊如悔，不敢在城內多逛。這幾天，家中的肉吃光了，想著幾個孩子都在長身體，遂買了兩條魚、四斤排骨、四個豬蹄、四斤里脊肉、四斤五花肉和四斤羊肉，又去一品齋買兩盒糕點，便坐上馬車出城。

沈玉蓉還沒進家門，謝沁之和謝敏之早等在門口了，遠遠看見自家馬車，手牽著手迎上去，見沈玉蓉掀開簾子，甜甜地叫著嫂子。

「等多久了？」沈玉蓉跳下馬車，摸摸兩人的頭，一手牽著一人往家裡走。

「我們剛等一會兒，嫂子就回來了。」謝敏之說。

謝沁之知道沈玉蓉是去辦事，問她順不順利？

沈玉蓉啞然，見謝沁之看她，只得尷尬地笑了笑。「不順利。」何止不順利，簡直倒大楣了。她得罪了莊如悔，得另闢蹊徑才行。

唉，早知莊如悔不好惹，她就不好奇了，真是好奇心害死貓。

謝沁之知道事情不算順利，不再多問，隨沈玉蓉去了正院。

見了謝夫人，沈玉蓉送上買來的糕點。

謝夫人很高興，不是東西多稀奇，是為沈玉蓉這份心。謝衍之走了，沈玉蓉依然一心一意對他們，她感動的同時，更心疼沈玉蓉。

她將糕點分給沈玉蓉、謝沁之和謝敏之，又問沈玉蓉事情辦得如何？

沈玉蓉搖頭，怕謝夫人擔心，不敢說出今天發生的事。她想打聽莊如悔這個人，總覺得謝夫人知道內情，卻又不知該如何開口。

謝夫人以為她沒見到莊如悔，道：「明日再去，總會見到人的。」

沈玉蓉不願多說，見時辰不早了，便說：「娘，我買了些肉，今兒我下廚。」

謝沁之和謝敏之聽了這話，吃完手中的糕點拍拍手，高聲喊道：「太好了，我們有口福了！」還追問今兒中午吃什麼。

沈玉蓉想了想，道：「口水雞、糖醋排骨、酸菜魚、乾隆白菜、香椿炒雞蛋，再來一道炒藕條和銀耳蓮子羹，如何？」

一口氣說了六菜一湯，和上次的不重複，可樂壞了謝沁之和謝敏之，一個勁兒地誇沈玉蓉厲害。

沈玉蓉先去棲霞苑換衣裙，才帶著謝沁之和謝敏之進廚房。

廚娘見識過沈玉蓉的廚藝，忙把地方讓出來，跟在沈玉蓉身後，準備學幾手。

沈玉蓉找了個盆子，將排骨洗淨放入盆中，加入白酒、蔥薑等物，然後拌勻，用力揉搓幾遍，放在一邊醃漬。動作一氣呵成，看得謝沁之和謝敏之瞠目結舌，嘖嘖稱嘆。

廚娘也看呆了，喃喃自語。「乖乖，大少夫人這手藝，比十幾年的老廚子還老練啊！」

又將殺好的雞和魚拿進來，交給沈玉蓉，再次誇讚沈玉蓉的手藝，可以開酒樓了。

沈玉蓉笑著接過魚，撕去魚肚裡的黑膜，洗淨擦乾，剁下魚頭和魚尾，剪去魚鰭，順著脊背將魚骨和魚肉分開，俐落地將魚片好。

做酸菜魚最好選草魚，可草魚刺多，她不喜歡，就用黑魚代替。

魚骨、魚肉切成塊，魚片魚骨加白酒、鹽等調料醃一會兒，再用清水洗幾遍，加鹽、白酒、胡椒粉、蛋清等物抓均勻，醃漬入味。

做好這些，她又去料理雞肉。

謝沁之和謝敏之在一旁看著，想幫忙，卻插不上手，便央求沈玉蓉教她們。

沈玉蓉讓她們撕白菜心，等會兒做乾隆白菜。

謝敏之撕白菜，謝沁之摘香椿，廚娘則將藕皮削了。

沈玉蓉開始做糖醋排骨，鍋燒熱，放入少量的油，加入桔糖。這時沒有冰糖和白砂糖，只能用桔糖代替。

中火加熱桔糖，融成金黃色，倒入排骨翻炒上色，再加入調好的料汁。大火煮開後，蓋上鍋蓋，換小火燉兩刻鐘，再用大火收汁，起鍋裝盤，撒上芝麻蔥花。紅中帶著綠，色澤誘人，香氣直往人鼻孔裡鑽，不覺流出口水來。

謝敏之吞了吞口水，眼睛一眨不眨地盯著盤子。「這排骨肯定好吃，聞著都香。」

「瞧把妳饞得，像咱們家虧待妳一樣。」謝沁之白她一眼，也悄悄嚥口水。這排骨看著就好吃，不知吃到嘴裡的味道如何。

沈玉蓉聽了，用筷子夾起兩塊，送到兩個孩子嘴裡，樂得她們直歡呼，連聲道謝。

接著，沈玉蓉做了其他的菜。同樣做兩份，一份給許嬤嬤他們吃，一份給自家人吃。

等菜端上桌，謝瀾之和謝清之聞著香味跑進偏廳，淨了手坐下，準備拿起筷子開動。

這時，許嬤嬤進來了，行禮後道：「夫人，莊世子和六皇子來了，正往這邊趕呢。」

話落，莊如悔已經進了院子，幾步走至門口，見謝家人在吃飯，飯香撲鼻，使勁嗅了嗅，揶揄道：「喲，來得早不如來得巧啊！」目光落在沈玉蓉臉上，這話是說給沈玉蓉聽的。

沈玉蓉捏著筷子的手緊了緊，低了低頭，自欺欺人地希望莊如悔沒看見她。

莊如悔卻像不認識沈玉蓉一樣，看著謝夫人，笑顏如花道：「夫人，不介意我們吃個便飯吧？」

齊鴻曦也跟進來，對謝夫人行禮。「曦兒拜見姨母，見過姊姊。」

謝家其他人也站起來，向齊鴻曦行禮。

屋內香味四溢，齊鴻曦的肚子不由發出咕嚕聲，臉頰一紅，低頭道：「曦兒還未用飯，肚子餓了。」一頭又往下垂了垂。

謝夫人見到齊鴻曦，神色激動，忙起身來至他跟前，仔細端詳，眸中隱隱含淚。「我的曦兒，你怎麼來了？快進來吃飯。」

她拉著齊鴻曦進屋，親自幫他淨手，又讓許嬤嬤搬了把椅子，放在她旁邊，領著齊鴻曦入座。又招呼莊如悔坐下吃飯，不用客氣。

丫鬟送上兩副碗筷，謝夫人一直替齊鴻曦夾菜，催促他快吃。

莊如悔臉皮厚，聽見謝夫人招呼，也不客氣，淨了手搬椅子。不知有意還是無意，她竟坐到沈玉蓉身旁，神色自然道：「都說謝家落魄，但我瞧這飯食比香滿樓的都好，廚娘的手藝真不錯，該賞。」

謝夫人聽了，並不惱，一面為齊鴻曦布菜、一面笑著解釋。「這是玉蓉做的，平時不常吃。你們今兒來，算是有口福了。」

謝瀾之等人也替齊鴻曦夾菜。齊鴻曦大快朵頤，滿臉笑容，仰臉對謝瀾之等人道謝，唇邊沾上菜汁，看著有幾分可愛。

謝夫人含笑望著他。「喜歡便多吃些。」還幫他擦嘴角。

這樣溫柔似水的謝夫人，沈玉蓉從未見過，她為何對齊鴻曦如此好？齊鴻曦喊謝衍之表哥，那謝夫人與齊鴻曦是何關係？

她悄悄打量著齊鴻曦，這才發現齊鴻曦不太對勁，腦子好像少些什麼，卻不敢多問。身旁還有一個莊如悔，全無心思用飯了。

莊如悔也打量著沈玉蓉，聽見這桌飯菜是她做的，滿臉驚訝，讚賞道：「原來是嫂夫人做的，廚藝了得。謝衍之這廝雖是紈袴，眼睛不瞎，運氣也好。」

她吃著飯，又時不時去打量沈玉蓉，令沈玉蓉忐忑不安。

謝家的孩子們聽見這話，停下手中的筷子，抬頭看向她，眸中盡是不滿。

莊如悔渾不在意，筷子又快了幾分。

幾個孩子見她吃得快，不再多想，紛紛加快手中的動作。

齊鴻曦看似單純可愛，也不傻，見飯菜沒了，將盤子端到面前。「你們都不能吃了，讓給曦兒吃吧，曦兒還未吃飽。」

莊如悔放下筷子，想說他幾句，但見他清澈的眼眸閃著無辜，便沒再多言。

其他人也不與齊鴻曦爭，囑咐他吃慢點。

六人份的飯菜，現在多了兩人，有些不夠。沈玉蓉提議去廚房再做兩道菜來。客人上門，不能讓人家餓肚子。

謝夫人本想讓廚娘做，卻聽見齊鴻曦道謝，知齊鴻曦喜歡沈玉蓉做的飯菜，便對沈玉蓉道：「辛苦妳了。」

沈玉蓉不敢邀功，道了句不辛苦，轉身去了廚房。

沈玉蓉剛走兩步，莊如悔就跟上來，散步似的跟在沈玉蓉身後。

「還未見過千金小姐做飯，應該別有一番看頭。我去瞧瞧，順便學學，回去告訴我家廚子，也讓他們長長本事。」

沈玉蓉停下腳步，回頭道：「世子，都說君子遠庖廚，廚房髒，還請世子留步。幾道菜而已，很快就好，不知世子可有忌口的東西？」眸中閃著戲謔，心道這頓飯得讓莊世子終生難忘才行。

莊如悔一直注視著沈玉蓉，自然看穿她的小心思，清了清嗓子說：「我喜吃辣，不喜清淡，妳看著做吧。」

沈玉蓉點點頭，暗自思忖，京城的人喜清淡不喜辣，這莊世子倒是口味獨特。轉念一想，隨即猜出莊如悔的心思，勾唇一笑。

「定然讓世子滿意。」

第十章

沈玉蓉做了四道菜，分別是麻辣豆腐、酸辣白菜、蒜苗炒臘肉。為了顧及齊鴻曦的口味，還做了一道清炒竹筍。

菜被端上來後，莊如悔隨意一瞥，瞧見麻辣豆腐和酸辣白菜的盤子裡盡是紅紅的辣椒，知道沈玉蓉故意整她，拿起筷子去夾蒜苗炒臘肉。

沈玉蓉端走蒜苗炒臘肉，將麻辣豆腐和酸辣白菜放到莊如悔跟前，笑顏如花。

「莊世子，這是您喜歡的辣菜，為了滿足您的口味，我特意多放了些辣椒。您請用，不必客氣。」

莊如悔。「……」我謝謝妳了。有種搬起石頭砸自己腳的感覺。

莊如悔沒想到沈玉蓉挺聰慧，下筷子也不是、不下筷子也不是，見齊鴻曦吃得歡快，索性夾了一筷子豆腐，放進齊鴻曦碗裡。

「曦兒，這是你表嫂親自做的，多吃些。」

齊鴻曦來者不拒，笑著吃了，還對沈玉蓉道謝。

沈玉蓉別有深意看著莊如悔，不愧是皇家人，心眼就是多。

莊如悔對沈玉蓉挑了挑眉，好似在說：妳有張良計，我有過牆梯。

上一局沈玉蓉順利脫逃，算她贏了；這一局，卻是自己贏了。莊如悔想到這裡，臉上露出笑容，但笑容隨即僵在臉上。

只見她碗中有一塊麻辣豆腐，四四方方的豆腐上全是紅辣椒，耳邊傳來沈玉蓉的聲音。

「莊世子，您也吃啊。今天的菜很多，吃完了才能走。」

莊如悔吃下去，喝了幾口水才止住辣，狠狠地瞪沈玉蓉一眼，小聲嘀咕。「不愧是謝衍之的媳婦兒，和他一樣，滿肚子壞水。」

謝夫人見到這一幕，與許嬤嬤對視一眼，這兩個孩子很投緣呢。

被說很投緣的兩人，互相瞪著對方。

謝家的孩子們和齊鴻曦感覺不對勁，飛快吃完，放下筷子，找各種藉口溜出了門。

謝夫人說去看看齊鴻曦，也帶著許嬤嬤走了。

沈玉蓉讓莊如悔隨意，領著梅香離開。

莊如悔被沈玉蓉氣飽了，放下筷子，起身追上沈玉蓉。

沈玉蓉不理她，自顧自地走著，行至棲霞苑門口，轉身見莊如悔還跟著，挑眉問：「莊世子，男女有別，您隨我回院子，不合適吧？」

莊如悔拉著沈玉蓉進去，對梅香擺擺手道：「不准進來，我有話對妳主子說。」關上門，拉著沈玉蓉去了正屋。

到了正屋，沈玉蓉甩開莊如悔的手，裝模作樣道：「莊世子，您想說什麼，在院子裡說就是，孤男寡女共處一室，不太妥當。」

「裝，再給我裝。」莊如悔找了張圈椅，隨意坐下。

沈玉蓉裝傻。「莊世子，您說什麼？我不明白。」這種事，打死也不能認。

古往今來，知道得越少，小命越長。她是死過一次的人，惜命得很。

莊如悔冷笑。「世人皆知長公主和宜春侯僅有獨子，我從小便穿男裝，騙了所有人，自問毫無破綻，妳是如何知道的？」

她將中午發生的事回想了一遍，沈玉蓉故意往她懷中躲，看似無意摸她一下，其實是在試探。

她哪裡露出了破綻？

沈玉蓉見她坦然，也不瞞著了。「因為您長得太漂亮，我想確認您到底是男是女，才想試探，誰知……」

這是一小部分原因。大部分原因，還在謝夫人身上。

莊如悔是男子，謝夫人竟讓她與莊如悔來往。古代看重男女大防，這太不合情理，遂猜測莊如悔是女子，試探一二，沒想到她果然是。

「就這樣？」莊如悔顯然不信，勾唇一笑。「妳等我幾日，究竟有何事？」

沈玉蓉驚訝，莊如悔居然知道這件事。想了一下，問道：「橋緣茶樓是妳的？」若她第一次問莊如悔的行蹤時，就有人告訴莊如悔，便解釋得通了。

莊如悔毫不吝嗇地誇讚。「聰明，從妳第一次打聽我時，就有人稟報。我故意幾日不出現，想讓妳知難而退，孰料妳太執著，我只能如妳的願，出來見見，沒想到妳竟是謝衍之的妻子。說說吧，妳找我何事？」

「我想和妳做生意。」沈玉蓉直言。她知道了不該知道的秘密，沒必要再遮遮掩掩，坦然以告才能顯出誠意。

「生意？」莊如悔很詫異。「妳也知我是生意人，而生意人從不做虧本的買賣。」

謝家竟如此艱難了，要靠媳婦拋頭露面做生意？莊如悔想起一件事，她來了許久，不見謝衍之，便問這廝上哪兒去了？

沈玉蓉回答。「不知，據說去邊關了，想混個一官半職，給家人體面。」

莊如悔聽了，看向沈玉蓉的眼神帶著審視。「多少人勸他浪子回頭，他都沒答應。妳一進門，他就想混軍功了，可見妳魅力很大呀！」

沈玉蓉笑了笑。「不及妳，男裝都能讓人淪陷。」

莊如悔想問沈玉蓉是什麼意思，這時齊鴻曦從外面進來，興匆匆道：「如悔表哥，姊姊，我發現了衍之表哥的秘密。」

他手裡拿著一張畫卷，對著沈玉蓉展開。「姊姊，這畫中人兒可是妳？」

沈玉蓉定睛瞧去，只見三尺多長、一尺多寬的畫卷上是一片花海，牡丹花層層疊疊，各種姿態、各種顏色，爭相綻放。

一名十六、七歲的少女佇立在花海中間，身著黃色衣裙，手持團扇，笑靨如花，抬手似追趕什麼。右上方觸手可及之處有隻藍色蝴蝶，輕盈飛舞，原來少女在撲蝴蝶。

沈玉蓉的目光落在少女臉上，耳邊傳來莊如悔的驚呼聲。「這是烏雲子的畫，相傳他的畫千金難求，沒想到今日瞧見了。」

莊如悔走近幾步，瞧著畫上的落款，再次確定。「是真品無疑。」抬頭看向齊鴻曦。「在哪裡找到的？」

「衍之表哥的書房。」齊鴻曦滿臉興奮，從懷裡掏出一枚印章，遞給莊如悔。「我還發現了這個。」

平日謝衍之不讓他們進書房，今兒他偷溜進去，竟發現了好玩的。書房中有許多畫，畫的大多是沈玉蓉。

莊如悔接過印章看了看。「都道謝衍之紈袴不堪，只知遛狗鬥雞打馬球，誰能想到鼎鼎大名的畫聖烏雲子竟是他。」藏得夠深，這麼多年都被那廝騙了。

沈玉蓉想不明白，謝衍之為何畫她？他們應該是盲婚啞嫁，就算成親前見過，也沒必要畫她吧？

莊如悔好似發現了不得的秘密，對沈玉蓉道：「要不要去謝衍之的書房看看？」

紈袴有書房也夠稀奇，至少她從未想過，謝衍之會有書房。

沈玉蓉好奇，便答應了莊如悔的提議。

在齊鴻曦的帶領下，沈玉蓉和莊如悔來到書房。

謝衍之的書房在前院，離正廳很近。房裡很乾淨，一塵不染，應該有人經常打掃。靠南牆的窗戶下放著一張楠木案桌、一把圈椅、一座貴妃榻。榻上放著小几，几上擺著棋盤，看得出來，書房的主人喜歡下棋。

後面靠西牆的位置是書櫃，占了一面牆，櫃子裡整整齊齊擺滿了書，足見主人的喜好。

莊如悔走上前，抽出一本，隨意翻看幾頁，笑了笑。「京城的人都知，謝衍之喜愛藏書是為了打腫臉充胖子，誰知他居然會看。」書頁上有批注，見解獨特，字跡工整，一看便知用心看過。

「我還發現一件有趣的事。」齊鴻曦說著，走到案桌旁，伸手轉動桌上的硯臺。

神奇的事發生了，整排書櫃轉動起來，須臾對調，裡面的朝外，外面的朝內。

沈玉蓉走過去，從架上隨意抽一本書來看，隨即啪的合上，臉頰爆紅，連忙放回去。

莊如悔笑了，走過來瞧著沈玉蓉。「怎麼，看見什麼了？」順手將那本書拿下來，打開瞧了兩眼，也趕緊放回去，罵道：「混帳，果真是紈袴，看這種東西。」

齊鴻曦好奇，伸長脖子來看。「到底是什麼書？我也瞧瞧。」

他想拿，手卻被沈玉蓉拍開。「那是大人才能看的，小孩子家不能看。」

「父皇說我長大了，不是小孩子了。」齊鴻曦揉揉手，噘嘴抱怨，伸手拿起另一本書打開，驚訝道：「咦，這上面的男女在做什麼，好似在打架。」

沈玉蓉忙抽走他手上的書，塞回架上，還用其他書擋了擋。「這些書不適合小孩子看，咱們還是出去吧。」

話是這樣說，心裡卻把謝衍之罵了個狗血噴頭。正經書不看，看什麼春宮圖。看春宮圖也罷了，還放到明面上，這不是教壞孩子嗎？

莊如悔直接開罵。「謝衍之這混帳東西，學不了好。」瞥眼見沈玉蓉面紅耳赤，揶揄道：「他看這些，是不是為了妳？」挑起眉，眸中帶著意味深長的笑意。

「為、為……」沈玉蓉吐出兩個字，發現她被調侃了，臉頰更紅，喝斥道：「瞎說什麼呢，小心帶壞孩子。」又在心中罵了謝衍之一頓。

遠在邊關的謝衍之好不容易死裡逃生，躲在酒樓裡吃飯，突然打了個噴嚏，揉揉鼻子，喃喃自語。「誰在罵我？」

坐他對面的中年男人笑了笑，端起酒杯一飲而盡。「誰會罵你，是你娘想你了吧，慈母多敗兒。」搖頭嘆息。

「要是有人想我，也是玉蓉想我。」謝衍之手執酒杯，笑容真摯甜蜜。

男人冷哼一聲。「瞧你那點出息，用白丁之身娶媳婦，也不怕委屈了人家。」

「已經委屈了。」謝衍之頗有遺憾，轉頭看他。「我弱冠之年已娶妻，你過了不惑之年，卻連妻子也沒有，就算功成名就又如何，還不是留下遺憾。」

男人咳了咳，以掩飾尷尬。「你半夜出來，圓房了嗎？還不是跟老子一樣。」

謝衍之聽了，想反駁幾句，又覺得沒意思，問道：「你找我何事？」

「你進了營地，想辦法到柳灃身邊去。」男人壓低聲音。「還有，你這張臉太招搖，把鬍子蓄上吧。」

這張臉太像那人，有心人一眼就能瞧出端倪。

謝衍之摸摸自己的臉。「要我辦事可以，得給我好處。少於五百兩，免開尊口。」伸出手，意思很明顯，想要他辦事就給錢。

第十一章

男人從懷裡掏出荷包，抽出一張銀票遞過去。「都說你見錢眼開，原先我還不信，現在信了。」

謝衍之接過銀票，發現是五百兩，嘖嘖兩聲，頗為不滿。「說五百兩就不能多給些，真是鐵公雞。我要是不見錢眼開，拿什麼養活家人，拿什麼養活玉蓉？」

他疊好銀票，又遞給男人。「不過，替您辦事就是賺錢快。我累死累活畫一本春宮圖，耗費幾日，普通版賣幾兩銀子，精裝版才幾十兩。好人做到底，麻煩您將銀票送去我家，交給玉蓉。」最後一句話帶著忐忑，又夾雜著幾分羞澀。

「可以啊小子，知道疼媳婦了。」男人收好銀票，倏地想起什麼，掀起眼皮看謝衍之。「武安侯府大房竟淪落至此，靠你賣春宮圖過活。」

謝衍之手中的筷子頓住，冷笑一聲。「你又不是不知，那些人盯得緊，不許我們有其他營生。若希望弟弟妹妹過得好些，只能另謀出路。」

「你可知太后和王家想要什麼？」男人問他。

「不知。」謝衍之如實回答，父親和娘親從未告訴過他。他曾問過父親，父親說還不到告訴他的時候。

「我可以告訴你，他們到底想要什麼。」

謝衍之直直盯著男人。

男人道：「他們想要墨家的風雲令，和墨家留下來的遺產。」

「當年墨家被抄，家產全數充公，哪來的遺產？」謝衍之嗤笑。「還有那風雲令，到底是什麼？」

「能調動墨家一千鐵騎的令牌。」男人回答。

「你為何知道得這麼多？你到底是誰，當真只是我的武師傅？」

謝衍之驚愕，重新打量著眼前人，父母三緘其口的事，他竟如此清楚……

八歲那年，他被京城世家子弟欺負，差點遭人打死，冬日被扔在街邊，奄奄一息。

沈夫人的馬車恰好經過，年僅五歲的沈玉蓉好奇，探頭去看，正好瞧見重傷的他。

迷迷糊糊中，他聽見沈玉蓉道：「娘，您看那裡是不是有個人？渾身是血，是活不成了嗎？」聲音中帶著心疼與好奇。

外祖母病重，她知道死是何意。

沈夫人心善，將他抱上馬車，送到醫館，又留下來照顧他。

那時，小小的沈玉蓉玉雪可愛，說了她的名字，還說她的外祖母病重，特來京城探病。

不一會兒，父親找來，對沈家母女道謝一番，帶他回府。

他傷好後，出來尋過沈玉蓉，多方打聽才知，沈玉蓉的外祖母病逝，葬禮已過，沈夫人帶著她離開了京城。

至此，他便再無沈玉蓉母女的消息。

多年來，午夜夢回，他總是想像著，那個白白嫩嫩的小丫頭是否已長大，亭亭玉立，嬌俏可人，將來會花落誰家？

自那件事發生後，父親為他請了一位武師傅，就是眼前的男人。

師傅教他習武練劍、兵法謀略。但他十五歲那年，師傅便離開了，沒想到在這裡遇見。他從不知，師傅對墨家的事如此了解。

「我與武安侯、墨連城，還有前太子師承同一人。只是我與墨將軍是嫡系弟子，武安侯與前太子是記名弟子。」

這件事鮮有人知。

男人名楊淮，人稱淮揚子，是玄機老人的幼徒，深得玄機老人看重，精通兵法與劍術，對奇門遁甲之術也有涉獵。

「他們找墨家的東西，跟武安侯府有何關係？」謝衍之不解。

「不怪你不知，當年墨連城率兩萬大軍對戰遼國三萬大軍，全軍覆沒。王家有人任軍職，說墨連城延誤軍情，損失才這般慘重。」

自開國以來，墨家忠心為國，出了四位戰神，大小將領無數，幾代人埋骨邊關。先皇不忍懲治墨家，只是略微訓斥幾句。

但將士們的家人不依，非要墨家償命。先皇便下了一道聖旨，墨家家產充公，賠償那些遺族。

墨家是行伍出身，打了無數次勝仗，得賞賜無數，經營幾代，家中財富可想而知。說一句富可敵國，也有人信。

但是，墨家財產居然不夠賠，最後是武安侯典賣家產，幫墨家償還剩下的。這就讓人匪夷所思了，所有人都不信，尤其是太后和王家，他們覺得墨家隱匿家產。」楊淮幽幽說道。

謝衍之用食指叩擊桌面，漫不經心道：「你說的是墨家，跟武安侯府有何關係，跟我又有何關係？」

「你可知你母親姓什麼？」楊淮問。

「我母親姓墨。」謝衍之身為謝家嫡長孫，自是見過族譜，他母親姓墨，父親喚她閨名蓮華。

想到這裡，他猛地一震，不敢置信道：「我母親是墨家人？」可他從未聽母親提過。

楊淮點頭，苦笑道：「墨家到了墨連城這一代，嫡系只有三人。墨連城有兩個妹妹，大妹妹墨蓮心嫁給前太子，是太子妃。小妹墨蓮華嫁給當年武安侯世子，也就是你父親。

「太后和王家認為，他們想要的東西都在你母親手中，自然逼迫謝家。可二十年過去了，他們一無所獲。如今，誰還記得當年的戰神墨連城，誰又還記得當年的墨家？」

謝衍之沈吟。「戰神竟是我舅舅……不對，我姨母是墨娘娘，當今六皇子的生母，她既然嫁給前太子，怎麼又進了宮？」

楊淮搖頭。「師兄去世，我傷心欲絕，幾年內未踏足京城，也不知發生了何事。聽說，是當今皇上不要臉，強行納墨蓮心進宮，後來就有了六皇子。」

「當年到底發生了何事？」謝衍之腦子亂哄哄的，有許多地方不明白。「真的有風雲令，墨家遺產也真的存在嗎？」

「真有風雲令，墨家鐵騎不過千人，卻能抵禦千軍萬馬。至於墨家遺產，確有其事。當年師兄似有預感要出事，便轉移家中大部分財物，至於轉移到哪裡，我也不得而知，你母親或許知道。師兄臨終前，把風雲令交給我，還未來得及說其他的，便吐血而亡。」

楊淮說著，望向遠方，陷入了回憶……

第十二章

楊淮仍記得，最後一次見墨連城的情景。

墨連城被萬箭穿心，站在屍海中，巋然不動，盔甲、戰袍上全是血，整個人猶如血染的一般。

他以為墨連城死了，抱著墨連城嚎啕大哭。

孰料，墨連城艱難地將掌中的風雲令塞進他手裡，氣若游絲地說了句。「給衍之。」便沒了氣，眼睛睜得老大，死不瞑目。

楊淮回神，收起哀傷，從懷裡掏出一樣東西，遞給謝衍之。「這便是人人想要的風雲令，是時候還給你了。」

謝衍之拿起令牌端詳片刻，這令牌有兩根指頭大小，一面是祥雲圖案，一面寫著風雲令三字。

「為什麼給我？」

楊淮起身，眼圈有些紅。「這本就屬於你。記住，莫要墮了祖宗威名，也不要辜負你父親的期望。」話落，轉身要走。

謝衍之喊住他，歸還令牌。「我不要。既然舅舅把它交給你，你便好生保管。我白丁之身，拿著也不合適。今兒我便去營前報到，定不負你所託。」又囑咐楊淮，把銀票送到沈玉蓉手中，頭也不回地走了。

楊淮望著謝衍之的背影，嘆息一聲，對一旁的掌櫃道：「保護好他。」

掌櫃答應一聲，目送楊淮離去。

另一邊，謝家莊子裡，沈玉蓉把莊如悔和齊鴻曦拉出書房後，問莊如悔可是喜歡話本？

莊如悔說喜歡，沈玉蓉遂乘機拿出寫好的《紅樓夢》章節。

莊如悔看了幾頁，越看越喜歡，反覆讀著，如獲珍寶般，還問是哪裡來的。

沈玉蓉回答。「在夢裡學的，是曹雪芹先生所寫。」

莊如悔不信，目光未離開手上的紙。「哪有人從夢裡學的，我不信，是妳自己寫的吧？」

沈玉蓉極力否認，莊如悔還是不信，卻不再追問，只是靜靜看書。

這一看，便看到日落下山，莊如悔看到〈葫蘆僧亂判葫蘆案〉，發現沒有新的章節了，就問沈玉蓉後面的發展。

沈玉蓉不答話，指著外面道：「妳該回去了，小心天黑了，進不了城。」

莊如悔不在意，瞥見院中的齊鴻曦，嘆息一聲。她住在外面無妨，但齊鴻曦得回宮，不然皇帝舅舅該擔心了。

臨走前，莊如悔囑咐沈玉蓉把其餘章節寫好，她拿到茶樓去，讓說書先生說，再編寫成書冊，到時肯定賺錢。

沈玉蓉並不在意，她默寫《紅樓夢》，本就是為吸引莊如悔。如今目的已達到，竟還有人送銀子，她不會推辭，謝家現在最缺的就是銀子。

她答應著，送莊如悔和齊鴻曦出去，剛至院外，許嬤嬤扶著謝夫人走來，手裡還拿著一個包袱。

謝夫人見齊鴻曦要走，向許嬤嬤使眼色。

許嬤嬤會意，把包袱交給齊鴻曦。「這是夫人替您做的衣衫。天熱了，記得讓奴才給您換上。」

齊鴻曦抱著包袱，對謝夫人道謝。

謝夫人點頭，囑咐他照顧好自個兒，又要沈玉蓉送他們出去。

沈玉蓉把人送到馬車上，讓莊如悔照顧好齊鴻曦。

莊如悔不耐煩，進了車廂坐好，撩開簾子道：「別忘了寫《紅樓夢》，我有預感，這書定會火紅起來。」

沈玉蓉敷衍她。「知道了，知道了。」

一本書而已，能賺多少？她的目的是開酒樓入股，這才是掙錢的營生。有了錢，她就可以買地、買山頭、買種子、買果樹苗，過種田的日子。

在地府時，她就喜歡研究農業技術，若能付諸實行，也不負她多年的學習。

送走莊如悔，沈玉蓉轉身回去。

一個小廝騎馬過來，看見沈玉蓉，喊了一聲。「姑娘！」

沈玉蓉聽聲音覺得耳熟，回頭望去，見是弟弟身邊的小廝沐夏。

小廝下馬，將馬兒拴在一旁的樹上，跑過來向沈玉蓉行禮。「小的是天黑前出來的。大公子讓小的告訴姑娘一聲，梅紅死了，大姑娘病了。」

沈玉蓉聽了，愣怔一下。梅紅死了倒是意料之中。白蓮花怕她說了不該說的，才不會留她性命。

倒是沈玉蓮，怎麼會病了？

「大姑娘如何病的？」

沐夏回道：「聽大公子說，大姑娘犯錯，被老爺處罰，在祠堂跪了三日，抄寫家訓百遍。人從祠堂出來後，就發了高燒，如今還在床上躺著呢。」

沈玉蓉給沐夏一兩賞錢，讓他回去好生伺候沈謙，再有消息及時來報。

沐夏收了銀子，笑嘻嘻騎馬離去。

弟弟定是知道了沈玉蓮做的事，告訴父親，父親最見不得窩裡鬥，這才處罰沈玉蓮吧。

這樣最好，讓沈玉蓮知道，她不是好欺負的。

即便不在沈家，也有人替她撐腰，沈玉蓮什麼都有，就是沒弟弟撐腰。想到沈玉蓮被氣炸了的臉，沈玉蓉的心情舒暢不少。

她轉身進了莊子，想起莊如悔臨走時的話，高興不起來，今晚又得擼起袖子幹活了。

齊鴻曦和莊如悔坐馬車，悠哉悠哉進了城。

莊如悔先把齊鴻曦送到宮門口，囑咐太監好生照顧，看著齊鴻曦進宮才離開。

齊鴻曦剛入宮，就被明宣帝身邊的太監劉公公攔住，說明宣帝想他了，讓他去御書房。話落，上前恭敬牽著齊鴻曦的手，領他過去。

明宣帝四十多歲，一身龍袍，端坐在御案後，氣勢渾然天成，不怒而威，見齊鴻曦來了，臉上露出幾分笑容。

「曦兒回來了，在宮外可開心？」他起身，幾步來至齊鴻曦身旁，見齊鴻曦抱著包袱，問：「這是什麼？」

「姨母做給我的衣衫。」齊鴻曦的清澈明眸閃著亮光，唇邊帶笑，稚嫩臉上盡是童真。

「你姨母與你母妃的手藝都好，做的衣衫最合身。」明宣帝笑著誇讚，忽然見齊鴻曦臉上的笑意消失，忙岔開話頭。「曦兒玩一天，也累了，去歇著吧，下次不可再回來晚了。」吩咐太監送齊鴻曦回去。

齊鴻曦點頭應聲，抱著包袱轉身離開。

明宣帝望著他的背影，搖搖頭。「這孩子心裡有疙瘩，即便傻了，也不許人提起她。」

劉公公彎腰低頭，小聲道：「墨娘娘心裡有咱們小殿下的，總有一天小殿下會明白。」

明宣帝背著手沒說話，半晌又問：「聽說莊世子與曦兒一道去了謝家的莊子，回來後還把曦兒送到宮門口？」

劉公公應是，不再多說。

「二十年了，皇妹還是不願入宮，也不願讓孩子進宮。罷了，是我對不起他們。」

明宣帝轉身走了，背影有些落寞。

劉公公見狀，更是不敢搭話。這些前塵舊事，似乎早已成了禁忌，誰也不願多提。

第十三章

莊如悔回了宜春侯府，長公主早已派人等在門口，丫鬟忙迎著她去了正院。

長公主等著莊如悔用晚膳，看見她進來，便吩咐擺飯。

莊如悔向長公主和莊遲請了安，起身坐在長公主身旁。「娘，你們不必刻意等我用飯，我若餓了，自然會找地方吃。」

她說著，拿起筷子，為長公主夾了一些青菜，替莊遲夾了塊魚肉，最後幫自己夾了一片雞肉，正想吃一口，耳邊傳來長公主的聲音。

「曦兒可還好？」

莊如悔聽見這話，放下筷子看向長公主，眸中盡是無奈。「您是我親娘哎，也不問問我好不好，就知問那個小傻子。他能怎樣，能吃、能喝、能玩、能跳的，好得很。您明明很關心他，卻對他冷漠，我真是不明白你們這群大人。」

她正要拿起筷子夾菜，忽然想起一事，看看莊遲，又瞟向長公主。「現在麻煩的不是曦兒，是我。」

莊遲幫長公主盛了一碗湯。「妳能有什麼事？妳是公主嫡子，在京城橫著走，手中的鞭子想抽誰便抽誰，無人敢管。妳不找別人麻煩，我和妳娘就燒高香了。」

莊如悔吃了一口肉，讓丫鬟跟婆子都出去，等屋內只剩他們一家三口，才滿不在乎道：「有人發現我是女兒身。」

長公主和莊遲對視一眼，異口同聲問：「是誰，到底發生了何事？」不愧是夫妻，語調都是一樣的。

莊如悔說了遇見沈玉蓉的事，長公主思忖片刻，才道：「沒想到蓮華的兒媳有些意思，改日辦一場宴會，我要見見她。」

二十年了，墨家的事該了結，太子哥哥的仇也該報了。

莊如悔疑惑。「娘，您見她做什麼？多好的姑娘，嫁給謝衍之那混蛋，可惜了。」又突然興匆匆道：「娘，您覺得她有意思，我把她拐來，給您當兒媳如何？」

長公主盯著莊如悔。「妳喜歡謝衍之？」

「誰說我喜歡謝衍之，我明明喜歡……」話脫口而出，莊如悔及時住嘴，繼續吃飯，再不多言。

長公主問莊如悔喜歡誰，莊如悔閉口不答，一個勁兒吃飯。

知女莫若母，長公主深知莊如悔的性子，也不再問。等莊如悔吃完走了，長公主問莊遲。「你說她喜歡誰？」

「妳都不知，我更不知。我只知道，只要她喜歡，我就幫她弄來，就算綁也把人綁來。」莊遲霸氣道。

長公主嬌嗔一聲。「你就慣著她吧，謝家是京城的笑話，莊家也快成笑話了。」

謝家的確成了京城的笑話，謝衍之成婚第二日就有人上門要債，竟被他的新婦趕出去。

謝衍之是紈袴，新婦是悍婦，這話早在京城傳開了。

對於謝家的笑料，有人聽了一笑置之，有人津津樂道，有人卻是想算計。

此刻，寧壽宮燈火通明，宮女跟太監都在殿外伺候。

王太后捧著一碗安神茶，用勺子慢慢攪動著，瞥向對面的王太師。「咱們派去多少人，竟讓一個紈袴逃了，是本事不夠，還是辦事不盡心？」

王太師站在下首，彎腰恭敬道：「以為他是紈袴，派了十多人，本想著萬無一失，誰知全軍覆沒。是姪兒思慮不周，竟讓那廝跑了。姑母放心，姪兒又派人過去，這次定要謝衍之的命。」

「不要再失手，風雲令的事要抓緊，墨家留下的東西也得盡快找。二十年了，一樣東西都沒得到，哀家心裡堵得慌。」王太后放下安神茶，語氣微冷。「聽聞謝家新娶的媳婦很厲害？」

「厲害不見得，有幾分匪氣。」王太師道，也怪他太輕敵。

「行了，跪安吧。天色不早了，你快些出宮，皇上對你頗有微詞，連帶對哀家也不耐煩了。朝堂上，你莫要再忤逆他。」王太后道。

各處災情不斷，明宣帝想開倉放糧，王太師不許，說已派人賑災。明宣帝欲免除稅收，王太師也不許，說沒有這樣的先例。

兩人僵持多日，仍不見結果。

王太師答應一聲，退了出來。

等他走了，一個著太監服飾的人來至王太后身旁，替她捏肩膀。「太后，需要奴才做些什麼嗎？謝家不聽話，全殺了就是。」

「你想得太簡單了，殺掉他們，就沒人知道風雲令和那些財富的下落。二十年都等了，不差這些日子。」王太后享受地閉上眼睛，任由身後的手亂摸。

仔細看的話，這人哪裡是太監，分明是個男人，下巴上的鬍碴隱約可見。

不久，內殿便傳來男人的嘶吼聲與女人的嬌喘聲。

王太師出了寧壽宮，並未回府，而是去了二皇子齊鴻旻的府邸。

皇子十八歲後要出宮建府。齊鴻旻今年二十又三，已娶皇子妃，納了一位側妃，抬了五、六房妾室。

明宣帝已過不惑之年，有六位皇子、三位公主。

大皇子齊鴻暉年方二十五，是宮女所出，無外家支持，能力平平，毫無建樹，娶了兵部尚書的女兒為妃，以二皇子馬首是瞻。

二皇子齊鴻旻，是王皇后所出嫡子，能力出眾，野心勃勃，得明宣帝看重，說不定哪天就被封為太子。

三皇子齊鴻晟，年二十，敏皇貴妃所出，喜愛風花雪月，愛美人不愛江山，跟二皇子關係極好。

四皇子齊鴻昱年十八，淑妃所出，聰慧好學，也十分得明宣帝喜愛，已經訂親。

五皇子齊鴻曜，也是十八歲，德妃所出，今年剛出宮建府，還未娶皇子妃，聽說德妃已經在為他相看人家。母族是靖南侯，鎮守西南，手握重兵。

六皇子齊鴻曦是個傻子，年十四，母族墨家早已落魄，不足為懼。

齊鴻旻得知舅舅來了，親迎出門，帶他去書房，讓丫鬟上茶招待。

王太師一臉愁容，無心品茶。

齊鴻旻問他原因，他便嘆口氣，將謝家的事和盤托出。

他們所做的一切都是為齊鴻旻鋪路，沒必要瞞著。

齊鴻旻道：「墨家到底能有多少家財，值得舅舅與皇祖母惦記多年。還有那風雲令，究竟是什麼東西？」

王太后和王太師所為，他也有所耳聞，只是從未放在心上。

王太師喝了一口茶，道：「聽聞富可敵國，墨家的鐵騎能抵禦千軍萬馬。」

「既然能抵禦千軍萬馬，當年墨連城被圍困時，他的鐵騎為何不出現？讓他落得罵名？」齊鴻旻直中要害。

王太師搖頭。「二十年來，這是老臣想不通的地方。」

按理說，鐵騎能救墨連城，為何在那場戰役中，自始至終未出現？

而墨連城死後，他最親近的護衛和墨家鐵騎去了哪裡，風雲令到底在誰手中？這一切，隨著墨連城的死成了謎，還需從墨蓮華身上查，她是墨家那一輩唯一的人了。

不過，只要墨蓮華還在，墨家遺產也好、風雲令也好，早晚會出現。

王太師又說了賑災的事，明宣帝執意開倉放糧，這個功勞只能落在齊鴻旻身上，旁人不能得。

齊鴻旻也知這是積攢名聲的好機會，自然不會放過，說明日一早就提，定會爭到手中。

王太師沒多留，囑咐他幾句，便離開了。

第十四章

沈玉蓉不知京城風雲圍繞謝家，昨日得知沈玉蓮病了，身為好妹妹，得回去探望。不看沈玉蓮的笑話，不是她的個性。

吃過早飯，她又寫了幾張《紅樓夢》，才出家門。

回到沈家，沈父上朝去，但是快下朝了，沈玉蓉是算好時辰來的。

今兒沈謙休沐，未去書院，得知沈玉蓉回來，以為沈玉蓉在謝家受了委屈，揚言要去謝家討公道。

沈玉蓉拉住他的衣袖。「我在謝家好得很，這不是聽說某人病了，特來探望探望。」

沈謙一聽，便知她的來意，笑著道：「沈玉蓮欺負妳，收買妳的丫鬟，我自然不會放過她，就去問爹爹，做姊姊的是不是應該愛護弟弟妹妹，為何大姊姊要收買妳的丫鬟？爹爹聽了，要去質問沈玉蓮，正好聽見她罵妳，兩罪並罰，跪了祠堂，出來便發了高燒。我找人問過，不是裝的，是真病了。」

沈玉蓉點頭。「走，咱們去大姊姊院裡看看。她對我不仁，我不能不義，爹爹教導咱們，一家姊妹同氣連枝，哪有隔夜的仇。」

「姊姊說的是。」沈謙附和著。

姊弟倆肩並肩，說說笑笑來到沈玉蓮的院子。

沈玉蓮正在喝藥，藥很苦，吃了蜜餞也壓不住苦味，想不喝，被雲草勸住了。「姑娘，良藥苦口，您不喝藥，病怎會好？」

「太苦了，下次讓大夫開些不苦的藥。」沈玉蓮屏氣喝完，放下藥碗，見門口站著兩人，不是沈玉蓉姊弟又是誰。

她被罰跪祠堂，發高燒，喝苦藥，躺在床上病懨懨的，全是這對姊弟的錯，如今他們還敢上門。

沈玉蓮心中的恨壓也壓不住，看向兩人的眸光像淬了毒。「你們還敢來？」

沈玉蓉進屋，找了個位置坐下，不疾不徐道：「大姊姊病了，我來探病，為何不敢？又不是我讓大姊姊跪祠堂，也不是我下藥害妳生病，行得端、坐得正，心裡不虛，自然敢來。」

「還不是因為你們姊弟，若不是你們，爹爹怎會罰我？」沈玉蓮面目猙獰，恨不得上去撕了沈玉蓉。

「大姊姊好沒道理，只許妳害別人，還不許別人反抗？在妳生出害我的心思時，就該知有露餡的一日。」沈玉蓉道。

沈玉蓮覺得沈玉蓉變了，往日她單純善良，從不會嘲諷別人。「妳得意什麼，以為謝家是好去處？那謝衍之是紈袴，有命去邊關，怕是無命回來，妳就等著做寡婦，守著謝家人過窮困潦倒的日子吧。」

嚶嚶哭起來。

「大姊姊，我好心來看妳，妳為何咒人？我夫君死了，對妳有何好處？」沈玉蓉說著，

話落，門被推開，沈父大步流星進來，走到沈玉蓮跟前，抬手給了她一巴掌，罵道：「孽女，妳的心思怎麼如此歹毒！妳妹妹好心來探望，不感激就罷了，竟還咒她守寡。」

任憑沈玉蓮怎麼解釋，沈父也不聽，拉著沈玉蓉姊弟離開了。

沈玉蓉走至門口，回頭看沈玉蓮，勾唇露出一抹諷刺的笑，卻默默嘆息，白蓮花不好當，心累。

不過看著沈玉蓮被打，心裡痛快極了。

沈父怒氣沖沖，帶著沈玉蓉和沈謙去了書房，一個勁兒向沈玉蓉賠不是。都是他的錯，才教出這樣的女兒，希望沈玉蓉別跟沈玉蓮一般見識。

沈玉蓉很大度。「爹爹無須自責，都是女兒的不是。若非女兒把梅紅送回來，爹爹也不至於為我們煩心。爹爹辦差已是疲累，回家還要教導兒女，女兒實在對不起爹爹。」

沈父當即安慰沈玉蓉，這事跟她沒關係，讓她不要自責。

一個是父親的貼心小棉襖，一個是算計自家妹妹的心機女。偏疼誰，沈父心中有計較。

這也是沈玉蓉的目的，沈玉蓮不是巴結繼母嗎，但這個家，還是父親說了算。失去父親的信任，沈玉蓮的日子不會好過。前世算計她丟了性命，總要還回來的。

沈謙見沈玉蓉和父親說話，自個兒插不上嘴，藉口溫書，回自己的院子。

父女倆又說了一會兒話，正準備用午飯，門房的小廝來報，說莊如悔來了。

「他找妳有何事？」沈父混跡官場多年，對長公主的獨子有所耳聞，專橫跋扈，天不怕地不怕，還無人敢管。

「我最近聽了個話本子，說給她聽，她很喜歡，想知道餘下的章節。這次上門尋我，怕是等不及了。」沈玉蓉沒多解釋。

沈父不敢得罪莊如悔，囑咐沈玉蓉快去。

前廳裡，莊如悔正在喝茶，看見沈玉蓉來了，冷豔的臉上多了幾分笑意。

「阿蓉，妳可來了。走走走，咱們去橋緣茶樓。」說話間，起身要牽沈玉蓉的手。

沈玉蓉不著痕跡地躲開，對莊如悔使了個眼色。

京城都知莊如悔是男人，若拉拉扯扯被人看見，等會兒就會傳出謝衍之的新婦不守婦道，攀附權貴，跟了莊如悔的閒話。

莊如悔反應過來，以拳抵唇輕咳一聲，假正經道：「走吧。」邁著八字步，握著鞭子的手背在背後，抬步出去。

沈玉蓉跟在後面，低頭掩飾眸中的笑意。

莊如悔來找沈玉蓉的事，很快傳到沈玉蓮耳中。

「什麼，莊世子親自來找沈玉蓉？這怎麼可能？」沈玉蓮不信。

莊如悔是誰，長公主和宜春侯的獨子，性子高傲，蠻橫不講理，怎麼會找沈玉蓉？一定是弄錯了。

前世，莊如悔沒活過三十。

二皇子齊鴻旻登基後，發現長公主蓄意謀反，一家被打入大牢，在牢中畏罪自殺。莊家和長公主的一切收歸國庫。

她知道，這是齊鴻旻的手段，長公主向來瞧不上齊鴻旻，多次阻止他即位。待他榮登大統，自然不會放過長公主一派。

這都是那個變態的官老爺說的，要不是他，她也不知道朝堂的事。

沈玉蓉與莊如悔交好無妨，都是秋後的螞蚱，蹦躂不了幾年。

她只想攀上五皇子齊鴻曜，先做側妃，生了兒子再當正妃，一輩子榮華富貴。

沈玉蓮不是沒想過當齊鴻旻的妾室，將來他登基，她生下兒子，也能封妃。可奪嫡之路太凶險，娘家實力不夠，還是五皇子妃穩妥些。

第十五章

沈玉蓉不知沈玉蓮的想法，跟著莊如悔，來到橋緣茶樓。

此時茶樓裡人滿為患，卻不如平時喧鬧，大堂內只有說書先生的聲音。那人口若懸河、舌燦蓮花，滔滔不絕講的正是《紅樓夢》。

兩人進了莊如悔常用的雅間，莊如悔從懷中掏出一張請帖，看似隨意地遞給沈玉蓉。「我娘辦了個桃花宴，請京城的貴婦人及閨閣小姐來玩。三月三，也就是七日後，請妳務必賞臉。」

沈玉蓉接過請帖，展開看了看，腦中瞬間有了主意。「我可以帶娘家妹妹去嗎？」這可是與繼母張氏修好的好時機，她自然不會錯過。

他們家剛來京都，沈父官小人微，張氏的地位也不高，自然想融入京城貴婦人的圈子中，好為一雙兒女謀劃。

說起來，三妹妹沈玉芷也十歲了，再過兩年，就該相看親事。二弟弟沈誠八歲，若要走科舉的路子，無論進國子監，或是去好的書院，都需要人脈。

她與張氏不睦，卻不牽連兩個孩子，想來張氏會記得她的好，善待弟弟沈謙，還能氣氣沈玉蓮。父親看見她們和睦相處，也會開心些，一舉數得，實在不虧啊。

「自然可以。」莊如悔不知沈玉蓉心中的小算盤，落坐後，便讓人上茶，挑眉看向沈玉蓉。「妳那《紅樓夢》共多少章節，我若分卷印成書冊，可以分成幾卷？」

「分成十二卷吧，十章一卷。」沈玉蓉的心思不在這上面，拿出其他默寫好的章節，和以前的放在一起，正好十章，能湊成一卷。又和莊如悔說一會兒話，便出了橋緣茶樓。

莊如悔得到新章節，欣喜若狂，也不管沈玉蓉的去留，拿著稿子去書局。

她本就喜歡話本子，莊家有自己的書局，新書很快就能印好了。

出了橋緣茶樓，沈玉蓉讓梅香回沈府，跟張氏說一聲，三月三日長公主舉辦桃花宴，她能帶一個妹妹赴宴，讓張氏早做準備，卻沒說帶誰。

張氏是聰明人，自然明白如何選擇。

沈玉蓉想了想，又道：「辦完事去城門口，我在那兒等妳。」

梅香知道沈玉蓉和沈玉蓮的關係，聽了立刻明瞭沈玉蓉的意思，對她豎起大拇指，說了句高明，轉身小跑著去了。

沈玉蓉目送梅香離去，自己在城內逛了一圈，買了兩個糖人、兩個布偶，又買了不少食材。為了讓莊如悔上鉤，她花了一百多兩銀子。

她心疼，但無法，一個窮字鬧的。不能想，一想更心疼，遂坐上馬車去了城門口。

城門口有家麵館，沈玉蓉左等右等，不見梅香回來，肚子也餓了，便要了碗麵吃。

她剛吃完，梅香就回來了，小跑到她跟前行禮問安，稟報沈府發生的事。

沈玉蓉又讓店家上了一碗麵，讓梅香邊吃邊說。

梅香也不客氣，坐下喝口水，便說起來。「小姐，您真是料事如神，大姑娘聽說長公主辦桃花宴，也要跟著去。我說姑娘只能帶一個人，大姑娘就說三姑娘還小，她年紀大了，該相看人家了。沒明說，意思卻很明顯，可夫人也不是吃素的。」

這時，小二端上麵來，沈玉蓉推了推，讓梅香邊吃邊講。

梅香來回跑也餓了，拿起筷子吃兩口，又道：「夫人說大姑娘大病未癒，若是把病氣傳給長公主，可不是沈家擔待得起的，一句話拒絕了大姑娘。大姑娘的臉色呀，那叫一個好看，一會兒青、一會兒白，真是解氣，姑娘真該去瞧瞧。」

沈玉蓉笑笑。「能想像出她變臉的模樣。」雖沒親眼看到，卻也高興。

等梅香吃完，她們坐上馬車，回了謝家莊子。

謝沁之和謝敏之依然等在門口，沈玉蓉下了馬車，拿出糖人和布偶，樂得兩人歡快地叫嫂子。

三人一起來到謝夫人院中問安。

謝夫人見沈玉蓉回來，問她吃飯了沒有？

沈玉蓉如實回答，謝沁之和謝敏之拿出沈玉蓉買回來的糖人炫耀。

謝夫人滿臉欣喜，知道沈玉蓉剛回來，定是累了，催著她去休息。

等沈玉蓉出去，謝夫人道：「玉蓉那孩子就是心善，衍之能娶她，我對大哥大嫂也有交代了。」

「是，夫人有福氣，娶了一個這麼好的兒媳婦。」許嬤嬤附和著。

搭上莊如悔這條船，沈玉蓉就不著急了，無事寫寫食譜，再去廚房實作一番，請謝夫人幾個品嘗，無不讚賞她的手藝，說比香滿樓大廚的好。

沈玉蓉得人誇獎，心情愉悅，便默寫一段《紅樓夢》。

如此過了三日，莊如悔又來了，這次還帶上齊鴻曦。

齊鴻曦喜歡沈玉蓉，直接來棲霞苑找她說話，吃些糕點，就被謝夫人叫走了。

莊如悔從懷裡掏出一張銀票，放在桌上，眉眼間難掩笑意。「《紅樓夢》是一部奇書，凡是聽過它的人，都會被迷住，我真期待幾日後賣書的熱鬧。」

沈玉蓉看看銀票，才幾日工夫，茶樓的說書分成就有一百兩了。「這麼多？」

「這只是一部分，我來得急，沒工夫算帳，先支一百兩，其他的等月底算帳再給。」莊如悔說著，湊到沈玉蓉跟前。「過了三日，其餘的章節呢？」今兒給錢，也是為了激勵她。

沈玉蓉去了側間小書房，回來時，手裡拿著幾張薄薄的紙。

莊如悔痛心疾首。「就這些？三日工夫，妳都了做什麼？」

「寫食譜、研究菜色。」沈玉蓉道。

「妳又不開酒樓，做這些幹什麼？」莊如悔忽然思緒一轉，狐疑地看向沈玉蓉。「妳想開酒樓？」

說實話，沈玉蓉的手藝不錯，做的菜色還算新穎，若真開了酒樓，肯定大賺啊。

莊如悔越想越可能，不等沈玉蓉提起，便搶先開口，連利益分配都說了。

莊如悔出人出力，沈玉蓉出食譜，盈利四六分，莊如悔占六成，隨即找來紙筆，寫了文書。又喊來她的侍衛，讓他立刻進城找鋪面。

沈玉蓉見莊如悔雷厲風行，做事落落大方，絲毫不拖泥帶水，越看越覺可愛，大手一揮，豪氣道：「中飯在這兒吃吧，我再做幾道新菜讓妳試試。」便往廚房走。

莊如悔吃過沈玉蓉的菜，回味至今，聞言連忙跟了上去。

沈玉蓉準備做十菜一湯，有東坡肉、浮油雞片、水煮肉片、家常豆腐、藕盒、蒜香油浸魚、蟹粉獅子頭、拔絲山藥、涼拌筍絲及清炒水芹。

湯品是開水白菜，湯中不見一絲油星，嫩黃的白菜心旁點綴紅色的枸杞，煞是好看。

沈玉蓉很俐落，想到做什麼，開始殺雞殺魚，去骨切肉。幸虧前幾日買了食材，不然今天不知做什麼。

莊如悔不是第一次見沈玉蓉做飯，再看還是被驚豔到了。

飯菜香飄出廚房，齊鴻曦被味道吸引過來，見沈玉蓉做菜，臉上綻放笑容。「表嫂，妳能多做些嗎？我想讓父皇嚐嚐，御廚做的飯菜沒妳的好吃。」

這是恭維的話，御廚都是有真本事的，哪裡真會被沈玉蓉比下去。她會的菜色雖經過五千年積累，都是精華所在，能略勝御廚，但手藝卻比不上。

沈玉蓉心想，要開酒樓做生意，若是能得明宣帝讚美幾句，名聲自能傳出去，遂多準備一份食材。

莊如悔聽了這話，也要表孝心，讓沈玉蓉多做些，她要帶回去給長公主。

沈玉蓉自然不會推辭，這些等吃過飯再做，帶回去後，還能保持幾分原味。

莊如悔盯著沈玉蓉手上俐落的動作，問道：「沈府缺妳的吃喝？」

「當然不缺。」沈玉蓉沒有抬頭，繼續忙著。

「那妳做菜的動作如此嫻熟，若非勤加苦練，手藝怎會如此好？」莊如悔顯然不信。

沈玉蓉道：「在夢裡跟我娘學的，和《紅樓夢》一樣，不是自己想的。」

「妳真夢見妳娘了？」莊如悔才不信這騙人的鬼話。

「那妳說，我這手藝哪來的？」沈玉蓉掀起眼皮看她，將殺好的魚放在砧板上，準備動刀收拾了。

莊如悔撇撇嘴。「誰知道。」卻也沒再追究。

第十六章

十菜一湯上桌，收服了所有人。幾個孩子坐下，拿起筷子飛快地吃，唯恐動作太慢，少吃了幾口。

尤其是齊鴻曦，仗著人傻受大家憐愛，每每菜剩一點時，總是端到自己面前。其餘人還不能跟他爭，只能眼睜睜看著。

飯後，每人都摸著肚子，嚷著吃撐了，去院中轉轉。

沈玉蓉又去廚房，做了要給明宣帝和長公主的飯菜。

片刻後，齊鴻曦回到宮中，直接去御書房，得知明宣帝還未用晚膳，獻寶似的拿出食盒，再親自去御膳房，看著宮女跟太監熱好，才送到御前。

明宣帝得知此事，少不得誇獎齊鴻曦一頓，又留他一起用晚膳。

齊鴻曦很高興，陪著明宣帝吃飯，一個勁兒誇沈玉蓉做的飯菜，還說了沈玉蓉和莊如悔要開酒樓的事。

「父皇，表嫂做的飯菜可好吃了，剛起鍋更美味。酒樓開業那日，您可有工夫，我請您吃飯，能孝順父皇，還能替表嫂捧場，我聰明吧？」微揚下巴，好似等人誇獎一般。

「曦兒最聰慧。」明宣帝放下碗筷，摸摸齊鴻曦的頭，眸中盡是憐愛。見齊鴻曦是真喜歡沈玉蓉和莊如悔，便道：「那日朕去瞧瞧，嚐嚐曦兒說的菜。」

齊鴻曦點頭，吃飽喝足，恭敬告退。

等齊鴻曦走了，劉公公過來，望著飯菜道：「皇上，您用完了嗎？若是用完，把剩下的飯菜賞給老奴吧。老奴聞著，這不比御膳房的差，香味撲鼻，饞蟲都被勾出來了。」

明宣帝爽朗笑了幾聲，將剩下的飯菜賞給劉公公，自己回御書房，繼續批閱奏摺。

劉公公提著食盒去偏殿，涼掉的飯菜再熱過，不似剛做的好吃，仍別有一番風味，也吃撐了。

飯後，他來到明宣帝跟前，將齊鴻曦誇了又誇，雖不及其他皇子聰慧，卻是極有孝心。

另一邊，莊如悔送齊鴻曦到宮門，便回了長公主府，將食盒交給下人，說晚膳用這些。丫鬟跟婆子不敢拒絕，接過食盒，熱了飯菜擺上桌。

飯廳內，長公主見今日菜色與往日不同，問是否換了廚娘？

莊如悔乘機解釋。「這是玉蓉親手做的菜，我從謝家帶回來的。娘和爹爹快嚐嚐，味道比咱們府裡做的好。」

她說著，替長公主和宜春侯各夾了一顆蟹粉獅子頭。她最鍾意這道菜，希望父母能嚐到，又說了開酒樓的事。

長公主頭一次吃蟹粉獅子頭，讚不絕口，不反對莊如悔開酒樓，說她自己做主便好。莊遲也嚐了，很贊同莊如悔的提議，讓莊如悔去帳房取五萬兩銀子，算他入股。

莊如悔拒絕。「這是我第一次自己做生意，爹爹別幫忙，賺或賠都是我自己的本事。」話雖如此，但她覺得酒樓穩賺不賠，因為這些菜真的太好吃了。

與此同時，沈玉蓉也想到這一點，若是能讓明宣帝和長公主都稱讚，酒樓一定出名。送走莊如悔和齊鴻曦，她回棲霞苑歇了一會兒，便去小書房，寫幾道食譜，默一章紅樓，作為對莊如悔的報答，三更時分才睡下。

翌日，沈玉蓉早早起床，去正院向謝夫人請安，飯後想去山裡轉轉，看看有沒有野菜。春天有不少野菜，謝家莊子周圍是山，山上的好東西更多，沈玉蓉不想錯過，遂換了半舊衣衫，盤上頭髮，用帕子包好，揹著背簍，提著小鐮子準備出門。

梅香要跟，被沈玉蓉拒絕了。這時山上的野獸也出來活動，萬一碰上，她有拳腳功夫，能躲過去，若帶著梅香，可能無暇顧及。

梅香不放心，卻拗不過沈玉蓉，只能作罷。

沈玉蓉剛出門，就遇上了不速之客。

沈玉蓮下車就瞧見沈玉蓉，穿著一身破舊衣裙，揹著背簍，腳上的繡花鞋也是舊的，早已過時，心中的不痛快少了幾分，隱隱浮現幾分得意。

果真如她所想，沈玉蓉為了謝家人的生計，不得不操勞，回沈府時是特意打扮過的。幸虧她今日來了，不然還看不到沈玉蓉落魄的樣子。

沈玉蓮想著，眉眼間露出幾分笑意，夾雜著鄙夷與輕視，走至沈玉蓉跟前，下巴微微揚起。「妹妹這是做什麼去？」那語氣，好似沈玉蓉是地上泥，而她是天上的雲。

沈玉蓉把玩著手中的鐲子，淡然表情不見絲毫波瀾，偏過頭，漫不經心地看著沈玉蓮。「大姊姊來做什麼，故意看我笑話？不過，讓妳失望了。」

沈玉蓮想著今日來的目的，面上的笑容誠懇了些。「我知道妹妹受罪了。都怪我，若我當初應下這門親事，妹妹就不會吃苦。」垂下眸，睫毛上掛著淚珠，神情滿是悔恨。

她上前兩步，伸手想去握沈玉蓉的手，被沈玉蓉不著痕跡地躲開了。

沈玉蓉後退幾步，彷彿不認識沈玉蓮一般。「這又唱的是哪齣？不就是想去桃花宴嗎，都撕破臉了，裝什麼姊妹情深？這裡沒旁人，妳不用裝白蓮花，我看了覺得噁心。」

沈玉蓮聽了，氣得攥緊拳頭，垂眸遮掩住眸中的情緒，想起今日的目的，勾唇輕笑，又親熱道：「妹妹說什麼呢，我怎麼不明白？咱們姊妹一向親近，姊姊年紀大了，想沾沾妹妹的光，去長公主府見見世面，這對妹妹來說是舉手之勞，會答應我吧？」

要不是為了去長公主府，給五皇子留下好印象，她絕不會在此低聲下氣求沈玉蓉。

一個紈袴的妻子被趕離京城，就只配在莊子裡當農婦，一輩子別想出頭。

沈玉蓉聳聳肩。「我不答應。」轉身離開。

沈玉蓮想追沈玉蓉，卻沒追上，沈玉蓉頭也不回地走了。

雲草望著沈玉蓉決絕的背影，氣憤地說：「二姑娘怎麼這樣呢，一家子姊妹，三姑娘還小，為何不讓姑娘去？」

沈玉蓮站在原地，一言不發，望著沈玉蓉的眸子彷彿淬了毒。

等她成了五皇子妃，有機會懲治沈玉蓉時，且等著瞧。甩了甩帕子，轉身向馬車走去。

另一邊，沈玉蓉回頭見沈玉蓮的馬車走了，撇撇嘴，露出譏諷的笑。

真以為回沈家就沒事了？好戲在後頭呢。

沈玉蓉折回莊子，喊來梅香吩咐道：「妳回沈家一趟，問問夫人，到底讓誰隨我去長公主府？」

梅香不知沈玉蓉遇見沈玉蓮，皺眉不解。「姑娘，那日夫人說了，讓三姑娘跟您去。」

「大姊姊來了，說是想去桃花宴。」沈玉蓉道。

梅香知沈玉蓮的真面目，一聽這話，立刻明白沈玉蓉的意思，應了一聲，轉身去辦。

沈玉蓉再次揹背簍上山。今兒出門許是沒看黃曆，沒走幾步，又被一個中年男人攔住。

中年男人是楊淮，他上下打量著沈玉蓉。「妳就是謝衍之的新婦？」

謝衍之讓他送銀票回來，他本想找人送，想想覺得應該見見沈玉蓉，看能否配得上謝衍之，於是親自來了京城。

前兩天他就到了，聽聞關於沈玉蓉的流言。沈玉蓉進門第一天懲治刁奴，趕走惡霸，保護謝家，有勇有謀，勉強配得上謝衍之。

方才，他又見她趕走不懷好意的姊姊，言語不留情面，氣勢不輸世家閨秀，還做得一手好菜，佩服謝衍之有眼光，同時也嫉妒謝衍之有福氣。

沈玉蓉握緊手中的鏟子，後退幾步，警覺地看著楊淮。「你是誰，找我何事？」

「我這裡有樣東西，是謝衍之讓我轉交的。」楊淮道。

沈玉蓉聽他提謝衍之，知是熟人，收起鏟子。「是什麼？拿來吧。」然後趕緊走人。

楊淮不動，深邃的眸子注視著她。「京城傳言妳是悍婦，手扯奴婢，拳打討債人。看樣子，傳言可信？」

這是誇她，還是損她？沈玉蓉不跟直男計較，又說了一遍。「東西放下，你走。」

「妳可知我是誰？」楊淮問，不等沈玉蓉回答，接著道：「妳做的飯菜好吃。」

可惜，昨天他潛進謝家時，飯菜被吃光了，見沈玉蓉幫明宣帝和長公主做晚膳，也不敢貿然出現，怕因此洩漏謝衍之的身分。

晚飯不是沈玉蓉做的，他沒胃口，揣著銀票去山裡，捉隻野兔烤了，想起她做的飯菜，頓時覺得烤兔子不香了。

沈玉蓉挑眉，原來饞飯菜了。簡單，回家就是。

剛才遇見沈玉蓮，這會兒又遇見熟人，看來現在進不了山，午飯後再去吧。

沈玉蓉將楊淮迎進家中，和謝夫人說一聲，便去廚房，準備中午的飯菜。

謝夫人擺手讓沈玉蓉去了，和楊淮敘舊，問他這些年去了哪裡。

楊淮不想提墨連城的事，遂道：「隨意走走。總待在同一個地方，怪悶的。」

謝夫人知他不願意多提，便開門見山地問：「哥哥死前只見了你，他可留下東西？」

「留了，我想給衍之的，可衍之不要。」楊淮如實回答。

謝夫人頓了頓，道：「衍之去了邊關，可還好？這次你回京是為了何事？」

「好。」楊淮不敢說謝衍之遇刺的事，看向門外，誇讚沈玉蓉一番，掏出一張銀票。「都說娶了媳婦忘了娘，衍之讓我給他媳婦送銀票來了。」

他完全忘記婆媳是天敵，有些話不能說。幸虧謝夫人大度，不在意這些。

「衍之讓你給他媳婦兒，你給玉蓉就是，不用和我說。如今家裡是玉蓉當家，我不管事了。」謝夫人表情一片平和，絲毫沒有半分埋怨。

楊淮點點頭，收起銀票，繼續和謝夫人閒話家常。

謝瀾之和謝清之得知楊淮來了，他們見過楊淮，次數不多，卻知楊淮武功很高，都很崇拜，想讓楊淮收他們為徒。

楊淮自然不收，理由也現成，他沒工夫，過幾天要去邊關幫謝衍之。

謝沁之進來，聽見楊淮的話，眸中一轉，對謝夫人道：「娘，嫂子許久不見大哥，替大哥準備了不少東西。等會兒我跟嫂子收拾一下，請楊叔叔帶給哥哥。」

謝夫人笑著點頭，看向楊淮。「孩子的一片心意，麻煩你了。」

楊淮應下，謝瀾之和謝清之聽了，也要給謝衍之寫信，告訴他家中的近況。

謝沁之和謝敏之去廚房，想讓沈玉蓉做些牛肉醬，讓謝衍之嚐嚐。

昨兒沈玉蓉試著做了一些，味道非常好，家裡人極喜歡，吃飯時會盛一碟放桌上，配著米飯或蔥油餅都好吃。

謝沁之和謝敏之進廚房，說了謝衍之捎銀子回來的事，還稱讚謝衍之有心，會疼妻子。

沈玉蓉正在做菜，聽到這話，臉一紅。

姊妹倆見狀，乘機說了牛肉醬的事。

沈玉蓉拿著勺子的手微微頓了下，答應道：「若是來得及，就多做些。」人家都給她送銀子了，做點吃食捎過去，不算過分。

謝沁之和謝敏之聽了，向沈玉蓉行禮道謝，轉身回院子，趕緊寫信，將沈玉蓉誇了又誇，簡直是天上有地下無，將京城所有閨秀全比下去了。

第十七章

中午，沈玉蓉做了十幾道菜，擺了滿滿一桌來招待楊淮。

楊淮埋頭大快朵頤，筷子沒停，桌上大半的菜都進了他的肚子。飯後喝茶漱口，說晚上沒地方去，會住幾日，辦完事再離開。

他也不挑地方，就住謝衍之的書房，也不等謝夫人答不答應，逕自去了。

幾個孩子都很高興，這樣，他們可以捎更多東西給謝衍之。

沈玉蓉望著楊淮的背影，怔了怔，這是賴在她家不走了？

她好氣，那人還沒給銀票呢，打算臨走之前才要給嗎？

氣歸氣，想到謝家人，沈玉蓉還是進了廚房，準備做些牛肉醬和辣椒醬，請楊淮帶給謝衍之。

未時剛過，梅香回來了，得知沈玉蓉在廚房忙活，見怪不怪，逕自去找她，開始嘰哩呱啦說起來，都是關於沈玉蓮的事。

原來梅香去了沈家，直接見張氏的貼身嬤嬤，她是張氏身邊的老人，自然知道沈玉蓮的心思。

長公主辦桃花宴，沈玉蓉能帶張氏的女兒去，張氏自然承沈玉蓉的情，嬤嬤對沈玉蓉的印象也好了不少。

桃花宴機會難得，張氏自然不會放過，得知沈玉蓮動了小心思，豈會不惱怒。

小官家的主母發怒，威力也不小，先是懲治沈玉蓮的姨娘柳姨娘，又鬧到沈父跟前，說沈玉蓮病未好，非要參加桃花宴，萬一衝撞貴人，壞了家裡的名聲，還會連累沈父的官運。

沈父雖不貪戀權勢，也不願因此丟官，當即訓斥了沈玉蓮，罰她抄寫家規。又去柳姨娘院中，訓斥她不會教導女兒，命她禁足。

沈玉蓮偷雞不成蝕把米，把沈玉蓉恨上了，在房中摔東西，咒罵沈玉蓉一頓。

沈玉蓉聽到沈玉蓮挨罰，心情好了不少，不僅替謝衍之做牛肉醬，還做了蒜蓉辣椒醬。晚飯時，她也多做了幾道菜，讓楊淮非常滿意，直說沈玉蓉孝順。

沈玉蓉言笑晏晏，謙虛一番。

楊淮見沈玉蓉心情好，乘機要求，說過幾日離開，但路上沒有可口的飯菜，讓沈玉蓉做些醬肉，方便他帶著吃。

沈玉蓉的心情當即不好了，見過不要臉的，就沒見過這麼不要臉的，猶豫著要不要做。

楊淮瞥她一眼。「徒兒媳婦要是沒空做也不要緊，我在路上隨便買些吃食填飽肚子就行，不要求多的。」

「方便。」沈玉蓉假笑，不要求多的還提！醬都做了幾罐，也不差幾斤醬肉，就當給自己人打打牙祭，順帶幫楊淮做。

楊淮很滿意，從懷中掏出一塊玉珮。「這是一品閣的信物，拿著這塊玉珮找掌櫃的，提供食譜，他會給妳分成。」

沈玉蓉拒絕。「我已經找人合夥開酒樓，怕是要拂了您的好意。」

楊淮沮喪嘆息，他應該早來幾日的，莊家那小子見錢眼開，絕不放過這機會。

三日後，楊淮離開了，帶走不少東西，有沈玉蓉準備的牛肉醬、醬肉、謝家人給謝衍之的信和衣服等。

送走楊淮，沈玉蓉去了趟成衣鋪子，拿定做的衣裙。

明日是桃花宴，幸虧謝衍之送來五百兩銀票，不然又要花嫁妝置辦衣裳首飾。

謝沁之和謝敏之許久沒參加宴會了，比沈玉蓉還激動，又買了新衣飾，更是歡喜，一整晚如小兔子般，圍在沈玉蓉身旁蹦蹦跳跳，嚮往著明日的宴會。

三月三日，風清氣爽，太陽都比平日亮了三分。

沈玉蓉帶著謝沁之和謝敏之，準備出門。

謝夫人攔住沈玉蓉。「去長公主府，興許會遇見妳姊姊，她性子軟，又是個報喜不報憂的，妳幫我套套她的話，看看她在婆家過得如何。」

沈玉蓉答應了。

謝夫人又囑咐一番，要她們不可生事，但被欺負了也無須忍著，萬一出事，有她頂著。

聽了這話，沈玉蓉放心不少，辭了謝夫人，領著兩位小姑娘上車，馬車緩緩遠行。

謝夫人站在門口遠遠望著，總覺得心神不寧，道：「我心裡七上八下的，希望三個孩子順順利利回來，淺之和衍之都好好的。」

「大少夫人穩重，大姑娘和大公子也吉人天相，您放寬心就是。」許嬤嬤扶著謝夫人回去，笑著安慰。

謝夫人點頭。「但願吧。」

經過一段時日的相處，她也了解沈玉蓉的性子，能忍，不會吃虧，這樣也好。

馬車很快進了城，沈玉蓉讓車夫先去沈府，接張氏的女兒沈玉芷。

張氏已經帶著沈玉芷等在門口，見沈玉蓉過來，十分熱情，又囑咐沈玉芷聽話，目送女兒上了沈玉蓉的馬車離開。

嬤嬤站在張氏身旁。「我瞧著二姑娘有情有義。」

張氏轉身笑道：「我也發現二姑娘的好，比某些人強。」某些人是誰，大家心知肚明。

長公主府離得遠，花費了些時辰。

莊如悔早等在門口，看見沈玉蓉下車，上前幾步道：「妳總算來了，路上可還順利吧？」

沈玉蓉扶謝敏之和沈玉芷下來，答道：「還算順利。妳在這裡，不光是等我吧？」肯定是為了《紅樓夢》的新章節。

今日莊如悔棄了鞭子，手裡握著摺扇，展開是一幅桃花美人圖，倒是應了今日的景。

「知我者，玉蓉也。」目光殷切地望著沈玉蓉，大有她不給，就不讓她進門的意思。

沈玉蓉從車廂中拿出一只盒子，遞給莊如悔。「都在這裡了。這幾日忙，寫得不多，妳將就著看吧。」

莊如悔把盒子交給身邊的侍衛，迎著沈玉蓉進府。

這時，有好幾個姑娘看過來，小聲嘀咕著，想知道沈玉蓉是誰，竟能讓莊如悔親自迎接。

沈玉蓉入京城不久，許多人不認識她，幾個認識的，立刻說出她的身分。

得知沈玉蓉是謝衍之的妻子，有搖頭嘆息的、有目露同情的、有嫉妒說酸話的，總之各有各的心思。

沈玉蓉並未多理睬，跟著莊如悔進府，直接去了桃林。

第十八章

今年立春早，過了年天氣漸暖，桃花早早就開了，這些日子正豔。

沈玉蓉一路走一路看，暗自咋舌，不愧是長公主府，占地廣不說，真的是五步一樓、十步一閣，水榭、假山、奇花異草，風景各異，好似進入皇家園林般，令沈玉蓉流連忘返。

桃花林在長公主府西跨院，有十餘畝，北面是一處假山，南側是請人挖的湖。湖邊垂柳抽出嫩芽，倒映湖中，偶爾有魚群游過，好似魚兒在樹叢中飛翔，片刻工夫又不見蹤跡。

湖中水榭的四周有遊廊，方便人觀賞湖景。幾個孩子泛著小舟，拿著魚竿釣魚。

沈玉蓉看得入迷，想起了白居易的詩句，情不自禁道：「繞池閒步看魚游，正值兒童弄釣舟。」

謝沁之聽了，誇沈玉蓉有才情。

沈玉蓉謙虛道：「不是我做的，是別人的詩句，覺得應時應景，拿來用用。」

謝敏之和沈玉芷跟在後面，四處觀望，小聲議論長公主府的美景及奇花異草。

忽然間，一道聲音傳入眾人耳中。「弟妹？」

沈玉蓉循聲望去，只見一位綠裙少婦站在不遠處，眉眼含笑地瞧著她。

不等沈玉蓉開口，謝沁之和謝敏之便提著裙襬跑過去，興奮喊道：「大姊姊。」

沈玉蓉了然，眼前的人是謝衍之的孿生姊姊謝淺之，比他早出生半個時辰，嫁給戶部侍郎郭大人的長子郭品攸。

謝衍之成婚那日，謝淺之去了，後來不知為何，提早離開。

沈玉蓉上前，向謝淺之行禮。「姊姊好。」

謝淺之走上前，雙手扶住沈玉蓉，笑容真摯。「都是自家人，何必多禮。」

沈玉蓉抬眸，正巧看見她左臉頰，雖然施了粉，卻隱約可見指印。

謝淺之被人打了，是誰敢打她？

沈玉蓉不動聲色，移開目光，和謝淺之說話。

莊如悔見狀，找了個藉口離開，吩咐身旁的丫鬟好生伺候，不可怠慢。

見莊如悔走遠，沈玉蓉拉著謝淺之去水榭。「咱們進去坐下說話。」

謝淺之道：「婚禮那日沒來得及與妳說話，回家後忙，也不得空。近日母親身子可好？衍之對妳好不好？若對妳不好，告訴我，我替妳教訓他，他還算聽我的話。」

沈玉蓉坐下，笑著答話，又問謝淺之。「姊姊在婆家可好，有人欺負妳嗎？」盯著她的眼睛瞧。

謝淺之目光微閃，垂眸遮住眼裡的不自然。「都好。」

沈玉蓉掃向她身旁的丫鬟翠蕓，翠蕓不敢看她，移開了眼。

「好就行，母親經常想起妳，怕妳在婆家不習慣，與婆婆妯娌起爭執。如果他們欺負妳，告訴我，我幫妳出氣去。咱們家雖搬到了郊外，也不是沒人的。」沈玉蓉故意說這些話，眼角餘光看著翠藝。

果然，翠藝欲言又止，被謝淺之的眼神制止了。

沈玉蓉越發覺得有事，不然誰會動手打謝淺之。

不久，莊如悔回來了，身後跟著齊鴻曦和一名年紀略大的少年，少年約十七、八歲，一雙桃花眼熠熠生輝，唇角微微上揚，月白色箭袖長袍，一派溫文爾雅，細看與齊鴻曦有幾分相似。

沈玉蓉暗自猜測他的身分，對方卻先開口了，看向沈玉蓉道：「妳就是曦兒口中的表嫂，做得一手好菜，並寫了《紅樓夢》這樣的奇書？」

莊如悔見沈玉蓉迷茫，忙介紹道：「這是五皇子殿下。」

大齊民風開放，沒有不准見外男的規矩，沈玉蓉等人忙起身行禮。

齊鴻曜找了位置，拉著齊鴻曦一起坐下，目光炯炯瞧著沈玉蓉，好似在等她的回答。

沈玉蓉解釋。「飯是我做的，書不是我寫的，我只是默寫出來，《紅樓夢》是曹雪芹先生所著。」

聽了這話，齊鴻曜沒有驚訝，他早聽莊如悔說了，沈玉蓉如此回答，也是意料之中。

齊鴻曦揚起純淨的笑。「表嫂做的飯菜好吃，父皇都誇獎了。」

沈玉蓉笑了笑。「我與莊世子合夥開酒樓，過幾日就要開張，若五皇子殿下有興趣，可以來看看。」

不等齊鴻曜說話，齊鴻曦便開口了。「父皇也吃了表嫂做的菜，誇讚好吃，等表嫂的酒樓開了要再去，剛做出來的味道比回鍋熱後的好。」

齊鴻曜一聽明宣帝也去，點點頭。「那日，我定會捧場的。」

酒樓開張，明宣帝和五皇子都去，這是多大的面子。

沈玉蓉心中雀躍不已，沒想到酒樓還沒開張，名聲就傳出去了。相信過了今日，許多人都將知道她們的酒樓，開業那天定會熱鬧非凡。

這次齊鴻曜來，就是為了見沈玉蓉，常常聽齊鴻曦提起她，生出幾分好奇。但不過是個平常人，會做飯，能寫話本子，長得漂亮些，僅此而已，不足為奇。

齊鴻曜領人走後。莊如悔回頭對沈玉蓉豎起大拇指。她有預感，她們的酒樓會出名。

沈玉蓉笑了笑，目送莊如悔離去。

等人走遠，沈玉蓉藉口渴了，讓長公主府的丫鬟去沏茶。等丫鬟走後，又說她想如廁，可梅香不知在哪裡。

謝淺之熱心，來過長公主府幾次，遂吩咐翠蕓帶路。

翠藝自然願意，引著沈玉蓉去淨房。

沈玉蓉向謝淺之道謝，跟翠藝出了水榭。

離開謝淺之，沈玉蓉腳步慢下來，悠然道：「妳叫翠藝對吧？」

翠藝答是，還說自己是從小賣進府的，無父無母，謝淺之待她極好。

沈玉蓉又問：「妳家大姑娘在郭家過得好嗎？」

翠藝聽了這話，僵硬地停下腳步，眼眶紅了，想起謝淺之叮嚀的話，堅定道：「自然是好的，姑爺對大姑娘極好。」

「是嗎？」沈玉蓉繞到翠藝跟前，雙眸一眨不眨地盯著她。「妳的眼睛紅了，可見沒說實話，既是謝家的下人，就不應該幫著郭家遮掩。說吧，大姑娘臉上的傷是誰打的？」

翠藝聽了，雙膝撲通跪地，淚如雨下，哭著道：「大少夫人，我家姑娘命苦啊！」

沈玉蓉拉起她，來至偏僻角落，拿出帕子幫她拭淚。「好丫頭，慢慢說。如今我是謝家的大少夫人，婆母讓我當家，自會替妳家姑娘做主。」

翠藝不敢讓沈玉蓉伺候她，接過錦帕擦著，嗓音沙啞道：「我家姑娘成親一年有餘，還未圓房，至今是清白之身。」

沈玉蓉驚詫，覺得發現了不得了的秘密。「妳家姑爺不能人道？」

翠藝羞紅了臉。「自然不是，您聽我細說。」

她也不怕觸怒謝淺之了，實在是謝淺之的日子太苦，在郭家一點地位也沒有，一個稍有臉面的婆子，都能給謝淺之臉色看……

郭家長子郭品攸看似一表人才，卻是寵妾滅妻，小妾還是郭夫人的娘家姪女。雖是庶出，也是姑姪，郭夫人捨不得罵一句。

前些日子，長公主府的人送帖子，邀請謝淺之參加桃花宴。小妾得了消息，想讓謝淺之帶上自家妹妹。

長公主府的宴會，來的人非富即貴，若有幸嫁進高門，她的身分也會跟著水漲船高，說不定能成為正妻。

小妾越想越覺得可行，便找謝淺之商量，說是商量，態度卻蠻橫強硬，意思是謝淺之若不帶上她的娘家妹妹，郭品攸饒不了她。

謝淺之是世家貴女，性子軟和，卻不敢亂了規矩分寸，自是不答應。

小妾見狀，又哭又鬧，抓著謝淺之不鬆手。兩人拉扯間，郭品攸回來了，小妾眼尖，故意摔在地上。這一摔出了大事，肚裡揣著的孩子摔掉了。

也是小妾倒楣，跟郭品攸一年有餘，想盡辦法懷孕，結果被自己弄掉了，豈能甘心？乾脆把這件事全推在謝淺之身上。

這孩子來之不易，又是頭一個，郭品攸相當看重，指著謝淺之的鼻子罵她毒婦，見不得他好，見不得郭家有後云云。

謝淺之矢口否認，說是小妾自個兒沒站穩，摔倒了。

郭品攸認定謝淺之歹毒，自然不肯聽她解釋，抬手給她一巴掌，將她打倒在地，可見力氣之大，一點也沒顧及夫妻情分。

說到此處，翠蕓嚶嚶哭起來，一個勁兒說謝淺之命苦。

沈玉蓉被她哭得腦殼疼，扶額道：「別哭了，不就是一個男人，他不好，休了再找。這天下，三條腿的蛤蟆不好找，兩條腿的男人多的是。」

在地府時，她見過不少現代鬼，思想超前，離婚比喝水還容易，休夫的人也有不少，過不下去就不過。

一聽被休，不管誰休了誰，女子總會吃虧，翠蕓哭得更凶，上氣不接下氣。

沈玉蓉不知所措，再次安慰她。「妳別哭了，今年科舉，優秀的兒郎多得很，郭品攸算什麼啊，連個秀才都不是，靠著他老子用錢捐官，還是芝麻粒大的。

「咱們謝家的女兒要嫁，自然嫁最好的，嫁狀元、嫁探花、嫁榜眼，再不濟嫁進士，要人品才學兼優，還要有車有房，沒爹沒娘的，進門後自己當家，看誰還欺負妳家大姑娘。」

翠蕓聽得一愣一愣，完全傻住了。

第十九章

沈玉蓉的話音未落，一道突兀的聲音傳來——

「這番豪言壯語，可是妳的心裡話？」嗓音中夾雜著幾分戲謔。

沈玉蓉尋聲望去，只見一名美婦人站在不遠處，笑咪咪地看著她。

美婦人年約三十出頭，錦衣華服，頭上簪著累絲嵌寶銜珠金鳳簪，與蝙蝠紋鑲琉璃珠顫枝金步搖，被一群婆子、丫鬟簇擁著，猶如眾星捧月一般。

沈玉蓉愣住，她不認識美婦人。

翠芸見過長公主，忙跪下行禮。「見過長公主殿下。」

沈玉蓉屈膝行禮。「長公主殿下萬福金安。」

長公主移步過來，目光落在沈玉蓉臉上，表情平和，嗓音中透著戲謔的笑。「妳方才的話，我都聽見了，有些違背倫常，大逆不道。」

聽過沈玉蓉的事跡，吃了她做的菜，又看了《紅樓夢》，長公主早想見見沈玉蓉。知道她進府，忙領人來瞧瞧，沒想到途經此處聽到這一番話，著實讓她又驚又喜。

沈玉蓉羞愧，卻也不懼怕，解釋道：「是真心話。大姊在婆家受了委屈，民婦身為弟媳，自然不能容忍。至於違背倫常，大逆不道，民婦不覺得，若是任由大姊在婆家受委屈，那才是有違人情。」

長公主絞著手中的錦帕，笑吟吟地看沈玉蓉，卻不發一言。

沈玉蓉低頭，又小聲解釋一句。「再說，那都是安慰翠蕓的話。」也能當真？不過她不敢說，怕觸怒長公主。

「有車有房，沒爹沒娘，這話倒是別出心裁。雖大逆不道，卻也合乎人之常情。」長公主意味深長道。

女兒都是父母的掌中寶，若非迫不得已，誰會讓親閨女伺候人？

她可不就如此，莊遲有父母，卻跟無父母差不多，她是先皇親封的長公主，莊遲進了長公主府，等於入贅，沒有婆媳關係的煩惱。

可京城其他女子不一樣，晨昏定省，伺候公婆小姑，都說多年的媳婦熬成婆，做人媳婦確實難。

幸虧莊如悔是男子，將來只娶媳婦，不需當人家的媳婦。

沈玉蓉不言不語，好似沒聽見長公主的話。

長公主起身，走至沈玉蓉身邊，意味深長地看著她。「菜做得不錯，酒樓開業那日，本公主會親臨，妳可要好好表現。」

「是。」沈玉蓉恭敬應下，內心欣喜若狂，又有一個大人物去，這是天大的面子。

沈玉蓉目送長公主離去，帶著翠蕓回水榭，路上囑咐翠蕓。「我只是去如廁，來的時候遇見長公主耽擱了。我什麼也沒問，妳什麼也沒說，知道嗎？」

翠蕓會意，忙點頭答應。

可沈玉蓉忘記了，她方才的話不僅被長公主府的人聽了去，其他人也聽見了。這話像長了翅膀，沒一個時辰，便傳得人盡皆知。

沈玉蓉發現別人看她的眼神怪怪的，還有人對她指指點點，心下疑惑。這是怎麼了，一個個腦子有病吧，就算謝衍之出名，也不該盯著她啊！

宴會結束後，莊如悔來找沈玉蓉，後面依然跟著齊鴻曦和齊鴻曜。

齊鴻曦嘴裡藏不住話，見到沈玉蓉，歡快地靠上來，喋喋不休道：「表嫂，妳可出名了，到處有人在說妳。」

沈玉蓉一頭霧水，打量莊如悔，莊如悔臉上寫著一言難盡四個字。

她又瞅了瞅齊鴻曜，齊鴻曜含笑看她，原本平靜無波的表情盡是意味深長。

「我怎麼出名了？」沈玉蓉問。

「有車有房，沒爹沒娘。」齊鴻曦解釋。

沈玉蓉懵了。「啥、啥玩意兒？」這不是勸說翠蕓的話嗎，齊鴻曦怎麼會知道？想到眾人看她的眼神，心下大驚，他們該不會都聽說了吧。

原來不是謝衍之出名，是她壯了。呸呸呸，壯什麼，人怕出名豬怕壯，她又不是豬。

齊鴻曦又重複一遍，沈玉蓉確定，她真的出名了。

沈玉蓉望向莊如悔，莊如悔點頭。又看齊鴻曜，齊鴻曜依然含笑。

「你們別誤會，那些都是勸人的話，當不得真。」沈玉蓉認真解釋，可是沒人信她。

翠藍見沈玉蓉沒供出她，提著的心稍稍放下，時不時瞥向謝淺之，眸光又落在沈玉蓉臉上，做了決定，豁出臉面，咬牙說了郭家發生的事。

事情的來龍去脈很快清楚了，沈玉蓉沒想到翠藍如此有擔當，本想讓謝淺之回郭家，她再找機會上門，假裝撞見謝淺之被郭家人欺負，如今說開了也好。

齊鴻曦一聽郭家欺負謝淺之，轉身就朝外跑。

謝淺之太了解齊鴻曦，讓人攔住他。

齊鴻曦當即被伺候他的太監攔住。「哎喲，我的小主子，您做什麼，難道去郭家幫大姑娘討公道？這可不成，萬一傷了您，奴才擔待不起啊。不就是教訓郭家人，這裡這麼多人，哪需要您親自出手？」

「他們敢欺負大表姊，我打死他們！」齊鴻曦眼眶通紅，欲掙脫太監，找人拚命。

謝淺之對他好，逢年過節就會替他縫製衣裳，和姨母一樣疼愛他，他不能讓人欺負她。

謝淺之走過來，撫摸齊鴻曦的頭。「曦兒長大了，知道為表姊出頭，表姊高興。可你還是個孩子，不要管這件事了。」

「他不管可以，妳要隨我們回去。」沈玉蓉上前拉住謝淺之的手。

謝沁之和謝敏之也走上前，要謝淺之跟她們走。

謝淺之猶豫，她不能這麼做，無論被休棄還是和離回娘家，對女子的名聲都不好。除了謝衍之，其餘弟弟妹妹還未說親，會連累他們。

沈玉蓉看出她的猶豫。「妳以為他們在乎那些名聲？」

謝沁之和謝敏之搖頭，圍著謝淺之道：「我們不在乎名聲，我們在乎大姊姊過得好不好，若是不好，就回家。」

齊鴻曦也說：「大表姊回家，不能讓人欺負，曦兒會保護大表姊。」

謝淺之淚流滿面，艱難地吐出一個字。「好。」就算一輩子做老姑娘，她也想和家人在一起，再也不受郭家的氣。

沈玉蓉拉著謝淺之往外走。「回到家，我給大姊做好吃的，大姊吃了保准心情好。」

「曦兒也幫忙了，曦兒也吃。」齊鴻曦跟在後面，小跑幾步跟上來，笑著對沈玉蓉說。

沈玉蓉欣然答應，一行人走出長公主府。

莊如悔聽見沈玉蓉下廚，忙說要監督沈玉蓉寫《紅樓夢》，讓人備車去謝家莊子。

齊鴻曜怕齊鴻曦出事，他無法向父皇交代，也要跟去。

其他人見齊鴻曜、齊鴻曦及莊如悔對沈玉蓉另眼相看，不敢多言，默默打道回府。

另一邊，長公主得知門口發生的事，挑眉看莊遲。「我覺得謝衍之的新婦不簡單，會把京城攪和得血雨腥風，你覺得呢？」

莊遲手中捧著一本書，聽見這話笑了。「妳說會，自然會；就算不會，妳也會點把火。到時候，我幫妳煽風。」

長公主笑了，滿臉幸福。一個點火，一個煽風，夫妻絕配。

第二十章

沈玉蓉出了公主府，把沈玉芷送回沈家。

張氏帶著人去迎，但走至門口時，沈玉蓉已經帶人先離開了。

「宴會如何，可長了見識？」張氏拉著沈玉芷的手，一面往屋裡走、一面問。

沈玉芷如實回答。「自然是長了見識，遇到不少公子和貴女，還瞧見五皇子和六皇子。」

「那就好。」張氏欣慰，對沈玉蓉的好感又多了幾分。

沈玉芷又道：「娘，我覺得二姊姊人很好呢。」說了謝淺之的事。「二姊姊心中有數，知道親疏遠近。我們待她好，她自會記在心中。」

張氏點頭附和，慶幸沒有把事情做得太絕，也後悔聽沈玉蓮挑唆，更加厭惡沈玉蓮。之後找機會訓斥柳姨娘，又送了不少東西給沈謙。

沈玉蓮知道齊鴻曜去了桃花宴，氣得摔碎一套茶具，被張氏知道後，乾脆禁她的足，讓她修身養性。

沈玉蓉帶著謝淺之和孩子們，回到謝家莊子。

謝夫人得知謝淺之過得不如意，還被郭品攸打，又氣又怒，顧不得眾人在場，指著謝淺之的腦門，出聲怒斥。

「我生妳養妳，不是讓妳受氣的。我知妳性子軟和，受了氣就回家說，讓妳弟弟幫妳出氣。妳不僅不說，還讓翠雲瞞我們，這只會助長那些人的氣焰，更欺負妳。妳明不明白，我捧在手心的女兒，憑什麼被人作踐，就算在家當一輩子老姑娘，我也不能看著妳受委屈。」

這事也怪謝老夫人，替謝淺之訂了娃娃親。後來謝家落魄，謝夫人想退婚，但謝老夫人壓著不讓她退。

謝淺之為了弟弟妹妹的名聲，咬著牙嫁進郭家。

謝夫人越想越生氣，掩面哭起來。許嬤嬤在一旁勸著。

謝淺之見謝夫人哭了，紅著眼勸慰她。「娘，您別哭，我聽您的話，您說什麼我都聽。」就算離開郭家，她也願意。

「和離。」謝夫人哭了半晌，說出兩個字。

沈玉蓉倒杯茶給謝夫人，憤憤道：「娘，憑什麼和離，咱們又沒做錯。要我說，明兒就送一封休書給郭品攸，咱們休了他。」

謝夫人定定看著沈玉蓉。「妳說得沒錯，咱們休夫。」

她一味忍讓得來了什麼？是兒女被人欺負！她不忍了，大不了就鬧，撕破臉皮地鬧，光腳的不怕穿鞋的。

這些年，謝家早已沒了名聲，誰怕誰啊！

謝淺之見謝夫人這般反應，像見了鬼一樣。她算是看明白了，這個家由沈玉蓉說了算，母親寵著沈玉蓉，聽之任之。

休夫嗎？聽著很刺激，不知郭家得了休書會如何？

莊如悔和齊鴻曜看看這個、瞧瞧那個，對視一眼，覺得謝家的女人們瘋了。

這時，謝瀾之和謝清之進來了，手裡提著劍，嚷嚷著。「姓郭的敢欺負姊姊，我們這就上門剁了他！」

齊鴻曦立刻附和。「曦兒也去，應該扒皮抽筋！」

謝淺之欣慰，有家人如此，她知足了。回娘家算什麼，嫁不出去又算什麼，就當一輩子老姑娘，也好過被郭家折磨。

莊如悔和齊鴻曜又默默對視一眼，心想謝家的男人們也瘋了。

沈玉蓉勸住他們，進了廚房，做了一桌飯菜招待大家。

用完晚飯，沈玉蓉拉著莊如悔道：「借個人給我？」

莊如悔問：「妳想做什麼，對付郭家？」

沈玉蓉點頭又搖頭。「是找人盯著他們，知己知彼嘛。」

莊如悔同意，將她的侍衛借給沈玉蓉。「阿炎從小跟著我，武功不錯，輕功更好，聽牆腳最合適。」讓阿炎去郭家盯著。
阿炎應了聲是，飛身不見蹤影。
沈玉蓉驚呼。「乖乖，真厲害，我以為內力跟輕功都是傳說中的東西，沒想到真存在，看著比鬼還厲害。」
「比鬼厲害？」莊如悔皺眉。
「無事，我瞎說的。」沈玉蓉訕訕笑了笑，忙岔開話頭。「咱們酒樓何時開張？」
莊如悔的心思立時被轉移了。「三月初六，日子找欽天監選的。酒樓的位置在香滿樓對面，保准生意火爆。」
沈玉蓉不懂這些，全權交給莊如悔。
「這京城，世子應該很了解吧，可知哪裡有賣懷錶？」沈玉蓉問她。她見過別人戴，肯定有鋪子賣。
莊如悔還真知道。「懷錶？我家的珍寶閣就有，卻不知怎麼用。剛從海外弄來時，有人買過，後來無人問津。怎麼，妳想要？」
沈玉蓉點頭。「我有用處，請世子幫我留一件。」
莊如悔答應。
沈玉蓉又和莊如悔說一會話，齊鴻曜過來說時辰不早，得先回去，不然城門要關了。
莊如悔只能起身，陪著兩個皇子離開。

送走莊如悔幾人，沈玉蓉去正院，見謝淺之精神不錯，放下心，回棲霞苑。

此時阿炎回來了，說了在郭家聽到的事。

謝淺之被沈玉蓉帶回來後，主母郭夫人見謝淺之久去不歸，派人去打聽，知道長公主府裡發生的事，氣得咒罵謝淺之，罵謝家人不知好歹。

都說家醜不可外揚，她們倒好，生怕別人不知道郭家的醜事。不就是帶個人去長公主府，多大的事，還不願意，若謝淺之大度些，她的大孫子能掉了？

郭品攸第一次動手打人，生怕謝家人來找碴，問郭夫人怎麼辦？

郭夫人冷哼一聲，擺擺手。「不用管，那毒婦害了我的孫子，郭家沒休了她，已是仁慈，竟敢跑回娘家去。有本事別回來，待在娘家一輩子。」

有人撐腰，郭品攸腰桿挺得更直，也不在乎謝淺之歸不歸家，告退去小妾院中安慰她。

郭夫人見兒子走了，吩咐身邊的嬤嬤。「明兒一早，妳去趟謝家，告訴謝家人，若謝淺之不回來，永遠不要回來了。」還治不了她了。

嬤嬤答應了。

沈玉蓉知道郭家的打算，氣得整晚睡不著，半夜從床上爬起來寫休書。為了以防萬一，多寫了幾份。

天矇矇亮，沈玉蓉就起來了，也未用早飯，帶著阿炎進城。

城門剛打開，她與阿炎進去後，直奔郭家。

好巧不巧，一個嬤嬤從偏門出來，見沈玉蓉站在門口，好奇問了句。「請問您找誰？」

沈玉蓉不答話，看阿炎一眼，見他點頭，知道找對人了，道：「嬤嬤可是要去京郊莊子上找謝家人？」

「是啊，您怎麼知道？」嬤嬤疑惑。

這事連郭品攸都不知，郭夫人雖未瞞著，卻也不會張揚。

沈玉蓉將一張紙塞進嬤嬤懷中。「妳甭去了。郭家臉大，我親自送一樣東西來，帶回去交給你們夫人，她自會明白。」話落轉身走了。

嬤嬤打量手中的休書，她不認識字，遂去找郭夫人。

郭夫人看了，臉色大變，又氣又惱又羞，撕了休書，破口大罵。「好一個謝家，不知感恩的東西，竟送休書給我兒，等著瞧！」當即派人去尋郭大人，可郭大人上朝未歸，又讓人尋來郭品攸。

郭品攸得知謝淺之命人送休書給他，怒火中燒。「何時輪到女人寫休書了？我這就修書一封，休了那毒婦。」

第二十一章

離開郭家後，沈玉蓉沒有回謝家，而是去了長公主府，找莊如悔借了一些侍衛。

昨晚回來莊如悔便去找懷錶，一併交給沈玉蓉，隨她來到郭家門前，陣仗浩浩蕩蕩，驚動不少人。

莊如悔最見不得男人欺負女人，看戲比看話本子好，自然少不了她。

沈玉蓉原想幫郭家留面子，不想將事情鬧大。可郭夫人欺人太甚，明明是郭品攸寵妾滅妻，縱容娘家姪女，卻把過錯推給謝淺之，這事不能容忍。有一就有二，有二就有三。如此反覆，謝淺之的日子絕不好過，還不如離開郭家呢。

莊如悔站在沈玉蓉身旁，雙手環胸，一臉看好戲的樣子。「妳想怎麼做？」

「等。」沈玉蓉給出一個字。

「等什麼呀？」莊如悔問。

沈玉蓉笑了。「等人出來。開了門，咱們好進去搬嫁妝呀。」

她扔出去的是休書，郭夫人定不會接受；郭品攸是男人，要臉面，也不能忍。

莊如悔望望自家的侍衛。「妳借這些人，只是為了搬嫁妝？」

沈玉蓉點頭。不搬嫁妝，難道便宜郭家的孬種？

莊如悔聽了，不再多說，默默陪她等候著。

不到一刻鐘，郭家的偏門開了，一輛馬車駛出來。

莊如悔道：「是郭品攸的車，咱們衝進去嗎？」好似找人打架，有好戲看一般。

沈玉蓉笑了笑，上前幾步對著馬車喊：「車上可是郭家大公子郭品攸？」

車夫勒住韁繩，停下馬車。

郭品攸掀開簾子探出頭，語氣十分不善。「別礙事，爺有急事要辦。」

「可是拿到了休書，不服氣呀？」沈玉蓉笑了，眸中帶著鄙夷神色。「不服氣，也得給我憋著。」

郭品攸想吐血，指著沈玉蓉質問道：「好大的口氣，自古只有男人休妻，沒有女人休夫的道理。妳是謝家人，讓謝淺之出來說話，我不跟女人計較。」

「就你這貨，也只配跟女人計較。」莊如悔上前幾步，冷笑道。

沈玉蓉聽這話不對勁，側臉看她。「想清楚再說。跟他計較，是低了女人的身分。」

莊如悔也發現自己失言，忙應承著。「小的說錯了，望夫人海涵。夫人說的是，是他不配。」又對郭品攸說：「拿了休書，乖乖讓我們進去搬嫁妝。至此以後，謝家與郭家再無干係，你可以隨意寵小妾了，多好的事啊！」

沈玉蓉附和。「世子說得對，我只要大姊的嫁妝。郭家的東西，一個銅錢也不會要。」

周圍漸漸圍攏了不少人，郭品攸聽見有人小聲議論，臉色更不好看，為了郭家的顏面，不得不請莊如悔和沈玉蓉進府一敘。

沈玉蓉也不懼，隨郭品攸進去。她還怕進不了呢，既然進來，就得幫謝淺之洗清罪名。

郭品攸帶著沈玉蓉和莊如悔去了正廳。

郭夫人早已接到消息，想給沈玉蓉一個下馬威，可見莊如悔也在，什麼心思都歇了，好聲好氣招待莊如悔，又對沈玉蓉說了謝淺之的罪行。

總之一句話，不是他們郭家理虧，是謝淺之行為不端，嫉妒小妾，致使郭家失去子嗣，欲斷郭家香火，毫無當家主母的風範。

沈玉蓉笑了。「夫人說的，與我大姊的丫鬟說的有出入，不知誰真誰假？」

「我是郭家主母，難道還會騙妳？自然是翠蕓說謊，怕謝家人臉上掛不住，自然向著謝家人說話。」郭夫人得意洋洋，覺得沈玉蓉年輕好欺負。

「你們各執一詞，誰都不足為信。讓妳家小妾出來，我有幾句話想問問，問完自然就明瞭了。」沈玉蓉道。

郭夫人不疑有他，滿口答應，姪女是個有分寸的，定會幫郭家說話。不過，她剛小產，還在坐月子，不宜出來見客。

沈玉蓉提議道：「我去她的院子，問明白了就走。」

於是，郭夫人帶著一行人來到小妾的院子，郭品攸早讓人通知小妾去了。

小妾打扮一番，穿得花枝招展，坐在八仙桌旁。見沈玉蓉進屋，也不行禮，神色有些悲傷，說起流掉的孩子，更是嚶嚶哭起來。

沈玉蓉要所有人都出去，有些話她要單獨問，但郭夫人和郭品攸不答應。

莊如悔看向兩人，冷笑道：「怎麼，怕玉蓉吃了你家小妾？」

郭夫人和郭品攸面沈如水，站著不動，也不言語，意思很明顯，不想出去。

沈玉蓉指了指門外。「出去，我只問幾句話。」並讓莊如悔看著他們，不許他們進來，更不許出聲。

郭夫人和郭品攸無法，只得退到門外去了。

屋裡只剩沈玉蓉和小妾。

沈玉蓉把玩著懷錶，漫不經心地看著小妾。「聽說，妳是郭夫人的姪女？」

莊如悔站在門口，既能看著郭夫人母子，又能瞧見沈玉蓉的動作。她想知道沈玉蓉到底打算做什麼。

問幾句話，就能問出真相嗎？她不信。

「是。」小妾回答。

「聽說妳是庶出？」沈玉蓉又問，掏出懷錶，舉到小妾面前。

小妾看著來回搖擺的懷錶，眼神開始渙散。「是。」

「妳與謝淺之有仇？」沈玉蓉繼續問。

「沒有。」小妾的眼神已經渙散，聲音有些僵硬。

「那妳為何害她？」沈玉蓉追問。

「我不想這麼做，我不知道懷了孩子，怕表哥遷怒我，只能把禍事推給謝淺之。」

門外的郭家母子震驚了，想開口說話，莊如悔立時對阿炎使了個眼色。

阿炎抽出刀，架在郭品攸脖子上，母子倆立刻消停，腦門上沁出汗珠。

莊如悔的目光移到沈玉蓉身上，不敢置信地看著這一幕。沈玉蓉竟會妖術？除了妖術，這又作何解釋？

「除了這次，妳還害過她嗎？」沈玉蓉又問下去。

「害過。謝淺之笨，又不得表哥寵愛，我說什麼表哥都信，每次都會訓斥謝淺之。」說到這裡，小妾有些得意，唇邊揚起笑容。

「謝淺之可有主動害過妳？」沈玉蓉道。

「不曾，都是我害她。我是妾室，她是正妻，只有謝淺之不在了，我才能坐上正妻的位置。」小妾說道。

「畫押吧。」沈玉蓉掏出一張紙，擺在小妾跟前。跟她預想的一樣，連證詞都不用改。

小妾依言照做。

沈玉蓉看看證詞，收起懷錶，打了個響指。「妳可以醒來了。」

小妾回神，看向沈玉蓉。「我怎麼了？」

「妳說了實話，值得表揚。」沈玉蓉收好證詞，面帶笑意，轉身闊步離去。

阿炎見沈玉蓉出來，收回刀，跟在莊如悔身後。

莊如悔幾步追上沈玉蓉。「妳是怎麼做到的？」

「等會兒再跟妳解釋。」

沈玉蓉去了郭家正廳喝茶，順便等郭夫人母子過來。

第二十二章

此刻，郭大人下朝回來，看見沈玉蓉端著茶杯，悠然自得，猶如在自家般，有些來氣。

「一個做晚輩的，見了長輩也不知行禮，這是你們沈家的規矩，還是謝家的禮儀？」

沈玉蓉放下茶盞，起身緩步來至郭大人跟前。「我們沈家沒有您這號親戚，以沈家長輩的身分自居，您還不夠身分。若是從謝家論，我大姊是您兒媳，我該喚您一聲伯父，可我大姊把郭品攸休了，郭家與沈家再無關係，您不是我的長輩，不需要敬著。」

「妳……」郭大人沒想到沈玉蓉如此難纏。

沈玉蓉又道：「咱們明人不說暗話。我今兒來，是來討我大姊的嫁妝。」

「討要嫁妝？妳一個小輩怕是做不了主，請謝夫人親自來。」郭大人為官多年，自然不好對付。

他話落，門外傳來謝夫人的聲音。「她的意思就是我的意思，她說討要嫁妝，今兒我們謝家一定要把嫁妝帶回去。若是攔著，就是跟謝家過不去。」

謝淺之扶著謝夫人來到廳內，站到沈玉蓉身旁，顯然是支持沈玉蓉的。

謝夫人走到沈玉蓉身邊，佯裝生氣道：「妳這孩子，不聲不響把事辦了，想讓我誇妳能幹啊？」

要不是梅香發現了不對勁，告訴她沈玉蓉為何生氣，她還找不到沈玉蓉呢。這孩子也太急了，說風就是雨，幸虧機靈，知道找幫手。有莊如悔在，她放心不少。

沈玉蓉心中一暖，說回去再解釋，又對郭大人道：「希望郭大人說話算話。」底氣比剛才足了不少，腰桿也挺直了，有人撐腰的感覺真好。

郭大人不與沈玉蓉計較，向謝夫人道：「我家自問不虧待兒媳，謝夫人為何咄咄逼人，非要毀了這門親事？」

謝淺之害得小妾流產，他念著兩家故交，不願多追究；謝淺之不敬婆母，他也睜一隻眼、閉一隻眼；謝淺之進門一年有餘，不曾有孕，他也忍了，謝家還要如何？

謝夫人冷笑。「郭大人怕是老眼昏花了。」

沈玉蓉拿出小妾的證詞。「你家小妾自作孽，害死了肚裡的孩子，害怕夫人和夫君怪罪，便把髒水潑到我大姊身上。小妾搬弄是非，鬧得家宅不寧，只因她是郭夫人的娘家姪女，我大姊就要揹所有黑鍋？

「我大姊嫁進郭家，本該受公婆疼愛、夫君敬重，可是你們呢，讓她蒙冤受屈，卻無人幫她說話，連有些臉面的婆子都能踩她一腳。誰家新婦進門一年有餘，夫君還不肯圓房，這就是郭大人說的不虧待？那虧待了該如何呢，是不是連命都沒了，我們謝家要為她收屍？」

郭大人聽了這話，怔住了，不敢置信地看著謝淺之。「她說的可是真的？」

他一向不管後宅的事，卻也不信夫人和長子如此糊塗。小妾是夫人的娘家姪女，可也是妾，為了個小妾，置髮妻顏面於不顧，郭家顏面何存，他又如何在朝為官。

謝淺之眼眶通紅，淚眼婆娑，櫻唇微微顫抖著，不言不語，好似未聽見郭大人的話。真如何，假又如何，她與郭家一刀兩斷，再無干係。

郭大人見她淚流不止，一言不發，就知是真，若非受了天大的委屈，哪個女子會休夫。

「將夫人和大公子請過來！」郭大人暴喝一聲。

郭夫人和郭品攸很快來了，一臉不情不願。郭夫人見謝夫人和謝淺之也在，上前數落謝淺之不孝，嫉妒成性，惡毒不堪。

沈玉蓉拿出小妾的證詞，在她面前晃了晃。「郭夫人，請慎言，妳家小妾都說了，一切都是她陷害我家大姊，妳卻在此顛倒黑白，試問這就是郭家的門風？恕我不敢苟同。妳若再黑白不分，隨意誣賴好人，我們就去京兆衙門，請京都府尹幫忙分辨一二。」

郭夫人聞言，立刻閉了嘴。

郭大人見狀，還有什麼不明白的，不過此刻不是訓斥妻子的時候，向沈玉蓉和謝夫人道：「妳們想如何？」

謝夫人先開口。「方才已經說了，如今謝家是我兒媳做主，一切聽我兒媳的，她說如何，郭家照做。她的脾性，想來你們都知道，別做吃力不討好的事。」

莊如悔看戲不覺火焰高，倚靠在門框上，緩緩出聲。「還能如何，休夫、賠償，不然就見官，丟人的是郭家，丟官職的是郭品攸。一個弄不好，郭大人的官職也不保呢。」

寵妾滅妻，有違禮法，自古以來都不許。

郭夫人一聽休夫，不高興了。「自古只有休妻，沒有休夫的道理，謝淺之想走就和離，我們郭家不接受休夫。」

「好，和離。」沈玉蓉乾脆俐落。「我大姊在郭家伺候公婆、伺候夫君，還伺候夫君的小妾，沒有功勞也有苦勞，定要賠償。我們要的不多，一座莊子、兩間鋪子，外加一萬兩銀票，這是郭家欠我大姊的，一個銅錢都不能少，不然……」晃晃手中的證詞，意思很明顯。

郭夫人死活不答應，郭家再有錢，也不會便宜一個外人。

沈玉蓉一口咬定。「不二價，不然就見官。拿到賠償，我就把這東西封了；拿不到賠償，我就把寵妾滅妻的事寫成話本子，拿去橋緣茶樓，讓說書先生說上一說，再印製成冊，讓京城的人都看看郭品攸的品性，他的仕途算到頭了，到時候誰敢嫁他。以後專讓小妾給他生庶女庶子，也是一段佳話，正好印證話本的內容。」

郭大人咬牙切齒。「別欺人太甚。」

「欺人的是郭家。怎麼，只許你們欺負人，不許我們反抗？痛快點，莊子、鋪子、銀子，給還是不給？拿到手，我立刻走。」

沈玉蓉寸步不讓，轉身看齊鴻曜和齊鴻曦，兩人站在院中，朝她豎起大拇指。

郭大人低頭，垂眸思忖半晌。「我給。」郭家丟人都丟到皇宮去了。

郭夫人想說話，被郭大人制止。

郭大人辦事很俐落，命人去書房取來地契和銀票，交給沈玉蓉。

沈玉蓉接過銀票數了數，又看看莊子跟鋪子的地契，確認無誤，朗聲道：「早痛快給，不就好了。」又對謝淺之說：「大姊，我派人去妳的院中搬嫁妝，妳簽好和離書，咱們回家。」說著，拿出早已準備好的和離書。

她也知現在是古代，女子不能休夫，只能和離，幸好昨晚同時準備了休書與和離書。

回家，謝淺之反覆咀嚼著這兩個字，淚水橫流，雙手顫抖簽了和離書。

她終於要回家了，本以為這輩子會老死在郭家後宅，沒承想，還有回謝家的一日。

想到這裡，謝淺之放聲痛哭，這哭聲中有悲傷、有解脫，更多的是欣喜。

她終於自由了。

謝夫人見女兒哭得傷心，也跟著流淚。

郭大人見狀，狠狠瞪著郭夫人和郭品攸，若不是他們欺負得太過，人家姑娘會不顧一切地嚎啕大哭？

齊鴻曦見謝淺之哭得傷心，上前攬著她。「大表姊，咱們回家。」

都怨他，裝什麼癡傻，不能替大表姊做主。

郭家，他記住了。

沈玉蓉回到謝家，還覺得在作夢，她真幫謝淺之和離了，還拿了賠償，不由眉眼含笑，滿面春風。

莊如悔見她這樣，冷哼一聲。「這可不是妳一個人的功勞，若沒有我公主府的侍衛，郭家得吃了妳。」

「是是是，世子爺的功勞最大，奴家感激不盡。」沈玉蓉行了一禮，臉上笑意不減。

「知道本世子辛苦，就趕緊寫《紅樓夢》，等著出書賺銀子呢。」莊如悔後退一步，頗為嫌棄她的做作。

沈玉蓉斂去笑容，白她一眼。「我大勝而歸，還沒喘口氣，你就開始催更，還能不能一起玩了？」

莊如悔欲問催更是什麼意思，便聽見謝夫人在喚沈玉蓉，沈玉蓉應聲去了。

沈玉蓉略微整理了衣裙和秀髮，抬步走進正屋。「娘，我在呢，您找我何事？」

她剛進去，還未站定，便聽見謝夫人厲聲道：「跪下！」

沈玉蓉不明所以。「為何要跪？我幫了大姊，方才您還誇我，說一切聽我的。」

「讓妳跪下，妳就跪下。」謝夫人語氣緩和了幾分。

沈玉蓉委委屈屈，不甘不願地跪下。

「妳辦了好事，幫助淺之和離，還拿了賠償，我該謝妳，謝家也該謝妳，妳是我們一家的恩人。可妳把自己置入險境，若沒有莊世子，若我沒能及時趕到，妳可有想過後果？」

郭家羞辱她算是輕的，若起衝突，拉扯起來，一個不慎，有可能受傷，或丟了性命。郭家固然要給個交代，但人受傷或歿了，一切都不重要了。

沈玉蓉立刻明白，謝夫人是擔憂她，心裡一暖，起身坐到謝夫人對面，倒杯茶遞過去。「娘，您信我，我不會讓自己有危險。我去搬了救兵，您也疼我，及時趕到。這件事已經了了，功過相抵，咱們就讓它過去吧。」

謝淺之、謝沁之和謝敏之也幫沈玉蓉說話。

謝瀾之紅著眼眶，雙膝跪地，仰頭道：「娘，大哥不在家，我是咱們家男丁，是家中頂梁柱，卻讓嫂子幫大姊出頭，是我無能。您別怪大嫂，要怪就怪我。」

謝清之也跟著跪下。「怪我年幼，不能替大姊出頭，害得嫂子以身犯險。娘別罵嫂子，要罰就罰我們吧。」

齊鴻曦陪著他們跪。「表嫂好，不能罰表嫂。」

謝夫人扶起孩子們，淚眼模糊。「好孩子，娘不怪你們。是娘無能，不能護著你們。」

謝家不能再沈默下去，不然兒女都要被人欺負死了。

第二十三章

郭家名聲掃地，沈玉蓉一戰成名，悍婦名聲傳了出去。

手撕賤婢、提刀趕走討債人、在長公主府放狠話，這次又幫長姊和離，拿到賠償。一樁樁、一件件，非常人所做，想不出名都難。

京城內，沈玉蓉的名字就像當年的戰神墨連城一般，無人不知、無人不曉。

明宣帝也知曉了。原因無他，是齊鴻曦說的。

齊鴻曦從謝家莊子回來後，一直悶悶不樂，躲在內殿不出來，不吃不喝。伺候的太監怕他餓出毛病，自己擔待不起，忙派人去找劉公公，讓他想個辦法。

齊鴻曦是明宣帝的命根子，比其他皇子疼愛得更甚。

劉公公得知齊鴻曦不吃不喝，著實嚇了一跳。見明宣帝忙，便親自來瞧瞧，想先勸勸。可齊鴻曦把自己關在內殿，不許人進去。

劉公公無法，只能去稟報明宣帝。

明宣帝聽了，立刻放下奏摺，帶著人趕過去，哄了半天，沒能讓齊鴻曦開門，還聽到房內傳來嗚嗚的哭泣聲。

見明宣帝大怒，劉公公說了齊鴻曦與齊鴻曜出門的事。

明宣帝立刻命人喚齊鴻曜過來。
齊鴻曜說了來龍去脈，明宣帝這才知道，是謝淺之受委屈，齊鴻曦心疼了。
也是，齊鴻曦五歲就沒了母妃，是謝家幾個孩子給他溫暖。
明宣帝是皇帝，再疼愛齊鴻曦，也有疏忽的時候。齊鴻曦被人欺負時，是謝家維護他、愛護他。
謝夫人待他如親生，謝淺之有過之而無不及，對他比親弟弟還好。所以，誰讓謝淺之受委屈，誰就是齊鴻曦的仇人。
聽著齊鴻曦如小獸般的哭聲，明宣帝大怒，立刻讓人宣郭大人進宮。
郭大人戰戰兢兢進宮，明宣帝當著齊鴻曦和齊鴻曜的面，訓斥他一頓，說他教子無方、娶妻不賢、治家不嚴，為官難當大任，直接貶出京城，去嶺南當縣令。
郭大人面如死灰，癱坐在地，悔恨沒早些教導妻兒，如今說什麼都晚了。
他好不容易爬到戶部侍郎的位置，走了多少關係，花了多少銀子，等了多少年，臨老卻被妻兒連累，貶到偏遠之地當縣令。這輩子，怕再無出頭之日。
郭大人回家，打了妻子郭夫人，對兒子郭品攸動用家法，將小妾送還郭夫人娘家。
至於等待小妾的是什麼，就不得而知了。
罰完了郭大人，齊鴻曦依然抽噎著，眼眶通紅，模樣委屈極了，卻不忘誇獎沈玉蓉。

「表嫂好厲害，給曦兒做好吃的，幫大表姊要回嫁妝和銀子。」

明宣帝不解，問齊鴻曜。「這又是怎麼回事？」

齊鴻曜再次解釋。「謝家大少夫人一早去了郭家，幫著謝家大姑娘和離，拿回嫁妝，要了賠償。」

他抬眸看看明宣帝，又道：「那日在姑母府上，她還揚言，以後給謝大姑娘找下家，要有車有房、沒爹沒娘的。」

明宣帝捧腹大笑，直說謝家娶了個厲害的媳婦，定能管住謝衍之。

齊鴻曦可不想聽明宣帝誇沈玉蓉，扯著他的袖子小聲道：「父皇，表嫂厲害，護著大表姊，賞她。」

明宣帝點頭。「是該賞。」吩咐劉公公。「你去沈家宣旨，沈大人教女有方，人品清貴，能堪大任，擢升為戶部侍郎。」

劉公公應下，轉身走了，思緒卻千迴百轉。郭大人的位置剛騰出來，沈大人就補進去了。皇帝看似給沈家好處，卻有意抬舉謝家，讓謝家重新起來呢。

齊鴻曦好似不明白，執拗道：「父皇，賞表嫂。」

「沈大人是你表嫂的爹爹，你表嫂身分不高，與其賞金銀，不如抬高她的身分，這樣就沒人敢欺負她了。」明宣帝耐著性子解釋。

齊鴻曜聽了，也說這是最好的賞賜。

齊鴻曦似懂非懂，點頭道：「你們都說好，那就是好。」

明宣帝摸摸齊鴻曦的頭。「去用膳吧。餓了一天，別餓壞了。」

齊鴻曦點點頭，笑著應了，拉著明宣帝和齊鴻曜一起去吃。

太師府裡，王太師得知沈玉蓉從郭家訛走一萬兩銀子、一座莊子並兩個鋪面，立時牙疼上火。

又聽聞管家來報，說郭大人被貶出京城，去嶺南當縣令。如今戶部侍郎的缺，被沈玉蓉的父親沈大人頂上了。

王太師更生氣，將棋盤掀翻在地，勃然大怒道：「那可是老夫的人啊！」

明宣帝竟然動了郭大人，還將沈家的老匹夫安排進戶部。

豈有此理，他本想著再逼迫謝家一下，謝家就會動用墨家遺產。拿到那些東西，他就可以扶持齊鴻旻上位。

如今謝家得了好處，還是一大筆錢，怎會去找墨家遺產？

不行，不能再這樣了。

如今謝家風頭正盛，得從謝衍之身上下手，遂喚來侍衛，詢問謝衍之的近況。

侍衛搖頭。「自從上次刺殺後，謝衍之好似失蹤了，再也尋不到蹤跡。」

「加派人手找，見到人，格殺勿論！」王太師道。

侍衛領命走了。

王太師坐在太師椅上，苦思冥想，覺得不能坐以待斃。謝家都是婦孺，他不好直接對付，得想個迂迴的法子。

思來想去，還真讓他想出辦法，打算進宮找王皇后去。

皇后乃一國之母，天下女子的表率。謝家的悍婦言行粗鄙，還揚言嫁人要嫁有車有房、沒爹沒娘的，置祖宗禮法不顧，有違倫常，該教訓教訓。

王太師進宮後，找王皇后商議一番。

「皇上嘉獎沈大人，說他教女有方，若後腳尋由頭懲治沈家女，是公然打皇上的臉。」

王皇后想了半晌，計上心來，面上浮現得意的神色，在王太師耳邊嘀咕幾句。

王太師聽了，直呼妙計，這下那悍婦不死也要去半條命，告辭回去，命人去辦了。

另一邊，沈家人沈浸在巨大的驚喜中，久久不能回神。

年前，沈大人進京述職，才升戶部郎中，官拜五品，才短短幾個月，越過從四品、四品、從三品，直接升為三品戶部侍郎，手握實權，身分地位也不比從前了。

要說沈家誰最高興，非張氏莫屬。丈夫升官，兒女身分水漲船高，地位不同往日，能找更好的婚事。

如今兒女還小，等丈夫再往上走，兒子娶貴女，女兒嫁高門，就更穩妥了。

當然，她不會忘記沈玉蓉。沒有沈玉蓉，就沒有今天的沈家，一切都是沈玉蓉的功勞。

她念著沈玉蓉的好，對沈謙更好，又送銀子、又送衣服，囑咐人小心伺候，不可怠慢。

沈玉蓉不知城內的情況，在棲霞苑裡列單子。後日酒樓開張，她要看顧著些，明宣帝和長公主都會賞臉，萬不能出亂子。

剛列了一半，莊如悔進來，手裡依然拿著鞭子，卻怒氣沖沖，像與人打架了。

「這是怎麼了？」沈玉蓉問。倒是新鮮，京城裡，誰敢惹莊如悔？

「晦氣。」莊如悔坐到沈玉蓉對面，拿起她的杯子，猛地灌了口茶，仍是壓不住火氣。

「今兒一早，招牌坊送招牌來，路上遇見王昶縱馬，把咱們的招牌踢爛了。我聽說這事，提著鞭子就上門，卻沒找到王昶，真真是氣死我。王八犢子，別讓小爺我瞅見，非抽得他爹娘都認不得不可！」

沈玉蓉覺得事情不簡單。「故意的？」還沒開張就遇見找碴的，看來開酒樓之後也不會消停了。

「肯定是故意的，他不知道從哪裡得了消息，故意縱馬踢壞咱們的招牌，想讓咱們開不了酒樓。」莊如悔越想越氣，但更氣的還在後面。

「我也知事情緊急，來不及找王昶算帳，帶著人親自去招牌坊，讓他們再做一個。結果，招牌坊沒人，肯定被王昶劫走了，故意讓我找不到人，耽誤酒樓開張。日子是欽天監選的，再改日子，也不知改到哪日。王家就沒一個好東西，老的不是東西，小的更混蛋，這仇，我記下了。」

沈玉蓉看看單子，覺得不缺什麼，便遞給莊如悔。「別氣了，既然招牌毀了，表示與咱們無緣。」

「妳還能如此鎮定？」莊如悔驚訝，隨後一喜。「想到辦法了？」

沈玉蓉點頭，湊到莊如悔耳邊，小聲嘀咕幾句。

莊如悔越聽越高興，眉眼彎彎，咧嘴笑著，對沈玉蓉豎起大拇指。「這辦法好，之後我看誰敢弄壞咱們的招牌。」

沈玉蓉挑眉。「跟著姊混，保妳吃香的、喝辣的。」

莊如悔道：「我今年十八，妳才十七吧，應該叫我姊姊。」

沈玉蓉抿唇，輕笑一聲，上下打量一身男裝打扮的莊如悔，戲謔道：「我叫妳姊姊，妳敢答應？」

莊如悔摸摸鼻子，她真不敢答應呢，清了清嗓子，掩飾自己的尷尬。

這時，齊鴻曜帶著齊鴻曦來了，滿臉怒容。尤其是齊鴻曦，看見沈玉蓉，噘起嘴抱怨。

「表嫂，王家人壞，弄壞了你們的招牌。我找他們算帳去。」

沈玉蓉攔住他，輕聲安慰。「一起子小人而已，何必掛在心上。明日開張，你若能請來你父皇，就是幫我大忙了。」

齊鴻曦不解，卻聽話地點點頭。「父皇答應我了，定會去的。他不去，我就哭，不吃飯，他一定去。」

齊鴻曜聽見這話，略微皺眉，別有深意看著沈玉蓉，這是在利用他六弟？

沈玉蓉不管齊鴻曜，笑了笑，勸道：「不能不吃飯。看在曦兒乖巧的分上，今兒我下廚，慶祝咱們明日開業大吉。」

齊鴻曦拍手叫好。「有好吃的了，給父皇帶些。」

沈玉蓉欣然答應，明個兒明宣帝得來，不然計劃沒辦法展開。

第二十四章

翌日一早，正隆街上，鞭炮聲響後，第一樓開張了。

胖胖的掌櫃姓牛，穿著長衫，挺著圓滾滾的肚子站在門口，笑咪咪地迎客。

「裡面請。第一樓今兒開業，酒水飯菜一律八折，座位有限，先到先坐。」

沈玉蓉和莊如悔並肩走來，莊如悔見客人不少，聽見八折都往樓裡走，面上笑意更濃，轉頭朝另一個方向看去，勾唇輕笑。

「生意還不錯，倒是對面香滿樓的生意有些慘淡。」

沈玉蓉順著她的目光望過去，斜對面有家酒樓，招牌上寫著香滿樓。

「他們家惹妳了？」開在人家對面，故意搶生意吧。

莊如悔舉步朝第一樓走去。「王家開的。」

「怪不得呢。」沈玉蓉了然，跟上莊如悔。

王昶怕自家生意受損，自然想找他們麻煩。以後的麻煩事會更多，不過她也不怕。

沈玉蓉剛走幾步，就被人叫住，回頭見是張氏，身後是沈謙跟沈玉芷姊弟。「你們怎麼來了？」她好像沒告訴他們開酒樓的事。

張氏解釋。「妳與人合夥開酒樓，我們來捧場。幾個小的許久沒出門，帶他們逛逛。」

沈謙走到沈玉蓉身邊，小聲道：「爹爹升官了，如今是戶部侍郎，正三品。因為姊姊大鬧郭家，得皇上讚譽，皇上才拔擢爹爹。」

沈玉蓉立刻明白了。今天張氏過來，是為了討好，帶弟弟沈謙，卻沒有帶沈玉蓮，這是想改變她們之間的關係。

沈謙還在沈家，婚姻掌握在張氏手裡，父親夾在中間，她自會給張氏幾分面子，遂熱情地迎幾人進去，讓小二好生招待，去樓上雅間坐，今兒這頓算她的。

張氏見沈玉蓉給她面子，更是高興，拿出一塊牌匾，上面寫著：味道絕佳。

沈玉蓉懵了，父親升官是這兩天的事，招牌坊不是沒人了嗎？

「夫人在哪裡做牌匾的？」

「招牌坊啊。」張氏已經進去了，聽見這話，回頭答應著，心裡卻覺得奇怪，腦海中忽然閃過一事，問道：「你們第一樓的招牌是用紅紙寫的？」連塊像樣的招牌都沒有？

提起這個，莊如悔就來氣，看見張氏送的匾額更氣，面無表情地嗯了聲。

張氏一驚，見莊如悔面色不善，也不敢得罪，領著孩子們去二樓雅間。

沈玉蓉安慰莊如悔。「別氣，等會兒有好戲看。」微微抬起下巴，示意她朝香滿樓瞧。

王昶帶著幾人出了香滿樓，逕自朝這邊走來。

「好像要打架，妳可以嗎？」沈玉蓉用胳膊拐了下莊如悔。

莊如悔冷笑。「笑話，王昶這個廢物不是我的對手。再說，打架這事，還需要本世子出手？他來得正好，本世子正愁找不到他呢！」

阿炎抱著劍，上前幾步，渾身散發著寒意。沈玉蓉感覺到了，不由後退。

片刻後，王昶來至第一樓門前，望著招牌看了好一會兒，嗤笑道：「第一樓？窮得連塊招牌都沒有，還開什麼酒樓呀，回家喝西北風吧。」

跟在他身後的人哄笑，指著招牌評頭論足，說招牌做不好，飯菜的料也好不到哪裡去，言語間極為嫌棄。

「味道好不好，嚐過才知道。上門是客，若吃飯裡面請；若找碴，對不起，不奉陪。」

生意在前，沈玉蓉喜歡先禮後兵，這是做給其他人看的。她知道王昶等人來找碴，動手是遲早的事。

沈玉蓉不說話還好，一開口，就被王昶認出來了。「那日在橋緣茶樓的，就是妳？來人啊，給我抓起來，敢羞辱本公子，讓妳知道本公子的厲害！」

莊如悔擋在沈玉蓉跟前。「王昶，睜大你的狗眼看看，她可是謝衍之新娶的娘子，沈侍郎家的千金。你爹貴為一國太師又如何，難道你還想強搶民女不成？」

王昶打量著沈玉蓉，目光淫邪，說話露骨。「我就搶了，不過是一個女人，你能怎麼樣？識相的便讓開！」

若是平時，他不敢得罪莊如悔，但今兒不同，父親說了，得罪莊如悔有他罩著，事情鬧大也無礙，只要讓第一樓開不下去就行。

這時，沈玉蓉瞥見齊鴻曦的身影，猜測該來的人來了，指著王昶怒喝。「你眼裡還有沒有王法？」

王昶大笑一聲，不屑地瞧著沈玉蓉。「王法？我就是王法。我把妳帶走，誰敢說什麼，莊如悔一個侯府世子，也不敢管我家的事。」

「哦，你就是王法，這齊家的江山，是你們王家說了算？」齊鴻曜悠然走近，唇邊噙著一抹笑，眸中不見半分暖意。

王昶沒看來人，搭腔道：「這是自然，皇上都聽我爹的。」

「你好大的膽子！」明宣帝疾言厲色地斥責。

齊鴻曦上前，抬腳將王昶踹翻在地。「父皇在此，休得放肆。」

王昶驚懼，立時顫抖著跪好，磕頭求饒。「皇上饒命，皇上饒命！」

齊鴻曦見他認栽了，跑到明宣帝跟前邀功。「父皇，曦兒厲害吧？」

明宣帝不理會王昶，摸摸齊鴻曦的頭，讚許道：「曦兒最厲害。就該這樣，那些欺辱你的人才會怕你、敬你。」

莊如悔帶著沈玉蓉，向明宣帝行禮，親自迎明宣帝去了三樓雅間。

明宣帝領著齊鴻曦進去，自始至終都未瞧王昶一眼。

王昶跪在地上，腦袋都磕出血了，也不敢停。

齊鴻曜瞥他一眼，對劉公公道：「去王家一趟，跟太師說一聲。」語氣淡淡的，彷彿這是一件微不足道的小事。說罷，跟著明宣帝上了三樓。

明宣帝走上三樓，沈玉蓉快了幾步，推開雅間的門，恭敬地請他進去。

開了門，淡淡的檀香沁入鼻間，一眼望去，看不見屋內擺設，只見一架繡著青竹的屏風。屏風後香煙裊裊，想來是燃著檀香的熏爐。

眾人進去，繞過屏風，見牆上掛著山水畫，窗邊放置幾盆蘭花，倒不像是吃飯的地方，而像休憩場所，使人渾身的疲憊盡皆散去。

明宣帝落坐，打量著周圍，讚美一番，目光落在沈玉蓉臉上，問道：「這就是沈大人的女兒，謝家的新婦？」

沈玉蓉上前，屈膝行禮。「回皇上，正是民婦。」

「端莊大方，容顏秀美，配得上衍之那孩子。」明宣帝笑了，想起一事，又問：「聽聞妳去了郭家，幫謝家大姑娘休夫了？」

沈玉蓉汗顏，明宣帝連這事都知道，這般問話到底何意？猶豫片刻，小心翼翼地回答。「是，不過休夫沒成，只能和離。」

「哦，和離也不錯，郭家不是個好去處。」明宣帝道，手放桌上，手指有一下、沒一下地敲著，頗為悠閒。

茶水上來了，莊如悔請明宣帝用茶。

明宣帝頷首，半晌後又問沈玉蓉。「若郭家不肯和離，也不給賠償，妳會怎麼做？」

沈玉蓉猶猶豫豫，最後吐出兩個字。「見官。」

明宣帝看著她，笑著搖搖頭。「這不是妳心裡的想法。」

眾人。「……」

沈玉蓉。「……」皇上，您會讀心術，還能知道我心裡的想法？

沈玉蓉堅持。「回皇上的話，這是民婦的想法。」

「不是，再想想，妳還有其他想法。」明宣帝也很堅持。

皇帝都問了，沈玉蓉不得不說，只得咬著牙道：「我手裡有份證據，郭家若是不答應和離，我就將證據印上千份，往大街上一撒。到那時，郭家顏面盡失，魚死網破。」

「這才是妳的真實想法。」明宣帝抿了口茶，擺擺手，讓劉公公等人出去。

第二十五章

屋內只剩下明宣帝、莊如悔、齊鴻曜、齊鴻曦和沈玉蓉。

明宣帝又問：「妳如何讓人開口說實話的？」

聽了這話，沈玉蓉瞬間領悟，她被明宣帝套話了。明宣帝逼著她說出證據的事，就在這裡等著她呢。

沈玉蓉想罵人，兩輩子加起來，她和明宣帝年紀差不多，竟然被他套話了？豈有此理，乾脆心一橫，咬死不說，看他能奈她何？

明宣帝見沈玉蓉不說話，淡淡道：「令尊多大年紀了？」

沈玉蓉愣了，問她父親多大年紀，想做什麼，誅九族？不敢再要強，立刻掏出懷錶，呈給明宣帝。

「民婦小時候偶然學了催眠術。那小妾能說實話，是被民婦催眠了。」

「攝魂術的一種？」明宣帝問。

沈玉蓉立刻解釋。「絕對不是，傳說中的攝魂術傷人，我的催眠術不傷人。簡單地說，催眠術是利用心理暗示進行溝通的技術。要說得複雜了，我不會解釋，你們也聽不懂。」

齊鴻曜看她一眼，唇角微微上揚。「是妳不會解釋，不是我們聽不懂。」

沈玉蓉被戳穿，表情幽怨地說：「看破不說破。」

「妳這催眠術，催眠任何人都可以？」明宣帝拿起懷錶，看了又看。

「自然不是，我只學了些皮毛，普通人還能對付，讓他們說說實話。意志強大的人，我怕是催眠不了。」沈玉蓉知道自己幾斤幾兩重。

明宣帝把懷錶還給沈玉蓉。「拿著吧，不是害人的巫蠱之術就行。」

沈玉蓉再三保證，絕對不是。

小二來上菜，沈玉蓉告退，將雅間留給明宣帝一家人。

莊如悔也要退出去，被明宣帝攔住了。

「一起用飯，朕許久不見你了。你這孩子，跟你母親一樣，也是倔脾氣。」明宣帝指了指對面的位置，示意莊如悔坐下。

莊如悔只能領命坐了。

這時，樓下傳來一道清亮的嗓音。

「喲，這是誰啊，怎麼跪在這裡呢，頭都磕破了。可憐的孩子，是誰家的？」長公主從馬車上下來，隨後下來的是莊遲。

兩人走到王昶身邊，居高臨下地看著他。

王昶不敢搭話，只向長公主請安。

長公主盯著招牌一會兒，對王昶擺擺手。「你靠邊些，別擋著客人的路。知道的說你受罰；不知道的，還以為你故意擋道呢。」

她話落，樓上的明宣帝推開窗子，道：「蓁兒，上來吧，如悔也在。」

長公主仰頭，冷冷一笑。「知道你在，我就改日再來了。」

在大齊，敢當面不給明宣帝面子的，也只有長公主了。

莊遲牽著長公主的手。「蓁兒，都過去了，別這樣，他於妳有救命之恩。」當年若沒有明宣帝，長公主也活不成。

這些年，明宣帝寵信長公主，便是讓王家忌憚，讓他們動不得長公主。

「我知道，可意難平，恨難消。」長公主想起哥哥慘死，就無法平靜，明知與明宣帝無關，都是王太后與王家人做的，還是忍不住遷怒。「早知……」

莊遲打斷她，低聲道：「蓁兒，今天是兒子酒樓開張的日子。有些事，總會真相大白的，妳要忍耐。」

長公主閉上眼，壓下心中的恨意。「我忍了那麼久，何時才是頭啊。」

莊遲未答話，扶著長公主進酒樓，直接去了三樓雅間。

長公主進雅間，明宣帝顯得很高興，親自為她倒茶。「蓁兒，喝茶。」

莊遲代長公主謝恩，捧著茶杯，遞到長公主手中。

長公主勉強喝了，還讚了句。「好茶。」放下茶盞，看向齊鴻曜。「這是小五吧，都長這麼大了，你母妃可還好？」

齊鴻曜一一答了話。

莊如悔看看明宣帝，又看看長公主，最後拉著齊鴻曦道：「娘，這是小六，您看看他，也長這麼大了。」

長公主淡淡嗯了聲，不再說話。

明宣帝嘆息。「蓁兒，曦兒這孩子很聽話，妳應該喜歡他的。」

「一個傻子而已，也只能聽話了。」長公主將頭扭到一邊，眨了眨眼睛，忍住淚意，就是不看齊鴻曦，因為那張臉太像……

莊遲誇了齊鴻曦幾句，招呼眾人吃菜，還一個勁兒替齊鴻曦夾菜。

明宣帝也幫齊鴻曦夾菜，要他多吃些。

齊鴻曦低頭，默默吃菜，一顆淚珠落在碗中。

明宣帝閉上眼，掏出錦帕替他拭淚。「曦兒乖，吃完飯，父皇帶你回宮。」

齊鴻曦點點頭，給明宣帝夾了一塊燜羊肉。「父皇也吃。」

齊鴻曜將這一幕收入眸中，心中驚詫。

若是別人說六弟傻，父皇準會將他拉出去砍了。

今兒長公主說六弟，還當著這麼多人的面，父皇不僅不怪罪，還百般容忍。

長公主顯然有意激怒父皇，這是為什麼？

長公主好似沒發現明宣帝的容忍，對莊如悔道：「開酒樓，連塊像樣的招牌都沒有，妳也好意思開。」

莊如悔掀起眼皮看向明宣帝。

明宣帝不為所動，他本來打算寫一個的，可今兒心情不爽，不願落筆，改日再說吧。

齊鴻曦也知皇帝墨寶值錢，扯了扯明宣帝的衣袖。「父皇，您幫表哥寫一個吧。您的字好，沒人能比，是天下第一呢。」

莊如悔看向齊鴻曦，她總覺得齊鴻曦不傻，比如現在，看似童真的話語，卻將她的心思說出來，她就想讓明宣帝題個「天下第一樓」的招牌。

明宣帝見齊鴻曦不傷心了，興致好了些，夾幾口菜，認真品嚐，又憐惜地摸摸齊鴻曦的腦袋。

「菜的味道不錯，不比御廚做的差。曦兒覺得要寫個什麼樣的招牌？」

齊鴻曦想了想，道：「我認得原先招牌上的字，是第一樓。父皇寫的字天下第一，應該叫天下第一樓，父皇覺得好不好？」揚起臉笑著，好似等待誇獎的孩子。

所有人都看向他，心中同時懷疑，這人真是傻子嗎，可知天下第一樓意味著什麼？

「曦兒說叫天下第一樓，就叫天下第一樓。來人，筆墨伺候。」

明宣帝話落，沈玉蓉立即用托盤端筆墨紙硯進來，恭敬地鋪紙研墨，遞上上好的狼毫。

明宣帝大手一揮，留下墨寶，第一樓正式更名為天下第一樓。

吃完飯，捧了場，明宣帝才帶著齊鴻曦回宮。

一行人走到門外，正好遇見王太師。

王太師見是明宣帝，忙上前行禮，順帶問王昶的事。

明宣帝本就厭惡王家，懶得看他，背著手，冷冷道：「這是你幼兒吧，性格乖張，囂張跋扈，不知道的人還以為大齊天下是王家的。」

王太師一聽，立時誠惶誠恐，匍匐跪地求饒。

「他砸了人家的招牌，上門挑釁，還說他就是王法，連朕也要聽你們王家的。既然王家想要權力，那把皇位拿走好了，省得別人說朕聽你家的。」語氣不善，內容更是直說王家蓄意謀反之意。

「犬子無狀，言語冒犯皇上，請看在犬子年幼的分上，饒他這一次。回家後，臣定好好管教。」王太師不敢抬頭，只能磕頭求饒。

「還想回家？」明宣帝譏諷道：「來人，王昶橫行鄉里，街頭強搶民女，公然藐視皇權，打入天牢，聽候發落。」

立刻有兩個侍衛出來，反手扣住王昶，王昶嚇得哇哇大叫，哭喊著讓王太師救他。

明宣帝不聽王太師求情的話，帶著齊鴻曦和齊鴻曜走了。

王太師目送明宣帝離開，眼睜睜看兒子被帶走，抹了把額頭上的汗，搖搖晃晃地起身。

「喲，這是誰啊，原來是王太師，你兒子真是好樣的。」長公主經過王太師身邊，明晃晃地嘲諷道。

王太師指著長公主。「妳……」

「你什麼，見了本公主，還不向本公主行禮。你兒子藐視皇權，你也想進去陪他？」長公主站在王太師跟前，下巴微揚，目空一切。

王太師無法，恭恭敬敬地向長公主行禮。

長公主沒讓他起來。「太后的一條狗，讓你咬誰就咬誰。你真以為皇上多喜歡王家，樹倒猢猻散，王家也只配有這樣的結局。不信，咱們走著瞧。」

她虛扶著莊遲的手，上了馬車，坐穩後掀開簾子，看向香滿樓。「香滿樓的生意不行了，去別處開，或趁早關門，以免到時候更難看。」

王太師氣得渾身發抖，又不敢發作。兒子剛被帶走，若此時與長公主起爭執，明宣帝更不會饒了他。

他回頭看向第一樓，暗自惱恨，這一切都是沈家女的錯。

趕來時，他找人打聽，是沈家女故意激怒三兒，三兒上當，才會言語無狀，恰巧被明宣帝撞見。

好啊，好得很，他還沒找她的麻煩，她倒是先設計王家了。

沈玉蓉和莊如悔還在三樓，居高臨下望著下面的動靜，正巧看見王太師眸中的恨意。

莊如悔撇撇嘴。「這王老頭把妳恨上了，不會輕易放過，妳可要當心了。」

「什麼都不做，他也不會放過我。」沈玉蓉關上窗子，出了雅間，去二樓招呼張氏。

明眼人都瞧得出來，明宣帝厭惡王家，她就抱緊明宣帝的大腿，看王家能把她怎麼樣。

明宣帝不知沈玉蓉要抱他的大腿，坐在馬車上，關切地問齊鴻曦。「曦兒可吃飽了？」

齊鴻曦沒答話，定定地看著明宣帝，過了好一會兒才問：「父皇，姑母為何不喜歡我？她討厭我，說我是傻子，我不是傻子。」

明宣帝忙摟著他安慰。「朕的曦兒不是傻子，她不是不喜歡曦兒，是不喜歡父皇。」她是厭惡曦兒的生母，覺得她背叛了皇兄。可這話，明宣帝難以啟齒。

「她為何不喜歡父皇？」齊鴻曦又問：「父皇好，她該喜歡父皇的。」

「小時候，她也喜歡朕。」明宣帝苦澀一笑，目光迷離，好似想起了往事……

第二十六章

天下第一樓開業，除了酒水飯菜八折，又有明宣帝和長公主親臨，一時聲名大噪。當天又來了不少人，有莊如悔認識的，也有莊如悔不認識的，衝著明宣帝的面子全上門了。

沈玉蓉拿到明宣帝的墨寶後，立刻派人送去招牌坊，製作酒樓的招牌。招牌坊的人已經回來，知天下第一樓是明宣帝親筆賜的字，不敢怠慢，保證連夜趕工，明日就做好送去。

莊如悔也不跟他們計較，吩咐他們好好做，木頭要用檀木，鑲金邊。字更不用提，必須是金字，吩咐完，便帶人走了。

她先回了公主府，見到長公主就問：「為什麼處處為難那小傻子？您明明囑咐我多關照他，為何自己說他，吃飯時他都哭了。」

她一言未了，便被莊遲喝住。「阿悔，妳在質問妳母親嗎？這些是我們大人之間的事，妳不要過問了。」

長公主不說話，眼眶有些紅，顯然哭過。

莊如悔生氣地轉了兩圈。「我不管了，你們愛怎樣就怎樣，以後也別讓我關照那個小傻子。」說完便氣呼呼地走了。

莊如悔去了第一樓，沒瞅見沈玉蓉，有些奇怪，問：「怎麼不見大少夫人？」

牛掌櫃站在櫃檯後，笑咪咪道：「謝夫人領著公子和姑娘們來，去了二樓雅間，大少夫人也跟著上去了。」

莊如悔嗯了聲，抬步上樓，走到二樓轉角處，正好聽見謝夫人說話。

「玉蓉是好孩子，我們一家都喜歡她。進了我家的門，不會受委屈，親家母請放心。」

張氏滿臉堆笑。「有您這句話，我就放心了。」

沈玉蓉站在謝夫人身後，笑吟吟看著寒暄的兩人，抬頭瞥見莊如悔，低聲說了幾句，告退出去。

莊如悔見她過來，示意她進了另一個雅間。

沈玉蓉進去，聽見莊如悔道：「妳覺得六皇子傻不傻？」

「妳怎麼想起問這個了？」沈玉蓉很好奇，眾所周知，六皇子齊鴻曦小時候燒壞了腦子，心智只有七、八歲。

莊如悔冷冷一笑。「我總覺得他不傻。」

一個傻子能把明宣帝請來，還將招牌改成天下第一樓，又讓明宣帝親手題字？若他真不傻，那他把所有人都騙了。

「妳要找曦兒問清楚。」沈玉蓉倒了兩杯茶，將其中一杯遞給莊如悔。

莊如悔抿了口茶。「這件事，別人或許不知，但有一個人是知道的。」

「誰？」沈玉蓉好奇。

「謝衍之，妳夫君。」莊如悔道。

謝衍之與齊鴻曦的感情好，別人或許不知，謝衍之一定知道。他做什麼都帶著齊鴻曦，說不知誰信。

沈玉蓉不回答，她對謝衍之真的不了解啊！只知道謝衍之是紈袴，別的一概不知，連長得是圓是扁都不清楚。

不知是圓是扁的謝衍之，剛操練回來，一臉絡腮鬍，除了兩隻眼睛漆黑如墨，其他地方完全瞧不出原來的模樣。

不僅蓄了鬍子，名字也改了，如今他叫沈言。

北方天氣冷，遼國糧草不豐，昨夜遼軍偷襲，被大齊的軍隊打跑。

謝衍之砍了一名遼國的將軍，今天被升為百夫長。

同一個營帳的兄弟都為謝衍之高興，還佩服他功夫好。但也有拈酸吃醋的，話裡話外說謝衍之運氣好，下次運氣好不好就不一定了，說不定會被人削去腦袋。

說這話的是另一個百夫長，姓林名贇，來軍營兩年，才混到百夫長。謝衍之剛來幾日，就被封為百夫長，他自然不服氣。

謝衍之身邊的漢子牛耳，長得五大三粗，早看不慣他了。聽見他詛咒謝衍之，提起拳頭想找他幹架，卻被謝衍之攔住。

謝衍之直直看著林贇。「牛大哥，你不是他的對手，我來。」上前幾步，淡然一笑。「怎麼，想比劃比劃？我隨時奉陪。」

自從他進軍營，這人就看他不順眼，處處為難。若非已改名換姓，他都以為這是京城派來找他麻煩的人。

「比劃就比劃，誰怕誰？」林贇仰頭，滿臉驕傲，他還怕一個初出茅廬的小子不成？

「比什麼，你選。」謝衍之冷靜自持，絲毫不懼。

林贇知道謝衍之功夫好，一刀將遼國將軍的腦袋砍下來，自問不是謝衍之的對手，得另闢蹊徑，眸光一轉，想了想，道：「咱們比騎射。」

謝衍之猶豫片刻。「也可以，不過只比劃未免沒看頭，咱們來點彩頭如何？」

林贇騎射功夫一流，自然不懼怕謝衍之，便答應了，還和謝衍之說好，以半年軍餉為賭注，贏的人可以得到對方半年軍餉。

兩人來到演武場，這時圍攏過來不少人，都是來看謝衍之的熱鬧。他們也不服氣，一個剛進軍營的小子，憑什麼短短幾日就升為百夫長。

當然也有與謝衍之關係不錯的，為他叫好，希望他能贏過林贇，看林贇還怎麼威風，瞧不起人。

謝衍之和林贇站在演武場上，距離箭靶百步。

林贇伸出手，有人將弓箭遞到他手上，挑眉看向謝衍之，得意洋洋道：「你若認輸還來得及，向我賠個不是，往後見了我繞道走，今日的事就算了。」

這時，牛耳也把弓箭遞給謝衍之。

謝衍之不言，從箭筒裡抽出三支箭，搭在弦上，用力後拉，然後鬆手，三支箭同時飛出，嗖的一聲，如閃電般，在眾人驚愕的目光中穩穩插在三個箭靶上，不偏不倚，正中紅心。

林贇又驚又怒。「怎麼可能？」

謝衍之料他會如此，將弓遞給牛耳。「你做不到，不代表別人也做不到。半年的軍餉，莫要耍賴。」話落，逕自離去。

謝衍之走了幾步，看見一個人，站在十幾步遠的地方瞧著他。

這人約十七、八歲，身穿甲冑，腰間掛著佩刀。謝衍之認得他，他是柳澧的幼子柳震。

「你就是新來的沈言？」柳震先開口問，眸中有讚賞。

謝衍之走過去，拱手行禮。「屬下正是沈言。」

「功夫不錯，箭法更是了得，為何現在才來軍中？」柳震疑惑。

「我是獵戶出身，為了養家餬口，長年在山中走動，箭法也是那時候練出來的。」謝衍之說出早已備好的說詞。

柳震不信，定定地瞧著他。

謝衍之沈默半晌，又道：「私事有些難以啟齒，我本不想從軍，軍中規矩太多，還是打獵自在。可我家娘子看不上我的獵戶身分，要和離，我太喜歡她，只能來軍中搏前程。」

眾人聽了這話，哄笑一聲，說謝衍之有情有義，是難得的好兒郎。

牛耳氣急，大怒道：「這樣嫌貧愛富的婦人，就該休了她，再另娶一個。」

謝衍之嘆息一聲。「爹重病，娘年邁，弟弟妹妹還小，處處要用錢，再找一個，得花多少銀子？再說，我家娘子長得漂亮，耐看得很。」

柳震笑道：「你這小子倒是個愛美色的。聽你的口音，是京城人士？」

謝衍之回道：「京郊，離京城有一段路。我常去京城送獵物，對京城的事有所了解。」

柳震哦了聲，圍著謝衍之轉了轉，上下打量他。「那你可認識謝衍之？」

謝衍之穩住心神。「不認識，但聽說過，是個紈袴，吃喝嫖賭樣樣都會，鬥雞遛狗打馬球，沒有不沾染的，祖業被他敗光。前些日子聽說他要成婚，不知誰家姑娘這麼倒楣。」

「你對他倒是了解。」柳震別有深意地問。

「不是屬下了解，實在是謝世子名聲太響，走到哪兒都能聽見幾句，倒是沒見過他本人。」謝衍之一派恭敬，挑不出半點毛病。

柳震揮手讓他離開，看著他遠去的背影，陷入沈思。等謝衍之走遠，才回了主帥軍帳。

將軍柳澧見柳震回來，問道：「如何？」

「應該不是。」柳震說：「長相不是，氣質也不像，只是年齡符合。」

前幾日，柳澧得了一幅畫像，是謝衍之的。王太師命他們找到人，就地格殺。

柳澧望著身後的地圖。「不是最好，沈言功夫好，一來就砍了遼國將軍的腦袋，穩我軍心，揚我國威，是個不可多得的將才。」

遼國與大齊分庭抗禮多年，對大齊虎視眈眈。

柳震想了想，道：「單憑他幾句話，還不能洗脫嫌疑，要不要派人去京郊查查？若真有沈言其人，父親再重用他也不遲。」

柳澧點頭。「也好。」小心駛得萬年船，他不能行差一步。

謝衍之回了營帳，越想越不安，方才柳震顯然在試探他，說不定會找人去京郊查。

牛耳在一旁道：「沈兄弟，你真不打算休妻另娶？你那娘子不安分，嫌貧愛富，瞧你不起，早晚會棄你而去。」

謝衍之躺在床上，思索著如何出去，並未聽見牛耳的話。

牛耳見他不吭聲，又說了一遍，謝衍之這才回神，起身拍拍他的肩膀。「牛大哥，兄弟知你一片好心，可我倆青梅竹馬，一起長大，我心裡再放不下其他人，你讓我娶誰？再說，娶媳婦不要彩禮啊。多謝牛大哥好意，今兒我贏了林賚，手頭寬裕，咱們去五福鎮上轉轉，順便請你喝一杯，謝你這些日子以來的照顧。」

牛耳推辭一番，拗不過謝衍之，便跟謝衍之去了五福鎮。

第二十七章

謝衍之去了一品閣，這是他與楊淮約定好的地方。

他來過好幾次，認得掌櫃，但掌櫃見他來了，依然假裝不認識，請他們進了雅間。

謝衍之點幾道肉菜，要了一壺酒，陪著牛耳痛飲幾杯，客套一番後，藉口尿急，出了雅間，溜進後院。

掌櫃已等在此處，見謝衍之進來，忙上前問好。

謝衍之不多廢話，直接問：「有京城的信嗎？」他的銀票送去了好多天，按時日來算，回信這兩日該到了。

楊淮掀開簾子從屋內出來，手裡端著一壺茶，就著壺嘴飲了一口。「惦記你小媳婦啊？我這兒還真有你的信，親自跑京城一趟幫你帶回來的。」說著從懷裡掏出信，遞給謝衍之。

「你何時回來的？」謝衍之接過信，頭也不抬，見有好幾封信，心中一喜，想翻找沈玉蓉的信，發現都是熟悉的字跡，卻沒有她的，臉色當即變了，沈聲問：「玉蓉沒說什麼？」果真沒把他放心上？

楊淮挑眉。「說了。」

「說了什麼？」謝衍之問。

楊淮想了想，沒想起有用的東西。「忘了。」

謝衍之。「……」算了，也沒指望沈玉蓉寫信給他，誰讓他成親當晚跑了呢。

院中有石桌石凳，謝衍之找了個位置坐下，展開信，一封一封的看。

砰！謝衍之猛地站起來，怒火中燒看向楊淮，惡聲惡氣地問：「牛肉醬呢，辣椒醬呢？」

弟弟妹妹們說了，那是沈玉蓉親手做的東西，都是給他的。

玉蓉心裡有他呢！

楊淮正準備再喝口茶，聽見這話，手裡的動作一僵，飛快解釋道：「吃了，這不是怕壞嗎？你看天氣越來越熱，食物容易餿，你吃了傷身體。」

謝衍之壓住心中的怒火，憤憤道：「那是醬，不是菜，放個一年半載都不成問題。再說，你吃多了，不怕傷身體？」

他不信楊淮全吃光了，衝進楊淮的屋子，翻找一通，果然找到一罐牛肉醬，肉香混合著鹹香味兒，好聞極了。

楊淮追進屋裡，見謝衍之翻到了牛肉醬，氣得捶胸頓足，指著謝衍之罵道：「臭小子，有你這樣的嗎？我好歹也當了你幾年師父，教了你幾年功夫，你孝敬師父又如何？」

謝衍之不理會他，抱著陶罐往外走，一面走、一面說：「柳家父子懷疑我的身分，很有可能去京城查，你找人假扮我的家人。我打獵為生，有重病的爹、年邁的娘、趾高氣揚的媳婦、受氣的弟弟妹妹，住在京城郊外。」又說了莊子的名稱，囑咐一些細節。

楊淮聽了這話，笑著道：「他認不出你，太師府有我的人，早把你的畫像換掉了。」畫像已被換成武安侯年輕時的畫像，任憑柳澧再厲害，也猜不出謝衍之長相隨舅，又蓄了鬍子。

謝衍之回頭道：「快些安排，別出了岔子。不然，我可完成不了你交代的任務。」

楊淮站著沒動，神秘一笑。「你就不想知道你媳婦的消息？」

「說。」謝衍之停住腳，抱著罐子的手緊了緊。

楊淮道：「她可比你厲害，進門當日就懲治叛主的奴婢，次日趕走要債的地痞，沒幾天便搭上莊世子，兩人合夥開了酒樓，叫第一樓。王家幼子滋事，撞壞招牌，她竟讓明宣帝親臨，還親自題字，改名為天下第一樓。對了，還有更重要的，她讓王太師裁了個跟頭，王太師恨上她了，欲除之而後快。」

謝衍之轉身，幾步來到楊淮身邊。「玉蓉有危險，那你還來這裡，趕緊回去保護她。」頓了頓，來回踱步。「不行，我得親自回去護著她。」說著便要往外走。

楊淮幾步上來，拉住他。「得了吧，你安心待在軍營，我親自回去，定護她周全，皇上和長公主也會護著她。」

「我要她毫髮無損，若少了根頭髮，你給我等著。」謝衍之道。語氣中滿滿的威脅，嘴裡答應楊淮待在這裡，心裡卻盤算著如何回去，他不放心別人保護沈玉蓉。

楊淮抬腿踹他。「臭小子，沒大沒小的。」

謝衍之還想囑咐幾句，這時牛耳喊他了。「沈兄弟，你掉進茅房了？」

「來了，來了。」謝衍之答應著，準備出去。

牛耳已經闖進後院，見謝衍之和楊淮在一起，不由問道：「這是誰？」

謝衍之反應快，出聲答話。「哦，這是一品閣的東家，我們早些年認識的。我打的獵物，有不少賣進了一品閣，楊東家給的價錢高。」

彼此介紹一番，楊淮和牛耳便算認識了。

謝衍之又解釋道：「楊東家從京城來，知道我在這裡，特意幫我捎了些東西，是我家小娘子做的。牛大哥，走走走，請你嚐嚐去。」一手抱著罐子、一手摟著牛耳的肩膀出去了。

牛耳一聽是謝衍之的媳婦兒做的，頓時來了興致。「那我得嚐嚐弟妹的手藝。」完全忘了方才讓人休妻的話。

兩人進了雅間坐好，打開牛肉醬的罐子。

牛耳嚐一口，直直豎起大拇指，誇讚沈玉蓉手藝好，更誇謝衍之眼光好。「真好吃，怪不得謝兄弟對弟妹念念不忘。長得好，廚藝好，要是我也捨不得休。」

說話間，他拿出一塊餅子，挖一大勺牛肉醬抹在餅上，咬一口，滋味別提了，又辣又香又鮮，吃得他想把舌頭吞下去。

他大快朵頤，謝衍之看得心疼，這是他媳婦兒親手做的，他還沒吃上一口呢。不想了，越想越心疼，他也拿出一塊餅，抹上牛肉醬，咬下一口，果然香，快些吃到肚子裡才是賺的。

牛肉醬沒有很鹹，陶罐也不大，和大碗差不多，能裝兩斤多，愣是讓牛耳吃掉一半。謝衍之連忙攔著。「牛大哥，別吃了，吃菜吃肉。這是醬，又鹹又辣的，吃多了難受。」蓋上蓋子收起來，不讓牛耳吃了。

牛耳有些不好意思，摸摸腦袋，嘿嘿傻笑兩聲，用筷子夾了塊雞肉，咂巴著嘴。「沒有你的肉醬香。」

謝衍之。「……」低頭吃飯，繼續招呼牛耳喝酒吃肉了。

兩人吃完飯，出了一品閣，準備回營地。路過賣餅的攤子，牛耳頓住腳步看去，買幾張餅回去，配上牛肉醬，絕對好吃，不由嚥了嚥口水。

謝衍之抱著陶罐，順著他的目光望過去，心裡一頓，見牛耳舉步，趕緊拉住他，催促道：「軍營裡還有事，怎能只想著吃，快些走吧。」加大手勁，硬是把牛耳拉走了。

進了軍營，謝衍之藏好牛肉醬，覺得不放心，還換個隱蔽位置，才更衣去武場演練。回來後，發現牛肉醬只剩下陶罐，罐裡比狗舔得還乾淨，當即僵在原地，隨後暴喝一聲——

「是誰吃了我的牛肉醬?!」

牛耳打簾子進來，嘴裡嚼著東西，道：「謝兄弟，你別找了，你的牛肉醬被瘦猴吃了。那傢伙屬狗的，鼻子靈，你雖藏在床下，還用衣服包上，也沒逃過他的鼻子。」一開口就飄出一股牛肉醬的味道，顯然也沒少吃。

這時，一個瘦瘦矮矮的男人進來，嬉皮笑臉，瞥見謝衍之抱著牛肉醬的罐子，咧開了嘴。「謝大哥，你的牛肉醬真好吃，還有嗎？」

這人綽號瘦猴，原名侯狗剩，因賤名好養活，父母便給他取了這樣的名字。他家鄉受災，父母死了，成了孤兒，為混口吃的，才來軍營。

謝衍之握緊手中的罐子。撐死他們算了，一點都沒留給他。

此後，每到練武場，謝衍之就玩命地欺負牛耳和瘦猴了。

主帳內，柳澧又接到王太師的親筆信，讓他盡快找出謝衍之，找到後就地格殺。

柳震見柳澧一臉難色，建議回京城一趟，軍營糧草不足，一來催催糧草，二來可以探探沈言的底細。

雖然已派人去京郊查，可他們還是不放心。

柳澧答應，想了想道：「帶上沈言。斥候軍來報，過些日子，遼國要對大齊開戰，等打完這一仗再走。」若打了勝仗，催糧草也有底氣不是。

柳震立刻明白柳灃的用意，點頭應了，出去找沈言。

得知沈言的妻子做了牛肉醬，託人捎過來，柳震越發覺得沈言並不是謝衍之。謝衍之是侯府嫡子，娶的也是高門貴女，高門貴女哪裡會做牛肉醬啊。不過，不怕一萬，就怕萬一，小心駛得萬年船，還是查查比較好。

沈玉蓉不知牛肉醬引發一齣鬧劇，天下第一樓的生意紅火，漸漸超過一品閣和香滿樓。她無事便在家研究食譜，寫寫《紅樓夢》，偶爾去橋緣茶樓聽聽《紅樓夢》。雖已知道《紅樓夢》的整個故事，她還是喜歡聽，百聽不厭，每聽一次，都有不同的感觸，這也是莊如悔感嘆的地方。

今日沈玉蓉又來橋緣茶樓，一面喝茶、一面聽書，日子還算愜意。

莊如悔坐在她對面，悠哉悠哉地喝著茶，突然想起一件事，瞥沈玉蓉一眼。「最近京城人都在談論妳，妳可知道？」

沈玉蓉捏起一塊糕點。「桃花宴結束後，我就出名了，被人談論不稀奇，無人問津才稀奇呢。」

「妳就不怕有麻煩？」莊如悔眸中噙著笑意。「京城有兩大奇聞，跟妳有關係，妳要不要聽？」

「跟我有關係，還是奇聞？說來聽聽。」沈玉蓉頓時來了興致。

「妳在長公主府發下的豪言壯語，傳遍了京城，如今有人開始有樣學樣。」莊如悔道。

「誰學了，怎麼學的？」沈玉蓉的好奇心更被勾起，有樣學樣，難道是休夫，再找沒爹沒娘、有車有房的？

謝淺之還沒找呢，那些人也太急了些。

「說起來，有一家跟你們謝家有關係，那就是謝家二房。謝二夫人不滿謝二爺去花樓，鬧著要休夫。還有一家是王家的女兒，也是不滿夫君寵愛小妾跟庶子庶女，鬧著要休夫。」莊如悔挑眉看沈玉蓉。「這些事因妳而起，將來的麻煩可不小。」

沈玉蓉垂眸，思索片刻。「這些事怎麼看怎麼古怪，妳說是不是有人要陷害我，故意設了局。」她可沒忘記王太師的眼神，充滿恨意，若說其中沒有人推波助瀾，打死也不信。

莊如悔朝她投去一個讚賞的眼神。「聰明，這是王家出招了。據我所知，今日朝堂上，就會有御史參妳父親。」

「我父親不會有事吧？」沈玉蓉忍不住擔憂。她爹官小人微，萬一被連累可就麻煩了，說不定還會吃牢飯。

「這個我不知道，要等下朝後才曉得結果。」莊如悔也是聽父母提了一句。

不過，她母親說了，皇帝厭惡王家，王家要做的事，皇帝定然不會答應。

第二十八章

這次，王家又踢到鐵板了。

正如莊如悔預料的一樣，今日的朝堂比往日熱鬧許多，有些像菜市場。

王太師一派的御史參沈父教女無方，沈玉蓉揚言休夫，要替大姑子找下家，還要沒爹沒娘、有車有房的。自古夫為妻綱，夫君是妻子的天，女子怎可休夫另嫁？簡直有背綱常。

沈父舉著笏板站出隊伍，不疾不徐地反駁道：「皇上嘉獎老夫教女有方，這才幾日工夫，御史大人就參老夫教女無方，這是說皇上有眼無珠嗎？」

御史誠惶誠恐跪下，忙說不敢，又道沈父強詞奪理，若京城女子都像沈家女這般，誰還敢娶？

有人是王太師一派，自然站在御史一方指責沈父；有人是明宣帝一派，力挺明宣帝慧眼如珠，不會看錯人。女子休夫是因女子在夫家不如意，若非如此，誰會憤然休夫。自古嫡庶有別，身為一家之主，怎能寵妾滅妻，讓庶子越過嫡子。

兩方人馬喋喋不休，爭執得臉紅脖子粗。

明宣帝坐在龍椅上，漠然看著這一切，不發一言。

劉公公恭敬地站在一旁，時不時偷瞄明宣帝，見他神色如常，不見惱怒，頓覺大事不妙，這是明宣帝發怒前的徵兆。

過了片刻，明宣帝起身，走下臺階，指著文武百官，怒目而視。「你們吵夠了沒有？」

劉公公跟在明宣帝身後，長舒了一口氣，暗道果然。

百官噤若寒蟬，朝堂立時鴉雀無聲，針落可聞，靜得有些可怕。

明宣帝喝道：「你們是朝廷命官，上朝商討的是國家大事，需有利江山社稷。看看你們，都幹了些什麼，一個個爭得唾沫橫飛，臉紅脖子粗，跟市井潑婦有何區別。」

百官垂手而立，側耳傾聽。

明宣帝說：「百善孝為先，做人兒媳自當尊敬公婆，伺候姑嫂，與丈夫舉案齊眉，相敬如賓。作為長輩，作為丈夫，應該愛護晚輩，尊敬妻子，不是折磨兒媳，不是寵妾滅妻。家和萬事興，齊家治國平天下，家都治不好，何以治國，何以平天下？

「謝家兒媳跟王家女兒要休夫，都是夫家做了見不得人的事，讓人家姑娘傷心，可自古沒有休夫的道理，不想過了，和離便是。這點小事還要鬧到朝堂上來，你們當這是什麼地方，菜市場嗎？可以買菜賣菜，討價還價？」

群臣跪拜，直呼道：「臣有罪，請皇上治罪。」

「朕累了，退朝吧。王太師留下。」明宣帝說完，帶著太監走了。

散朝後，早朝發生的事傳遍了後宮，王太后和王皇后也得了消息。

王皇后覺得明宣帝偏袒沈家和謝家，心中不服，帶人去了王太后的寧壽宮。

太后在廊下餵鳥，遠遠瞧見王皇后帶人過來，便知她的來意，逗弄著鳥兒。「作死的畜生，好吃好喝的，還總想著往外跑。如此不聽話，今兒就把你燉了。」

宮人們聽見這話，小心翼翼地取下鳥籠，恭敬地退下。

王皇后來至王太后身邊，先行禮問安，又假惺惺地哭兩聲，用錦帕拭淚。「姑母，皇上太偏心了，以前偏心那賤人，如今那賤人死了，他又說不應該寵妾滅妻，壞人都讓我們王家做了。」說著，欲扶王太后回正殿。

墨妃未死時，明宣帝寵愛墨妃。王太后和王皇后多次勸說明宣帝，讓他雨露均霑，不要獨寵哪個妃子，明宣帝不聽。

如今墨妃死了，他又說不該寵妾滅妻，合著寵妾滅妻的不是他。

王太后將手搭在王皇后手上，一面走、一面安慰道：「這就沈不住氣了？想當初，哀家在先帝跟前受了多少氣，咬牙忍忍，還不是過來了，最後坐上人人想要的位置。妳啊，還是太年輕。皇上寵那女人又如何，妳仍是皇后，她卻死了，她兒子又是個癡傻的，能越過妳和旻兒去？」

「皇上遲遲不立儲君，妾身擔心……」一日未立儲君，王皇后一日不安心。

她的皇兒是嫡子，論理該被立為儲君，可明宣帝偏偏不立太子，對其他皇子比對齊鴻旻好，尤其是那個傻子。

王太后拍拍王皇后的手。「妳放心，這皇位只能是旻兒的，別人搶不走。」

王皇后還欲說話，被王太后打斷了。「行了，其他的事等會兒再說，眼下有件棘手的事。妳可知，散朝後，皇上把妳哥哥留下了。」

「可是因為三兒？」王皇后也在愁這個。「三兒還年輕，被有心人算計，一時口不擇言，皇上真打算治他的罪？」

之前哥哥已經求到她這裡，讓她向明宣帝求求情，可她在明宣帝跟前，哪有什麼情面可言？墨妃之死，她已徹底惹惱明宣帝，若非她是大齊的皇后，早將她打發到冷宮去。

即便如此，她也去求情了，可壓根兒沒見到明宣帝的面，反而被其他嬪妃擠對好幾天。她發了一通脾氣，砸壞不少瓷器，但明宣帝依舊沒見她。

「皇上哪裡是治他的罪，是在敲打王家呢，要妳哥哥交出太師的兵權。」王太后冷笑。

最近，明宣帝的心思越來越難猜了。

這個兒子，她了解，心不夠狠，否則她也不會操碎了心。為了這個位置，當初付出多少心血。

偏偏明宣帝不理解她，總是和她對著幹。她是為了誰，還不是為了他的江山。

「不交出兵權，三兒會如何，王家又會如何？」夫妻多年，王皇后依然不了解明宣帝。

「自然是比誰的心更狠。」王太后眸中的殺意一閃而逝。

王皇后嚇壞了。「姑母，您是要取三兒的命？」

「他的命與王家全族的命，妳會選哪個？」王太后早已做了決斷。
王皇后啞然，誰都知道怎麼選。
王太后見她做了選擇，略微滿意地點點頭。「既然做了決定，走吧，去御書房見皇上。」同時對身邊的太監使眼色。
太監會意，退了出去。
王皇后知道，王太后下定決心，姪兒的命保不住了。

散朝後，王太師來至明宣帝的御書房。
明宣帝端坐著批閱奏摺，好似沒看見王太師。
王太師上前幾步，跪在御案前。「老臣有罪。」
明宣帝充耳未聞，手上動作不停，王太師又說了一遍。「老臣有罪。」
明宣帝嗯了聲，道：「起來吧。你幼子大逆不道，強搶民女不說，還無視皇權，說什麼朕都要聽你們王家的。既然王家如此厲害，這皇位讓給你們坐好了，朕也省心。」
王太師直呼不敢，明宣帝勃然大怒。「你們王家還有什麼不敢的，權力比朕都大！」
「老臣惶恐。」王太師匍匐跪地。
他心裡清楚，明宣帝想收回兵權，可這兵權不能交上去，一旦交上去，王家就完了。雖不至於抄家滅族，卻不似往日繁盛。

王家在京城經營多年，門生眾多，盤根錯節，一步不能錯。不然，墨家就是王家的前車之鑑。

明宣帝暗罵一句老狐狸，話都說到這份上了，還裝糊塗。「王愛卿，你也是聰明人，怎不明白朕的一片苦心？」

王太師心道，他明白，越是明白，越是不能應呀，誰來救救他？

上天好似聽到他的禱告，門外傳來小太監的聲音。「太后娘娘駕到，皇后娘娘駕到。」

王太師鬆口氣，微微抬頭看向明宣帝。見明宣帝正看他，目光冰冷，忙又把頭低下。

王皇后攙扶著王太后進來，身後跟著一群宮女太監。

明宣帝起身走至王太后身旁，問她為何來此。

王太后道：「王昶死了，服毒自殺。這件事就這樣了了吧。」

明宣帝瞳孔一縮，側臉看向太后，彷彿不認識她。「那可是您的親姪孫呀。」

「那又如何，他強搶民女，橫行街里，藐視皇權，其罪當誅。既然他自行了斷，也算有自知之明，就讓王家把他領回去吧。」

明宣帝不信王昶死了，正要派人去問，有侍衛進來稟報，說大理寺來人，王家三子死在獄中，像是服毒。

明宣帝擺手讓侍衛退下，踉蹌幾步走向御案，見王太師還跪在地上，擺手讓他們出去。

王太后見明宣帝傷心，想寬慰幾句，明宣帝吼道：「都出去，讓朕靜一靜。」

坐上這個位置，腳下到底踩了多少人命，他已經記不得了。若要形容，只能說白骨累累，屍骨成山。

王太后想說什麼，也被明宣帝喝止。他不想看見王家人，尤其是王太后。

王太師先退出來，王皇后扶著王太后，也出了御書房。

王太后見王太師在一旁抹淚，厲聲喝斥。「你兒子的命重要，還是王家的前程重要？你自個兒掂量一下。」

王太師擦擦眼角的淚，彎腰恭敬道：「臣明白。」

他不想交出兵權，也不想要兒子死。但交出兵權，王家便真的完了，明宣帝或許不會要王家人的命，輕則貶為庶民，重則流放，哪一個都不是王家能承受的。

「你放心，三兒不會白死。」王太后的聲音緩和了幾分，扶著王皇后離去。

王太師恨由心生，咬牙切齒。「謝家、沈家、莊家，我一個都不會放過！」

宮中的消息瞞不住，尤其是有心人。

莊如悔一直注意朝中的動靜，很快就有人向她稟報。

此刻，她正在橋緣茶樓，與沈玉蓉對弈。

沈玉蓉手執白棋，望著棋盤。「有人參我爹了，我爹是如何應對的？皇上又如何說？」

「還真擔心妳爹。」莊如悔落下一枚黑子，笑了笑。「放心吧，沈大人無事，怕是王家有事，要辦喪事了。」

「誰死了，王昶？」沈玉蓉愕然抬頭。

這是明宣帝與王家的博奕。王家放棄王昶，明宣帝輸了，不是輸給別人，是輸給自己。他的心不夠狠，若當時就將王家所有人打入牢中，王家縱有太后撐腰，也不能翻身。

「我那皇帝舅舅太心軟了。」莊如悔嘆息一聲。

沈玉蓉沒接話，她不敢議論朝堂的事，與莊如悔繼續對弈，又聽莊如悔道：「經此一事，女人在後宅中的地位提升了，還得感謝妳才是。」

「我才不需要她們感激，不藉著我的由頭尋事就行。」沈玉蓉落下一子，端起茶杯抿一口。

「這一局又是妳贏了，沒意思。走了。」說著，起身出去，毫不留戀。

莊如悔喊道：「別走啊，再來一局，我讓妳三個子。」

「不玩了。」沈玉蓉沒回頭，下樓坐車，帶著梅香出城了。

第二十九章

沈玉蓉回了謝家，本以為會清靜一會兒，孰料剛進門，就聽謝沁之說，沈玉蓮來了，在棲霞苑等了許久，看樣子不見到沈玉蓉，不願意離開。

「晦氣。」沈玉蓉小聲嘀咕著，帶著梅香回棲霞苑。

剛進院子，就瞧見沈玉蓮站在廊簷下，手裡拿著幾頁紙，專注地看著。

沈玉蓉頓住腳步，勾唇一笑。「大姊姊好興致，竟紆尊降貴來我這棲霞苑。」

沈玉蓮尋聲望去，表情一頓，隨後揚起溫柔的笑容，柔聲道：「妳回來了，天下第一樓很忙，累壞了吧，快去歇會兒。」臉上絲毫不見埋怨，好似這裡的主人一般，裝作沒聽見沈玉蓉的冷嘲熱諷。

沈玉蓉懶得理會她做作的姿態，進了屋子，倒杯茶喝，看向沈玉蓮。「妳來做什麼，直接說吧。我很忙，沒工夫和妳打啞謎。」

「我是妳的大姊姊，關心妳是應該的，來這裡自然是關心妳。」沈玉蓮拿起茶壺，又倒了杯茶，遞給沈玉蓉。

「這麼好心？」沈玉蓉才不信，接過茶抿一口。「茶不錯，換個倒茶的人就更好了。」

沈玉蓮氣急，面上卻不顯，仍然柔聲細語。「能喝我倒的茶，是妹妹的福氣。」

未來五皇子妃親自倒茶，沈玉蓉當真有福氣得很。

沈玉蓉放下茶杯。「我可不想要這樣的福氣。福氣這事，誰也說不準，妳說是不是，大姊姊？」

沈玉蓮咬牙切齒，攥緊拳頭，面上的笑容綻放得更盛。「聽聞妹妹與五皇子走得近，能帶我認識認識五皇子嗎？」

沈玉蓉笑吟吟地盯著她。「這才是妳今日來的目的吧，胃口不小。」可惜心比天高，命比紙薄，五皇子也是她敢妄想的？

「妹妹只需幫我引薦，其餘的事，不用妹妹操心。」沈玉蓮道，先給齊鴻曜留下一個好印象，以後的事情就更好辦了。

沈玉蓉坐下，拿起茶杯仔細端詳。「妳我已經撕破臉，我為何要幫妳？有什麼好處？」

沈玉蓮想了想，輕輕咬唇。「妳若幫我，我可以告訴妳一個秘密，一個關於謝家的秘密。」

沈玉蓉笑了，帶著幾分譏諷。「我是謝家兒媳，都不知謝家有秘密，妳如何得知？我又怎知妳說的是真是假？」

「我不會騙妳。」沈玉蓮道。

「妳騙我的還少嗎？我的好姊姊，梅紅的死，就是血淋淋的教訓。」沈玉蓉才不聽沈玉蓉說什麼，喊人把沈玉蓮請出去。

沈玉蓮千百個不願意，還是被請了出去，站在謝家門前，不甘心地看了看門匾。

沈玉蓉，妳給我等著，等我成了五皇子妃，第一個收拾的人就是妳。

沈玉蓮轉身離去，不帶一絲猶豫。沈玉蓉不幫她，她也有辦法接近齊鴻曜。成為五皇子妃，她勢在必得。

沈玉蓮回了沈家，和柳姨娘商量，忍痛買了不少衣服首飾，打算找機會偶遇齊鴻曜。

王昶死於非命，王太師震怒心疼，更多是對沈玉蓉的恨。

他認為，若沒有沈玉蓉算計，王昶不會在明宣帝跟前言語無狀，被明宣帝抓住小辮子，更不會為了王家的未來而失去性命。

王太師本想扳倒沈家，讓沈玉蓉失去娘家支持，再想辦法除掉她。至於謝家的婦孺，還不是隨他擺布。

可現在，明宣帝執意護著謝家，沈家沾了謝家的光，也被明宣帝高看幾眼。

明宣帝有意偏頗，想除掉沈家，這條路不好走，那就從謝家人身上下手。他辦了王昶的喪事，也想出對付沈玉蓉的辦法。

他派人去武安侯府，送一封信給謝衍之的二叔。

謝家的事，還需謝家人來做。他是個外人，不便插手，明宣帝也是外人，更是一國之君，不好管臣子的家事。

這次就算弄不死沈玉蓉，也能讓她脫層皮，之後再用其他辦法收拾她。

謝二爺得了信，當晚便與妻子商量，接下來要把戲演得更逼真，完成王太師的命令。

謝家二房早已投靠了太師府，若不投靠太師府，二房也會像大房一樣，搬出京城，淪落到京外的莊子，他們可不願離京。

翌日一早，謝二夫人哭哭啼啼去了謝老夫人的院子，吵著要和離，謝家若不答應，她就一頭撞死在門前。

謝老夫人扶額，這些日子，謝二夫人天天鬧，鬧得她頭疼，開始還勸說一二，說女人都是如此，她是正妻，該拿出正妻的樣子，讓那些小妾、通房瞧著。

可無論她說什麼，謝二夫人只想休夫，或和離也行，不答應就鬧。

後來，謝老夫人乾脆不管了，看著她哭鬧，說自己頭疼，裝病不管。要是讓謝二夫人和離，謝家又成了京城的笑話，謝家丟不起這個臉。

謝老夫人被她鬧得煩了，指著門外。「妳看看誰家和離了？你們的孩子都快成年，該嫁人娶妻，妳想讓謝家成為京城的笑柄，讓他們顏面無存？」

謝二夫人道：「壞了謝家名聲的不是我，您的大孫女已經和離了，還說下家要找有車有房、沒爹沒娘的，省得受婆婆的氣。」

謝老夫人不出門，還不知道這件事，頓時愣住，回神後冷聲問：「妳說的可是真的？」

謝淺之的婚事是她一手促成的，剛成親一年有餘，竟然和離了，這是不滿她促成的婚事嗎？為何沒人告訴她？

王太師權勢大，讓謝家二房瞞著謝老夫人，為的就是今天。

謝二夫人如實道：「自然是真的，這事傳遍京城了。咱家有人和離，也不多我一個。」又一五一十說了沈玉蓉幫著謝淺之和離的事，其中不乏添油加醋。

謝老夫人一聽，拍桌怒罵。「混帳東西，一個小官之女，有天大福分才能嫁進謝家，好好過日子就罷了，還敢插手謝家的事，好大的膽子！老大媳婦怎麼回事，放任她不管嗎？」

「大嫂任由她當家，謝家她說了算。」謝二夫人覺得火不夠旺，又添了把柴。

謝老夫人更怒，之前沈玉蓉打了她的人，心中怒氣多了一倍，起身要去找沈玉蓉算帳。

謝二夫人攔住她，不讓她去，還說沈玉蓉與莊如悔開了天下第一樓，明宣帝親自題字，誰敢上門找碴，就是與明宣帝作對。

謝老夫人也不是省油的燈，眼珠一轉，立時有了主意。「百善孝為先，她進了謝家，還未給我這個做祖母的敬茶呢。今兒我紆尊降貴，親自上門喝孫媳婦的茶，這是家事，皇上日理萬機，顧不上別人家的小事。」

於是，謝二夫人領著謝老夫人親自去了天下第一樓。

為何不去謝家莊子，是因天下第一樓人多，更能讓人認清沈玉蓉的真面目，好敗壞她的名聲。

沈玉蓉的名聲一旦壞了，謝老夫人便可做主休掉她，到時候，沈玉蓉不是謝家人，明宣帝自然不會護著她了。

謝二爺早就打聽清楚了，逢十逢五，沈玉蓉必會去天下第一樓。

今兒是三月二十，她應該在那裡。

他不知道的是，昨夜他與太師府的人見面，早有人稟報給莊如悔。隔天一早，莊如悔便趕去了謝家莊子。

沈玉蓉剛吃完早飯，看見莊如悔，有些納悶，今兒是見面的日子，她怎麼到莊子來了？

不等她開口，莊如悔急急地說：「今兒妳不宜出門，還是在家待著吧。」

沈玉蓉進小書房，拿出這幾日寫的《紅樓夢》，遞給莊如悔。「有人找我麻煩嗎？」

莊如悔接過，仔細翻看，臉上盡是滿意的神色。「猜對了，是謝家老夫人找妳麻煩。王家出的招，想敗壞妳的名聲。謝老夫人是妳的長輩，無論妳占理還不占理，都討不到好。」

沈玉蓉笑了笑。「當縮頭烏龜可不是我的性子，走吧，去看看。兵來將擋，水來土掩，她們還能殺了我不成？」

莊如悔了解沈玉蓉的脾氣，一旦決定的事，不會輕易改變，嘆口氣，決定跟在她身邊。若是謝家老太婆過分了，定不會袖手旁觀。

謝家也有謝夫人的人，謝家二房和謝老夫人要找沈玉蓉的麻煩，她自然得了消息，猜測事情不簡單，沈玉蓉是晚輩，不宜與謝老夫人硬碰硬，遂立刻帶著許嬤嬤來棲霞苑，正好瞧見沈玉蓉要出去。

「妳這是去哪兒？」見莊如悔也在，料想沈玉蓉已經知道謝老夫人的事，遂道：「她是長輩，妳還是避避風頭吧。」念在侯爺對她一心一意，又對墨家有恩的分上，她不想與謝老夫人撕破臉。

沈玉蓉說：「他們故意尋事，躲著不見，顯得咱們失了禮數。她是長輩，我是晚輩，娘放心，我不會頂撞她，會給足她面子。」若謝老夫人太過分，別怪她不客氣。

謝夫人了解謝老夫人的脾性，不允許別人反抗她。謝老夫人本想與王家結親，看不上沈玉蓉，定會為難，想了想，從袖籠裡拿出一張紙，塞到沈玉蓉手裡。

「妳拿著，關鍵時刻能用上。」

這是斷親書，當初謝夫人帶著孩子出來，謝老夫人親自寫的。念著侯爺的恩情，她一直收著沒讓人看。

如今沈玉蓉有難，她不得已而為之，希望侯爺在天有靈，可以原諒她。

沈玉蓉想打開，被謝夫人制止。「上車再看吧，用不上再還我。」

「嗯。」沈玉蓉知道東西要緊，摺好收起來，辭了謝夫人，跟著莊如悔出了莊子。

謝夫人擔憂地望著她們的背影，許嬤嬤寬慰道：「夫人放心，大少夫人自有分寸，不會吃虧。」

「她畢竟是長輩，玉蓉眼裡容不得沙子，若是老夫人說些過分的話，我怕她當場頂撞老夫人，那麼多人看著，無論玉蓉是對是錯，都是忤逆長輩。大不孝的帽子扣下來，會受人非議。」謝夫人憂心忡忡。

「那怎麼辦？」許嬤嬤問。

謝夫人沈思片刻，道：「讓瀾之去宮裡找曦兒幫忙。有曦兒在，謝家人不敢如何。」

謝瀾之得到謝夫人的囑咐，去馬廄牽了匹快馬，打馬離開。

謝夫人是誥命，有宮裡的牌子。謝瀾之騎馬比莊如悔的馬車快得多，很快到了宮門口，掏出令牌進宮，輕車熟路找到齊鴻曦。

齊鴻曦很喜歡沈玉蓉，且謝衍之臨走前特意叮囑，讓他多看顧沈玉蓉，自然不允許有人傷害她。他雖傻了，卻特別護短，這是宮裡眾所周知的。

齊鴻曦沒有猶豫，跟著謝瀾之出宮，直奔天下第一樓。

第三十章

今兒天下第一樓注定不平靜，謝老夫人一早就來了，指名要見沈玉蓉。

牛掌櫃認出謝家的馬車，也知沈玉蓉與謝家的關係，一面派人通知沈玉蓉和莊如悔、一面好生招待謝家人。

牛掌櫃見過世面，滿面含笑迎謝老夫人和謝二夫人上二樓雅間，熱情招呼著。

謝老夫人知道今天來的目的，不上二樓，就在一樓大廳裡隨意找個位置坐下，等著沈玉蓉，意圖很明顯。

小二很有眼色，立刻上了茶水和糕點。

另一邊，大廳偏僻的角落裡，一個滿臉大鬍子的男人瞥見謝老夫人，眸中的驚愕一閃而逝，暗道她們怎麼來了，還要見沈玉蓉。

這人不是別人，正是謝衍之，渾身散發煞氣，滿臉冷酷，旁人不敢近身，更不敢看他。

對面的柳震沒注意到謝衍之的異樣，笑著幫謝衍之倒茶。「沈大哥，咱們剛到京城，聽聞天下第一樓的酒菜不錯，特意帶你來品嚐品嚐。」

謝衍之小聲道：「這天下第一樓何時開的？以前我打的獵物都往一品閣送，與一品閣的掌櫃相熟，將軍若想吃飯，去一品閣也不錯，還能打折。」

他壓低聲音，怕謝老夫人聽見，可聽在柳震耳中，卻是怕掌櫃聽見。

柳震笑了笑。「天下第一樓有當今皇上親自題字，自然有過人之處。銀子的事，你無須擔憂，今兒我請客。你在戰場上英勇殺敵，是大齊的國之棟梁，又救了我的性命，我自然要感謝你。」

前些日子，遼國來襲，柳震帶兵迎戰，親眼見識謝衍之的功夫與騎射，手中的大刀猶如與他一體，砍敵人的腦袋彷彿像切菜，一刀一個，乾淨俐落。

這次遼國帶兵的將軍想殺柳震為死去的哥哥報仇，卻被謝衍之砍掉一隻胳膊，帶兵逃回營地，再不敢出來。

謝衍之救了柳震一命，全勝而歸。

柳灃想幫謝衍之升職，可想到謝衍之的身分，猶豫了，讓柳震帶他回京城一趟。若是身分沒問題，回來再升職，以後會更加重用他。

柳震感念謝衍之的救命之恩，一路上多有倚賴，更多的是尊敬與佩服。

柳家父子的打算，謝衍之心知肚明，卻假裝不知。「那我就卻之不恭了，你也知道，我有爹娘要奉養，有媳婦要照顧，還有弟弟妹妹，一個銅板恨不能當兩個花，囊中實在羞澀。」抿了口酒，低下頭，假裝慚愧不已。

柳震寬慰一番，讓謝衍之好好表現，爭取當上將軍，就能光宗耀祖了。

謝衍之點頭，眼角餘光留意著謝老夫人等人，希望沈玉蓉不要出現，卻又希望沈玉蓉出現。多日不見，他實在想她了。

謝老夫人等候一個多時辰，眼看要到午時，仍不見沈玉蓉的影子，準備發怒了。

牛掌櫃立刻上前，讓小二上了一桌好菜。「老夫人切莫著急，東家住在城外，這一來一回，少不得費點工夫。我已經派人去催了，您先吃飯，您是東家的長輩，萬不能餓著。」

桌上飯香撲鼻，謝老夫人氣了半個上午，沒有胃口。

但謝二夫人餓了，眼看目的即將達到，心情愉悅，肚子就叫了，一點也不客氣，先替謝老夫人盛碗湯，恭敬地遞過去。

「娘，您要保重身子，不然就是我的罪過了。」

她不提和離的事，謝老夫人也給她面子，打算多少用些飯菜，可吃到嘴裡，柔嫩爽口的肉粥立刻吸引了她，肚子也跟著咕咕叫起來。

謝老夫人一連喝了兩碗肉粥，還意猶未盡。「這道菜叫什麼名字？」

「三鮮肉粥，是魚肉、雞肉和豬肉加上秘製藥材熬製的，味道鮮美，爽口嫩滑，有肉味卻不見肉腥，正適合您老人家。」牛掌櫃挺著肚子，笑咪咪地解釋。

「味道不錯。」謝老夫人難得誇獎一句。「你家東家何時能來？」

「快了。」牛掌櫃說。

此刻沈玉蓉已經進城，她們急著趕路，來的路上與別家的車相撞。對方是王家已經嫁出去的女兒王鳳，仗著太師府的勢力，蠻不講理，不依不饒，非要沈玉蓉賠錢。

要不是莊如悔出面，她們今日怕來不了了。

處理好這事，莊如悔棄了馬車，帶沈玉蓉騎馬進城，很快來至天下第一樓門前，下馬理了理衣裙，沈玉蓉款步進去。

牛掌櫃見沈玉蓉來了，忙對她使眼色。

沈玉蓉會意，幾步來到謝老夫人跟前，愧疚喊道：「您是祖母吧？成婚那日沒見到您，您要是不來，我還不知自己有祖母呢。都是孫媳的錯，來晚了，怠慢您老人家。」瞥桌上一眼，見四菜一湯吃得乾乾淨淨，頓時笑了。「看來牛掌櫃招待得不錯，沒有怠慢祖母。」

她說得太快，拉著謝老夫人的手，態度又極為誠懇熱情，險些讓謝老夫人招架不住。

謝老夫人一向威嚴慣了，對幾個孫子孫女都嚴厲，小輩們自然不親近她，還懼怕她。在她跟前，像老鼠見到貓，更別提手拉著手說話了。

突然被一個小輩拉著手，謝老夫人有些不習慣，想掙脫卻沒辦法，沈玉蓉也不給她說話的機會。

「祖母，您怎麼親自來了？想吃什麼、想喝什麼，我讓人送到府裡去，您親自跑一趟，萬一累著了，可是我的罪過。聽母親說，您是最最慈祥的人，對小輩和善，袒護有加，我從小就希望有您這樣的祖母。」

謝老夫人一聽，訓斥的話立時卡在喉嚨裡，怎麼也張不開嘴。

大廳聚攏了不少人，看向沈玉蓉的眸中滿是讚賞，時而誇讚幾句，說她孝順尊老，娶媳婦就應該娶這樣的。

好聽的話誰都愛聽，謝老夫人心裡舒坦極了，憋了一中午的火氣，瞬間消失不見。望向沈玉蓉的眼神，浮現幾絲慈愛。

謝二夫人心急如焚，她沒忘記今日的目的，她們是來找碴的，不是來聽吹捧，見謝老夫人和沈玉蓉親熱起來，冷哼一聲。

「老夫人，我要和離。」

一句話，彷彿寒冷的冰水，將方才的熱絡勁全澆熄了。

此刻，謝老夫人才想起今日來的目的，擺起嚴肅的臉色。「妳為何唆使淺之和離？俗話說得好，寧拆十座廟，不毀一樁婚。妳這樣做，將來謝家女兒如何做人？」

沈玉蓉始終面帶微笑，倒了杯茶，恭敬遞給謝老夫人，柔聲道：「祖母，您怕是不知原委，請一面喝茶、一面聽我細細道來。」

謝老夫人雖然強勢，卻也不是不講理的人，何況當著眾人的面，遂接過茶抿了一口。「妳說，我聽著。」倒要聽聽沈玉蓉如何辯解。

沈玉蓉清了清嗓子，道：「祖母，您不知道郭家有多可恨，大姊嫁進郭家一年有餘，孝順公婆，伺候丈夫，還要照顧郭品攸的小妾，可謂做牛做馬，但郭家沒把她當人看啊。那郭品攸更可惡，至今未與大姊圓房，還寵妾滅妻，小妾害死肚裡的孩子，不責備她，反而怪罪大姊，說大姊惡毒。

「他們說，謝家的女兒都像祖母，看著善良仁慈賢慧，其實全是裝的。這是欺負咱們謝家，是瞧不起咱們謝家，是給祖母沒臉呀！您說，這種人家能待嗎？身為您的孫媳婦，我能忍嗎？」

聽到謝淺之成婚後未圓房，謝老夫人也覺得郭家欺人太甚，不將謝家放在眼中，更不把她放在眼裡，還說她裝賢慧，頓時怒火中燒，起身怒罵。

「自然是不能忍，郭家著實可惡可恨，豈有此理，我找他們理論去。」她說著便要走，被沈玉蓉按住了。

沈玉蓉繼續發揮三寸不爛之舌的威力，道：「祖母息怒，那些人無情無義，您為那些人傷了身子，可不值當。再說了，皇上說郭家不是個好去處，和離是好事，將郭大人貶出京城。皇上英明神武，幫祖母出了一口惡氣，真是大快人心。」

謝老夫人聽了，也說明宣帝英明，慧眼如炬，高瞻遠矚。

謝二夫人見謝老夫人被沈玉蓉牽著鼻子走，正想提醒她，聽聞明宣帝說郭家不是好去處，還把郭家貶出京城，頓時不敢說話了。

她能說什麼，說謝淺之和離玷污了謝家門楣，這不是質疑明宣帝的決定嗎？王家再權勢滔天，可這天下還是姓齊，齊家人說了算。

謝老夫人胸中的火氣徹底熄滅了，看向沈玉蓉的目光多了幾分滿意，誇讚幾句。

沈玉蓉記得她與謝老夫人之間的齟齬，又道：「祖母，先前有個婆子，說是您的人，到我們莊子上耀武揚威。我猜是那婆子狐假虎威、狗仗人勢，您如此和藹可親，怎麼會容許奴大欺主，就替您教訓了她，您不會怪我吧？」

當著這麼多人的面，謝老夫人自然不會說沈玉蓉。若是怪罪，她和藹可親的祖母形象，不就崩毀了？

「妳做得對，奴大欺主，就該懲治。」謝老夫人道。

沈玉蓉繼續拍馬屁，又看向桌上，笑著道：「既然祖母喜歡吃天下第一樓的菜，我天天命人送過去。雖然我與莊世子合夥開酒樓，但也應該孝敬祖母。」

謝老夫人身為長輩，當然不能占小輩的便宜，執意給銀子。

莊如悔乘機道：「既然如此，那給您打對折。」

天下第一樓的菜可不便宜，就算打對折也不虧，還賺到呢。何況天下第一樓生意火爆，京城人以來此處為榮，打對折這樣的待遇，幾個皇子都未必有。

別說謝老夫人，就是謝二夫人也滿意，興師問罪而來，高高興興回去。

沈玉蓉親自送謝老夫人上馬車，目送謝家婆媳離開。

等她們走遠了，莊如悔對沈玉蓉豎起大拇指。「厲害呀，我以為妳們會大吵一架，再打起來，便可以看好戲了。」她鮮少見女人們打架，若能親眼目睹一場，也是榮幸。
沈玉蓉白她一眼。「妳想看戲？」
「誰不想看戲？」莊如悔轉身回酒樓。
沈玉蓉跟著進去，正想開口刺莊如悔幾句，忽然發現有道灼熱的目光看著她，環視一圈，發現是謝瀾之、齊鴻曦和齊鴻曜。
這三人早來了，正在二樓看著呢，萬一謝老夫人動手欺負沈玉蓉，他們就衝下去幫忙。孰料，謝老夫人連開口的機會都沒有，便被沈玉蓉收服了。
齊鴻曜對沈玉蓉更是刮目相看，見沈玉蓉發現他們，微微頷首，笑了笑。「沈姑娘當真是聰慧人。」
沈玉蓉道：「誇獎了。」
齊鴻曦下樓，上前幾步抓住沈玉蓉的手臂。「表嫂，妳真厲害，老妖婆被妳打走了。」
「大嫂厲害。」謝瀾之也高興。他眼中嚴厲、肅穆、不近人情的祖母，竟被大嫂輕易哄住，走的時候還滿心歡喜。
沈玉蓉帶著兩人上二樓，莊如悔也跟了上去。

第三十一章

等幾人走上去，謝衍之目光隨意一掃，問柳震。「這些人是誰啊？」

「五皇子、六皇子、長公主的獨子莊世子。其餘兩個我不認識，應該是謝家人，很可能是謝衍之新娶的妻子，穿寶藍色衣衫的是謝衍之的弟弟。至於是哪個弟弟，我也不知道。」

柳震見謝衍之不似裝的，好心地解釋，越發覺得眼前人身分沒問題。不過柳家人向來膽大心細，在沒有證實前，不會輕易下定論，該有的試探不能少。

原先的謝衍之當了十幾年紈袴，流裡流氣，面若冠玉，眼若桃花，逢人三分笑，比女人都好看，那張臉走到哪裡都能引人側目，妥妥的翩翩佳公子。

可如今呢，他蓄了鬍子，絡腮鬍遮住大半張臉，經歷暗衛行刺、戰場搏殺，渾身煞氣，臉上不見半分笑容，氣勢冷酷霸道。

謝衍之如今的模樣，別說陌生人，就是謝瀾之也未必能認出來。

過了一頓飯工夫，沈玉蓉帶著幾人下樓，說說笑笑。

柳震看準時機，掏出一錠銀子結帳，也要往外走。

謝衍之知道，柳震這是在試探他，試探他是不是謝衍之，若是謝家人認出他，他便再也走不了。

齊鴻曦走在最前面，柳震上前打招呼，拱手行禮。「見過五皇子殿下，見過六皇子殿下，見過莊世子。」

齊鴻曜擺手。「起來吧，在宮外無須多禮。」

他行禮時，謝衍之跟在他身後，兩人僅隔兩步遠。

謝瀾之忙著與沈玉蓉說話，沒有看見謝衍之。

齊鴻曦發現了謝衍之，目露疑惑，見他微微搖頭，便知他不能透露身分，目光落在柳震身上片刻，垂眸轉動眼珠，再抬頭時，猛然指著謝衍之，驚恐喊道：「你、你長得好嚇人！」話落，憋氣倒地。

突如其來的一幕，嚇壞了所有人。

齊鴻曜忙扶住齊鴻曦，驚慌道：「六弟，你怎麼了？」

沈玉蓉讓人去請大夫，謝瀾之和莊如悔也心急如焚。「好好的，怎麼說暈倒就暈倒？」

齊鴻曜看看柳震，又打量謝衍之。「柳將軍，事發突然，本皇子就不留你了，你帶著你的隨從離開吧。」

他知柳震經常上戰場，身上難免有煞氣，旁邊的人更是目光炯炯，冷著一張臉，想必殺了不少人，這才嚇到了齊鴻曦。

柳震見齊鴻曦不認得謝衍之，目的達到，辭了齊鴻曜一行人，帶著謝衍之離去。

謝衍之瞥沈玉蓉一眼，不敢停留，轉身走了。

他走後沒多久，齊鴻曦便醒轉，見謝衍之走了，悄悄鬆口氣。此舉落在眾人眼中，就是看見害怕的人走了，如釋重負一般。

謝衍之出了天下第一樓，追上柳震，忍不住詢問。「將軍，方才那人為何會昏倒？」

柳震笑了笑，拍拍謝衍之的肩膀。「無礙，六皇子心智單純，平日沒見過咱們這樣的人，害怕也是常事。往後看見他，避開就是。」

謝衍之點頭答應。

柳震又說：「來了京城，你還沒回家吧？咱們去戶部催完糧草，去你家看看可好？」

謝衍之自然知道柳震的目的，毫不猶豫地答應，跟著柳震去戶部催糧草，得了應允，便騎馬趕往京郊。

他一出城，便被一個中年大漢攔住。「沈大郎，你可是沈家大郎？」

謝衍之下馬，看向來人。「沈二叔，你怎麼在這裡？」

男子抓住謝衍之的手臂，忍不住流下淚來。「大郎啊，你怎麼現在才回來？你爹、你娘，還有你新娶的媳婦，都、都……」話未說完，竟哭出聲。

謝衍之聞言，急切地問：「二叔，你別哭啊，你倒是說說，他們怎麼了？」

男子擦擦眼淚，指著郊外，哽咽道：「大郎啊，你一定要節哀，你爹娘跟弟妹都去了，還有你媳婦兒，就埋在咱們村東墳地裡。」
男子是楊淮的人喬裝的，謝衍之立刻明白他的用意，眼眶通紅，攥緊拳頭，咬牙切齒。
「怎麼會，我走時，他們都好好的，這才多久，他們怎麼都去了？我不信，我要回家，他們一定在家等我呢！」他說著，欲往家裡跑。
男子一把拉住謝衍之，一面抹淚、一面往回走，嘴裡叨念道：「好好的一家人，怎麼就攤上這種事呢，說沒就沒了。大郎，人死不能復生，你要節哀啊！」
謝衍之不願聽這話，一個勁兒問家人是怎麼去世的。
男子一臉悲戚，無奈道：「你走後，家裡日子艱難，你媳婦兒上山採草藥，拿去城裡賣，遇見小霸王王昶，他見你媳婦兒漂亮，非要她做小妾，強行擄進府裡。二郎上門找他理論，被他打個半死，眼看著進氣多、出氣少，也活不成了，你爹娘一口氣沒上來，氣死了。「家裡就剩小妹一人，小妹還要照顧二郎，還要操辦喪事，加上傷心絕望，夜裡家裡失火，沒能出來，你們家全被燒成了灰燼。」
謝衍之抓住男子的衣領。「那我娘子呢？」
男子又說：「沒幾日就被王家扔回來，被折磨得看不出人樣。聽聞你家人都歿了，投了河，連屍體都沒找到。」
謝衍之踉蹌幾步，傷心欲絕，像失了心魂，始終不信家人就這樣沒了。
柳震安慰他，謝衍之執意去報仇，被柳震和男子攔住。

男子讓他去沈家夫妻墳上上香，切莫提報仇的事。王太師權勢滔天，不是他們這些小老百姓惹得起的。

柳震也勸謝衍之，讓他三思而後行。

片刻後，謝衍之忍著悲痛來到墳前。五座新墳，孤寂蒼涼，彰顯著人命不值錢。謝衍之祭拜完，回到曾經的家。這哪裡還是家？一片廢墟焦土，什麼也沒剩下。

柳震一路陪著，見他傷心痛苦，心中也不好受，此刻深信謝衍之就是沈言。

前來京城打聽的人早已稟報消息，京城郊外有個牛家莊，姓氏很雜，主要以牛姓為主，有沈大郎這樣一號人物，其他地方也與沈言說的相符。

只是沒想到，沈言回來，卻已物是人非。王家的行事，他早已聽過，專橫跋扈，欺壓百姓，強搶民女，這種事屢見不鮮。

若說謝衍之是紈袴，成了大家的笑柄；那王昶就是京城一害，人人想除之而後快。

看了家中情況，謝衍之紅著眼眶，轉身就走。

沈二叔和柳震知他心中有恨，忙拉住他。「你幹什麼去？」

「報仇。」謝衍之身上的煞氣更濃，眸中帶著殺意。

柳震知道，謝衍之真的怒了。「你不能去，王家身居高位，背後有太后撐腰，豈是你能撼動的？」

謝衍之轉身，紅著眼眶咆哮。「那你說，我該怎麼辦？難道看著親人慘死，而無動無衷，若那樣，我還配為人嗎？」

柳震又是一陣勸說，讓謝衍之等機會，像王昶那樣的人，早晚會遭報應，何必為了他搭上性命。

男子道：「王家幼子死了。」

此言一出，不僅柳震驚訝，連謝衍之都好奇了。

王昶竟然死了，這麼說，起碼在柳震跟前不用講著報仇，原來楊淮已經計劃好了。

男子說了王家的事，王昶確實死了，卻不知道怎麼死的，有人說他被刺身亡，還有人說他頂撞明宣帝，被明宣帝打入大牢，後來不明不白地死在獄中。

真相如何，他們小老百姓不知道，都是聽傳言而已。

謝衍之暗自鬆了口氣，面上依然裝出痛苦絕望的樣子。「他死了又如何，我的家人還能活過來嗎？」

接著，他拱手對柳震道：「將軍，沈言不能陪您了，糧草一事已經解決，我想多留幾天，陪陪他們……」其餘的話，不再多說。

柳震明白，立刻答應給謝衍之半月工夫，待四月初五，城北十里坡會合。

謝衍之感激不盡，目送柳震離去。

等柳震走遠了，謝衍之問男子。「墳中有人嗎？」

男子道：「自然是有的，一具屍體是死囚，剩下幾人都是被燒死的，年齡符合，是不遠處發生火災，燒死了不少人，楊首領花錢買的屍體，怕柳家挖墳，戲自然要做全套。」

謝衍之想了想，覺得楊淮做得不錯，柳家父子做事心細，從對他的試探就可以看出來，很可能做出挖墳這種事。

晚間，柳震果然偷偷帶人挖開幾座新墳，確認裡面的屍體，是否與男子說的無二，才能徹底放心。

不遠處，謝衍之和楊淮看著這一幕，等柳震帶人走了，謝衍之才問：「你怎麼知道柳家會挖墳？」

「他們幹過這事。」楊淮諷刺一笑。

當年，他埋了墨連城，柳澧也帶人挖開墨連城的墳，確認墨連城是否真的死了。

「這麼說，他們這次真的信我了？」謝衍之問。

「為了以防萬一，我會找人假扮你，而後再被王家人殺死，來個金蟬脫殼。這樣，你在軍營就無後顧之憂。」楊淮道。

「柳澧手中到底有什麼東西，讓你煞費苦心算計他們。」謝衍之想知道，他要找的東西是什麼。

「信件。」楊淮回答。「柳澧與王太師勾結的信，這些東西可保命，以柳家人的習慣，一定還藏著，你要盡快設法拿到。」

謝衍之點頭。「明白了，你找個人假扮我留在這裡，我有些事要辦。」

楊淮頓時來了興致。「想媳婦了？」

「想你。」謝衍之立刻反駁。「今兒在天下第一樓，柳震想讓我見家人，是曦兒幫了我，我得去宮裡一趟，解釋一下。」話落，人已經走遠了。

楊淮搖頭。「我一個老頭子，有什麼好想的，還以為你急著吃媳婦做的牛肉醬呢。原來想著辦正事，孺子可教也。」

謝衍之聽見了，卻沒理會。他當然想沈玉蓉，謝家莊子又離這裡不遠，正想去探望，卻被楊淮戳穿，立時臉紅。幸虧蓄了一臉絡腮鬍，又是晚上，別人瞧不見，不然肯定鬱悶死。

第三十二章

謝衍之先去了謝家莊子，悄無聲息地溜進沈玉蓉的房間。

月光灑在地板上，泛起銀白色的光。架子床放下了床幔，他走時，床上是紅色床幔，如今換成別的顏色。

佳人就在床上，他的心卻跳個不停，一個聲音指引著他：謝衍之，去看看吧，床上的人是你的妻子，是你朝思暮想的人。

謝衍之緩緩走向床邊，抬起手，想掀開床幔。只要掀開床幔，就能瞧見思念的人了。

此刻，沈玉蓉閉著眼睛，手卻摸向軟枕下。那裡有一把匕首，是她準備好的。

自從見識過這個世界的種種，又得罪了王太師，她自然有所準備。

她一向晚睡，不到三更睡不著，這是在地府養成的習慣。

今晚，她也和往常一樣，洗漱一番，切黃瓜片做面膜，默寫完幾頁《紅樓夢》才上床。

她剛躺下，還沒入睡，就聽見窗邊有動靜，腦海中莫名浮現王太師的眼眸，那目光裡夾雜太多東西，最多的是恨意。

王太師想要她的命。

沈玉蓉想到這裡，嚇得一個激靈，睡意全無，豎起耳朵仔細聆聽，越聽越發覺得房中進了人，而且是個高手，腳步極輕，呼吸聲微弱，這人應該是想要她的命吧。

沈玉蓉向來不是坐以待斃的人，確定好這一切，手摸向軟枕下，拿出匕首，只要那人一掀開床幔，她就刺過去。她有些功夫底子，只要被刺中，那人不死也得重傷。

隨著床幔被掀開一條縫，沈玉蓉看準時機，揮手刺了過去。

謝衍之武功高強，反應迅速，匕首向他刺來時，便放下床幔，退後幾步，警戒地看著床幔裡的人，壓低嗓音問：「妳是誰？」

沈玉蓉掀開床幔，赤腳跳下床。「笑話，你來刺殺，竟不知目標是誰？」

謝衍之知她誤會了，想開口解釋，又不知從何解釋，若說他是謝衍之，無疑會暴露身分，令柳震懷疑，他不能那樣做，沈玉蓉也未必會信。就算信了，也會很生氣吧，新婚之夜夫君離家，任誰都不能忍，何況是沈玉蓉。

她太特別，聰慧大器，有情有義，對謝家做的一切他都看在眼中，他不希望讓她誤會。最重要的，他鬍子拉碴，衣衫不整，也不敢見她。他想讓沈玉蓉看見他最好的一面。

沈玉蓉沒給謝衍之太多考慮的工夫，匕首又刺過來，直逼他的面門。

謝衍之往後退一步，避開沈玉蓉的匕首，轉身退向門口，開門出去。

沈玉蓉追上，在門口站定，高呼一聲。「刺客，抓刺客！」

謝家莊子上立時亮起了燈，謝夫人連同幾個孩子都醒了，胡亂穿上衣衫，趕往棲霞苑。

謝衍之本想看沈玉蓉兩眼，再去母親院中，但她這一嗓子，徹底打亂了他的計劃，不得不離開。

謝衍之飛身離開謝家莊子，腳還未落地，便聽見一道聲音，夾雜著幸災樂禍——

「喲，這是當賊去了，沒成功，被人發現了？」

來人正是楊淮，他算準謝衍之會來這裡，特地跟過來，誰知竟看到這樣一齣好戲。

謝衍之堪堪落地，被他這麼一說，腳下有些踉蹌，面子更是掛不住，硬著頭皮道：「沒事，就是回家看看。」

「看看就看看，正大光明進去不就行了，半夜翻牆，不被當成賊才怪。」楊淮說著，飛身上了牆頭，回頭對謝衍之道：「你媳婦手藝好，廚房肯定還有吃的，要不要一起去？」

謝衍之。「……」

若不一起去，家裡的好東西準被楊淮搬空。本著不能便宜外人的心思，他也跟著進廚房。

兩人找到牛肉醬、辣椒醬，還有未吃完的醬肉大包子，雖然涼了，味道也不錯。

謝衍之忙了大半夜，也餓了，大口大口吃起來。

楊淮又翻出不少醬肉，謝衍之正想伸手搶一些，便聽見沈玉蓉的聲音——

「再看看還有沒有其他刺客！」

隨後是謝瀾之的聲音。「嫂子，妳剛才一吼，刺客肯定跑了。要不，妳回去休息，剩下的事交給我們吧。」

母親方才說了，刺客沒動手，被發現就跑，可能是大哥回來了。既然大哥躲著大嫂，他們不能拆穿他。

沈玉蓉不放心。「不行，其他地方都找遍了，沒瞧見刺客，可能躲進了廚房。」不找一遍，她睡不著。

王家太可惡了，竟敢派刺客來。若是她沒醒，此刻豈不成了鬼？

謝衍之和楊淮躲在廚房裡，聽到這話一愣，朝門口挪了挪，透過門縫，看見謝瀾之舉著火把，沈玉蓉站在一旁。

若是被發現了……謝衍之不敢想。

楊淮咬了一口醬肉，嘿嘿兩聲，回頭低聲對謝衍之道：「你媳婦還挺聰明的。」

謝衍之不想被發現，垂眸思忖片刻，唇角微微上揚。「是很聰明，看來是瞞不住了，只能委屈您，出去擋擋了。」

楊淮還來不及思索，身子就被謝衍之推出去，立時站到院子裡。

他一身夜行衣，手裡抓著醬肉，回頭怒瞪，小聲罵罵咧咧。「臭小子，你不厚道啊！」

沈玉蓉見狀，暴喝一聲。「你果然在這裡，看你往哪裡跑！」便想上前將人擒住。

楊淮舉起手，喊道：「誤會，都是誤會，是我。」

沈玉蓉聽見熟悉的聲音，三步併兩步來至楊淮跟前，大為驚訝。「怎麼是你？」

楊淮嘿嘿笑了兩聲。「就是我，今晚出來辦點事，路過此地，肚子餓了，進來找點吃的。」眼角餘光還時不時看向廚房。

沈玉蓉感覺不對，剛才的人不是他，越過楊淮往廚房走去，推開門，卻不見人。

謝衍之早跳窗戶逃走了，他就怕楊淮出賣他。

果不其然，楊淮故意露出破綻，沒能瞞過沈玉蓉。但謝衍之跑得快，沒讓沈玉蓉抓住。

沈玉蓉轉身來至楊淮跟前，若有所思道：「我們這裡進了賊，你可看見了？」

楊淮一面吃著醬肉、一面想了想，頓時恍然大悟。「哦，看見了，我進來時跟一個人交過手，那人功夫不錯，滑得像泥鰍，最後被他逃了。」

謝衍之躲在屋頂上，瞧著楊淮裝模作樣的神態，直想下去揍他一頓。

謝瀾之看見楊淮在這裡，越發肯定母親的猜想，方才來人定是大哥，想見嫂子又不敢見，才會半夜上門。

沈玉蓉知道，就算真有賊也被嚇跑了，便去正院向謝夫人稟報。

謝夫人聽了，讓沈玉蓉和幾個孩子下去歇著。

沈玉蓉照辦，覺得今晚不太平，不敢回棲霞苑睡，拉著謝淺之姊妹留宿在正院西廂房。若有什麼事，也好有個照應。

等沈玉蓉離開，謝瀾之問謝夫人。「娘，您確定是大哥嗎？既然大哥回來了，為何不出來見我們？想見嫂子，為何要偷偷摸摸的？」

謝衍之的心思，謝夫人能明白，嘆了口氣。「他遲早會回來，只要平安就好。時候不早了，你回去歇著吧。」

謝瀾之應下，謝夫人坐在榻上，讓許嬤嬤沏一壺茶，又準備了糕點。

許嬤嬤知道，謝夫人在等謝衍之，有話要跟他說。

不到一盞茶工夫，謝衍之進來了。許嬤嬤行禮問安，隨後出去，在門口守著。

謝衍之走到謝夫人跟前，撲通一聲跪在地上，沈聲道：「娘，兒子回來了。」

謝夫人坐著未動。「既然回來了，也想見玉蓉，為何不見面？」

謝衍之說了柳家父子試探的事，末了又道：「您看我這樣子，哪有往日的風流倜儻、英俊瀟灑，若是見了，她嫌棄我怎麼辦？」

謝夫人噗哧笑了，扶起謝衍之，親自倒了杯茶，又將糕點推過去。「餓了吧？這些都是玉蓉做的。這個黃色的是雞蛋泡泡，還有蛋撻、桃酥、蛋黃酥，味道都很好，快嚐嚐。」

都說兒行千里母擔憂，自從謝衍之離開，謝夫人沒睡過一個安穩覺。

謝衍之一聽是沈玉蓉做的，也不客氣，狼吞虎嚥吃了一頓，漆黑眸子亮晶晶的，帶著笑意，對沈玉蓉的手藝更是讚不絕口。

「娘，玉蓉得罪了王家，您好生看顧些。她雖聰慧，但有心人算計，我怕她會吃虧。」謝衍之總覺得，王家還有更大的陰謀，又說了白天沈玉蓉對付謝老夫人的事。當然，免不了又誇沈玉蓉一番。

謝夫人見他對沈玉蓉上心，更加放心，道：「我也沒想到她如此聰慧，不費吹灰之力就打發了老夫人，還得了至孝的名聲。」

「我看上的人自然聰慧，小時她救了我，我就知道這姑娘不一般。」謝衍之滿臉得意。

當初謝夫人也猶豫過，不是覺得沈玉蓉配不上謝衍之，而是覺得謝老夫人不答應。她頂著婆婆的指責娶了沈玉蓉，沒想到，竟撿到寶了。

沈玉蓉待在正院西廂房，將遇到刺客的事想了一遍，越想越覺得不對。

除了她，所有人都不對勁。

謝家人只驚慌一下，便淡然了，還阻止她尋刺客，連楊淮也有意包庇。

能讓謝家人包庇的人，會是誰呢？

沈玉蓉靈光一閃，腦海中閃現一個人名。對，一定是他，不然謝家人不會這麼反常。

想到這裡，沈玉蓉翻身下床。

她一起身，與她同睡一張床的謝淺之就感覺到了，問道：「妳幹什麼去？」

沈玉蓉穿戴好，掀開帷幔，趿拉上繡鞋往外走。「如廁。」

謝淺之不疑有他，翻身繼續睡了。

沈玉蓉打開門，放緩腳步，朝正屋走去。還沒走到正屋門口，就被許嬤嬤發現了。

「大少夫人，您怎麼還沒睡呢？」

謝衍之聽見這話，來不及向謝夫人道別，跑到窗前，推開窗戶飛身走了。

沈玉蓉故意打了個哈欠。「本來睡下了，出來如廁，見娘房裡的燈還亮著，就過來看看。時辰不早了，娘還沒睡嗎，嬤嬤怎麼到外面伺候了？」

許嬤嬤正要解釋，就聽見謝夫人道：「是玉蓉嗎，進來吧。」

沈玉蓉依言進去，見桌上放著四盤糕點，被人吃了大半，肯定不是謝夫人吃的。謝夫人平日吃得很少，所以身形保持得也好。

不等她問話，謝夫人滿面含笑，招呼沈玉蓉坐下。「是楊師傅來了，說要去邊關，問問可有東西捎給衍之。他喜歡妳做的牛肉醬，妳辛苦辛苦，再做幾罐，到時候也帶給衍之。」

沈玉蓉答應著，朝窗戶看去，若有所思地問：「娘，這窗戶怎麼開了？夜裡冷，小心著涼，我幫您關上吧。」走到窗邊，探出頭往外看看，見沒人，關上窗戶，順便從裡面反鎖。

謝夫人笑咪咪地望著她，知道她起疑心了，便催促她去睡覺。

沈玉蓉聽話地點點頭，朝外走去。

第三十三章

謝衍之倒掛在屋簷下，聽見門關上，知道沈玉蓉走了，跳下來推窗戶，沒推動，便知窗戶被反鎖了，心下覺得好笑。

這丫頭心眼真多。

他準備走正門，剛轉身，就挨了當頭一棒，發出悶哼，知道上當了，捂臉轉身就跑。

隨後傳來嬌俏的怒喝。「你是誰？往哪裡跑！」

沈玉蓉猜測，來人是謝衍之，不會輕易離開，故意進屋找謝夫人，出來便繞去屋後，果然讓她抓到人。

新婚之夜離開，就該付出代價。

沈玉蓉見謝衍之跑了，氣道：「小賊，敢闖我們謝家，有種別跑！」

謝衍之聽見這話，腳下一個趔趄，心想他有種，卻不能留下，施展輕功逃了。

謝衍之逃到莊子外，又被楊淮嘲笑了一頓。

「喲，這是被打了？你家小娘子下手夠狠的，我都聞見血腥味了。」

謝衍之站好，挺直背脊，理了理衣衫，淡然道：「她不知道是我。若是知道了，肯定不會出手。」

楊淮撇撇嘴。「得了吧，我覺得她知道是你，才下狠手的，誰讓你不洞房就跑了。」

謝衍之。「……」想挽回面子也挽回不了。

莊子裡，謝夫人追出來，見謝衍之已經走了，問沈玉蓉。「賊人又來了？」

沈玉蓉扔了棍子，渾不在意道：「可能吧，一把鬍子，沒看清臉。」挽著謝夫人胳膊，親暱地進了屋。

謝夫人欲言又止，見沈玉蓉實在沒發現什麼，便不提這事了。

兩人回屋睡下，一夜無話。

一早，謝衍之進城，直接去了一座偏僻的小院。一炷香後，進了皇宮。

這裡是冷宮，與宮外的小院之間有條密道，是齊鴻曦告訴謝衍之的。

明宣帝潔身自好，嬪妃不多，性情溫和，很少將犯錯的嬪妃打入冷宮，是以，這裡便荒廢了。這些年，謝衍之來皇宮都走這條密道。

齊鴻曦早來了，等在冷宮門口，聽見宮裡有動靜，回頭看了看，見四處無人，閃身進去，關上冷宮的大門，走進正殿，小聲喊了句。「表哥？」

謝衍之從內殿出來。「我在這裡。」

「昨天是怎麼回事，你怎麼弄成這副鬼樣子？」語氣正常，不似癡傻，這才是真正的齊鴻曦，這是兩人多年來的默契。

「說來話長。」謝衍之道。

「那你就長話短說吧。」齊鴻曦找了個位置坐下。

謝衍之也跟著坐下，說了最近發生的事。

聽聞王家人要殺謝衍之，齊鴻曦眸中閃過殺意。「這個老匹夫，整日與父皇對著幹，如今又對你下手，早晚有一日，我弄死他。」

「先不說這些，我有事拜託你。」謝衍之道。

齊鴻曦撇嘴。「是表嫂的事吧？自從你娶了表嫂，眼裡心裡都是她，真是有了媳婦，忘了兄弟。」

「我怎麼聽說，有人經常去莊子上蹭飯？」謝衍之打趣他。

齊鴻曦臉一紅。「表嫂做的飯菜好吃，可惜你不在，吃不到，倒是便宜了如悔表哥。」

謝衍之也想起了莊如悔，眉心緊蹙。「對了，你幫我看著莊如悔，別讓他離你表嫂太近。」心裡吃味，他都沒離沈玉蓉這麼近。

「你怕如悔表哥搶走表嫂？」齊鴻曦道：「放心吧，如悔表哥才不會搶呢。」他也知道莊如悔的秘密，卻從未說過。就算是謝衍之，他也不打算說。

「總之，你多看著莊如悔，別讓他有不軌之舉。」謝衍之還是不放心。

他對沈玉蓉放心，卻怕莊如悔心懷叵測。沈玉蓉太特別、太美好，讓人惦記很正常。齊鴻曦勉強答應了，又道：「你能在京城待幾天？我總覺得表嫂會有危險。」據他所知，王太后快忍不住了。

「怎麼了，誰要對她不利？」謝衍之問。

「除了王家，還會有誰？」齊鴻曦眼珠一轉，計上心來，笑著說：「昨兒表嫂大出風頭，送走謝老夫人，破除王家的詭計。回宮後，我把這事說給父皇聽，他又誇讚了表嫂，說沈大人教女有功。我還聽說，王太師大發雷霆，王家肯定不會放過表嫂。對了，王家有個要和離的女兒叫王鳳，你快去查查她，王家的女兒沒一個好東西，說不定有驚人發現呢。」

若真能找到證據，王家又有好戲瞧了。

謝衍之心頭一緊，看向齊鴻曦。「你知道什麼？」

他知道王太后有姘頭。畫春宮圖需要看活春宮，他去了青樓，無意間發現這個秘密。青樓裡，那人摟著一個歌姬，口內說著淫詞豔語，都是關於王太后的。他還拿年輕歌姬與王太后比，那場面，讓謝衍之終生難忘。

「王鳳與人眉來眼去，那人不是她夫君。」齊鴻曦道。

在別人眼裡，齊鴻曦就是傻子，參加宴會時喜歡亂逛，明宣帝寵溺他，別人自然禮讓三分，到哪裡都無人敢管。

某次赴宴，他闖進假山中，發現王鳳與一個男人交歡。他見過王家女婿，知道與王鳳交歡的不是正主。

謝衍之無語，拍拍齊鴻曦的肩膀。「以後不要瞎跑，不該看的莫要看。」

齊鴻曦含笑答應，兩人又說了一會兒話，謝衍之從原路返回。

回去後，謝衍之立刻去查王鳳的事，跟了她幾日，終於發現端倪。

王鳳常去香滿樓，按理說，香滿樓是王家開的，她去無可厚非，可怪就怪在，她去香滿樓後，陳伯爺家的二公子也去，一去就是一個多時辰，再一前一後離去，似約定好的一般。

機會難得，謝衍之自然不會放過，跟著陳公子上了二樓雅間，找了個隱蔽位置躲起來，偷聽他們到底談些什麼。

誰知，兩人見面便摟在一起，訴說相思之苦，隨後便傳來嬌喘跟低吼。

謝衍之過了弱冠才娶妻，如今還是童子雞，雖然看不見屋內的狀況，但混跡青樓多年，也知裡面發生了什麼，公狗和母狗交配，姦夫淫婦。

陳家二公子看似一派知禮，溫文爾雅，卻是道貌岸然的偽君子。

得讓人看清王家和陳家的真面目，該找誰揭穿這一切呢？

謝衍之靈光一閃，想起一個人。

據說王鳳霸道專橫，將夫家弄得雞飛狗跳，最近還想休夫。若說誰最恨王鳳，恐怕是林家，尤其是林夫人，為了兒子的尊嚴，為了林府的顏面，她巴不得抓住王鳳的小辮子呢。

謝衍之想好，悄然離去，潛入林家，給林夫人送了張紙條。

林夫人得了消息，如獲至寶，心情激動，恨不得立刻去捉姦。她身處後宅多年，自然知道現在不是急的時候，若是打草驚蛇，就不好了。耐心等待，還派人在香滿樓門口盯著，若是看見王鳳進去，立刻來報。

謝衍之安排好一切，就等著王家出醜了。

但沒等王家出醜，王太后就要宣沈玉蓉進宮。

宣旨太監來謝家莊子，趾高氣揚地看著沈玉蓉。「大少夫人請吧，莫讓太后等急了。」

謝夫人等人非常不安，不想讓沈玉蓉進宮。可王太后召見，他們無法拒絕，如今唯一能做的，就是搬救兵。

沈玉蓉知謝夫人擔憂，安慰道：「娘，您放心，太后慈祥，只是召我進宮問話，沒有別的意思，你們切莫過於擔心。」

謝夫人深知王太后的為人，看似溫和慈愛，心卻比石頭硬，比刀子利，殺人不見血。姊姊墨蓮心就是被王太后和王皇后逼死的。

「我跟妳一起去。許久不見太后，我也向太后請個安。」謝夫人想來想去，仍不放心。

謝衍之把沈玉蓉交給她，她有責任護沈玉蓉周全，不然，沒法對謝衍之交代。

說話時，她對謝瀾之使眼色，用手比劃了一個六。

謝瀾之立刻會意，朝謝夫人點點頭。

謝夫人要跟著，宣旨太監立刻拒絕，說王太后只見沈玉蓉，別人一概不見。

謝夫人越發覺得王太后不安好心，忐忑道：「我送妳去宮門口吧。」

許嬤嬤也要跟著，謝夫人沒答應，人多了反而不好。

沈玉蓉看向宣旨太監，見他沒有阻攔，知是答應了，便讓謝夫人送她。

沈玉蓉和謝夫人略微收拾一番，上了馬車。

謝淺之等人目送兩人離去，心中越發擔憂。

謝瀾之見馬車駛遠，回房換了衣衫，去馬廄牽馬，駕馬離開莊子，準備找齊鴻曦幫忙。

馬車上，沈玉蓉小聲問謝夫人，王太后是什麼樣的人？

謝夫人道：「太后是王家人，她說什麼，妳都小心應對，不要相信。前一刻還燦笑如花，下一刻就敢送妳去地府。」簡單幾句話，形容了王太后的為人。

沈玉蓉想了想，覺得也是。能坐上太后的位置，手上不知沾了多少血。還是王家的女兒，說不定前太子和墨家的事，就是她一手促成。

馬車緩緩駛入京城，經過僻靜小路，穿過熱鬧的街道，終於到了宮門口。

馬車停下，沈玉蓉掀開簾子朝外看去，巍峨的宮牆氣勢莊嚴，門口左右站了兩排侍衛，腰間佩刀，直挺挺地站著，一副生人勿近的樣子。

沈玉蓉先下來，再扶著謝夫人下車。

謝夫人牽著她的手。「到了宮中，不可亂看，不能快跑，見了人要行禮。萬事小心。」

「知道了，娘放心，我會小心的。」沈玉蓉笑著道。兵來將擋，水來土掩，王太后再陰毒，還能當眾殺了她不成？那麼多人看著，總得要臉面吧。

謝夫人還是不放心，又囑咐幾句。

宣旨太監不耐煩了，催促道：「快走吧，莫讓太后等急了。」

沈玉蓉向謝夫人告辭，跟著宣旨太監進了宮。

送走沈玉蓉，謝夫人轉身上車，坐好後吩咐馬夫。「快，去長公主府。」

如今，能進宮救沈玉蓉的，只有長公主了。

她從不寄望明宣帝，因為明宣帝太軟弱，若非他無能，姊姊也不會死。姊姊是他的妃子，尚且會被王太后賜死，何況是沈玉蓉。

謝夫人越想越著急，催促車夫快些。

「夫人，您坐穩了。」車夫揚起馬鞭抽在馬身上，還大聲吆喝著，讓行人避開了。

第三十四章

馬車一路疾馳，終於到了長公主府門前。

謝夫人下了車，直接到門前敲門。

小廝出來，見謝夫人穿戴不俗，儀態萬千，臉有急色，有禮地問：「夫人有何事？」

「長公主可在府裡？我有重要的事情。」謝夫人道。

「可有拜帖？」小廝問。

謝夫人搖頭。「沒有，事情緊急，你去稟報一聲，就說武安侯夫人墨蓮華來了，她一定會見的。」掏出一只荷包塞進小廝手中。

「長公主正在見客，不一定有工夫。我去稟報一聲，您稍等。」小廝退還荷包，小跑著轉身進府。

一炷香後，小廝回來了，抱歉道：「夫人，長公主還在見客，客人身分特殊，您怕是見不著了。」

謝夫人又問莊如悔可在，見她也是可以的。

小廝回答。「夫人，真是不巧，世子一早就出門了，還未回來。」

謝夫人想再讓他通報，她有很重要的事，急著見長公主。若見不到長公主，她不會走。

小廝有些為難，抬頭看見莊如悔下馬朝這邊走來，臉上頓時堆滿笑容。「世子，您回來了，這位夫人要見長公主，可莊家的人過來，這會兒長公主實在不方便見外人。」

莊如悔見是謝夫人，想到王家為難沈玉蓉的事，又發現謝夫人滿臉急色，暗想，可能是沈玉蓉出事了。

「夫人，可是玉蓉……」

謝夫人淚如雨下。「世子，今兒一早太后宣了玉蓉，我怕……所以想請長公主進宮。」

「我知道了。」莊如悔扶著謝夫人進去。

兩人來至會客的大廳，長公主和莊遲仍在見客。

來人正是莊如悔的姑姑莊氏，也是莊遲的妹妹，但並非一母同胞。

莊遲的母親是莊老爺已逝的元配，如今的當家主母是繼母，且和王家走得很近，這也是莊如悔討厭莊家的原因。

宜春侯府是莊遲的，跟莊家沒有任何關係。

莊如悔一進去，便覺得氣氛尷尬，想來沒發生好事。她先向長公主和莊遲行禮，又給莊氏請安。

莊氏見莊如悔來了，拉著女兒上前，與莊如悔見禮。

莊如悔立刻知道她的來意，原來是幫她說親，怪不得母親不高興，父親面色不豫呢。她眼珠一轉，頓時有了主意。「娘，宮裡出事了。」

這樣說也沒錯，沈玉蓉進宮，王太后發難，宮裡有大事發生，可不就是宮裡出事了。

長公主一聽，對莊氏道：「妹妹，我這裡有事，就不留妳們，改日再請妳們來做客。」

長公主下逐客令，莊氏再想留下，也沒有理由，帶著女兒裴巧巧離開了。

等他們走了，謝夫人才道出不請自來的緣由。

長公主得知她的來意，唇角微揚。「謝家與長公主府有何關係，我為什麼要幫妳？」

莊如悔愣了，母親不是挺喜歡謝家嗎，還讓她多看顧謝家。如今謝夫人親自上門，母親卻拒絕幫忙，她實在不明白母親的意圖。

她不明白，謝夫人卻很明白，看看莊如悔，又看看莊遲，意思很明顯，她有話要說，卻不能讓莊遲和莊如悔聽。

長公主便讓莊遲和莊如悔先出去。

莊遲無所謂，笑了笑便離開，莊如悔卻站著沒動。「有什麼事是我不能聽的？」

「妳先出去，回頭我再告訴妳。」長公主語氣嚴肅，是莊如悔從未聽過的，深知長公主的脾性，不情不願地離去，還關上了門。

偌大的廳裡，只剩下長公主和謝夫人。

謝夫人擔心沈玉蓉，先開口道：「長公主，我知妳有一事不解，如今玉蓉等著救命，我沒工夫解釋，我只能告訴妳，曦兒是妳想的那樣，他是……」

是什麼，卻沒說出來，她知，長公主也知。

長公主聽了，又驚又喜，渾身顫抖，用力抓住謝夫人的手，不確定地問：「妳莫不是在騙我？」

「我怎麼會騙長公主？您想想，我姊姊為何冷待曦兒，那人是她今生最愛的人，她也想疼愛自己的孩子，但她若對曦兒疼愛有加，別人會如何想？尤其曦兒頂著那樣一張臉，與那人如出一轍，宮中生存本就不易，尤其是那位，怕早就容不下姊姊了。就算這樣，姊姊也沒能看到曦兒長大。」謝夫人淚如雨下，眸中盡是哀痛。

親人一個個離她而去，她的心早已千瘡百孔，沈玉蓉是謝衍之的妻子，她不許沈玉蓉出事，不然她不會說出這秘密，只求長公主進宮救沈玉蓉。

雖然長公主早有猜測，沒想到如今得到證實，就算上刀山、下火海，也無所畏懼。

有些事，該攤開說了。

長公主命人備車，換上宮裝，她要進宮救人，絕不能讓王太后得逞。

沈玉蓉進宮，謹記謝夫人的話，低頭邁著小碎步，跟在宣旨太監身後。

一路上倒是太平，宮裡人得知她是太后要見的人，多有避讓。

越是靠近寧壽宮，沈玉蓉越是心中沒底，想不出王太后召見她的緣由。按理說，她沒有品級，謝家又落魄了，王太后召見她做什麼，難道只是為王家出口氣？

沈玉蓉猜測，此次進宮怕是凶多吉少，以不變應萬變，機智應對。

她隨著宣旨太監來到寧壽宮，心中的預感越發不祥。

踏進寧壽宮正殿，王太后端坐在上首，沈玉蓉磕頭請安，王太后卻沒讓她起來，扶額說自己睏了，想進殿內休息一會兒，似乎沒看見沈玉蓉這個人。

沈玉蓉知道，這是下馬威。她也不傻，等王太后走了，便自己站起來，活動了下腿腳。

然而，就是這一起，被一個冷臉嬤嬤指責大不敬，指揮著兩個嬤嬤，反手將她按在地上，趾高氣揚地教訓起來。

「妳來得不巧，太后娘娘累了，她老人家沒讓妳起來，妳還是規規矩矩跪著吧。等太后娘娘醒了，讓妳起來，妳再起來。」

這下馬威可不小。沈玉蓉斷定，沒一個時辰，王太后不會出來。

寧壽宮都是王太后的人，想捏死她，跟捏死螞蟻一樣簡單。她不能硬碰硬，只能智取。

若是跪上一、兩個時辰，她的腿受不了；若是起來，太后宮裡的人肯定不高興，該怎麼辦呢？

沈玉蓉打算裝暈。寧壽宮裡鋪了地毯，現在又是三月底，天氣逐漸回暖，就算躺上兩、三個時辰也無事。

想到這裡，沈玉蓉的身子向一邊傾斜，還未倒地，就聽見上方傳來冰冷的嗓音。「妳若是裝暈，我不介意潑一盆冷水下來。」

沈玉蓉只想罵娘，真不愧是宮裡的老人，連她的小心思都一清二楚。

可是不裝暈，如何免跪？這還不是最重要的，最重要的是，今天王太后不會放她回去，一個不小心，小命要交代在這裡。她雖活了兩輩子，卻沒活夠呢。

既然不能裝暈，沈玉蓉只能與嬤嬤套近乎，本想問她多大了，可想到女人最怕人問年紀，便問她進宮多少年，宮外可有親人？宮裡的日子應該很舒坦吧，外頭多少人擠破頭想進宮，可惜沒那福分。

她嘮嘮叨叨說了一大堆，可惜老嬤嬤彷彿沒聽見，閉著眼睛，老神在在。

沈玉蓉見此計不成，又道：「嬤嬤，我給您講個笑話吧。」

老嬤嬤睜開眼，冷冷目光掃過來，厲聲厲色道：「別想些花花腸子，老老實實跪著。等太后醒來，妳就不用跪了。」

沈玉蓉在心中問候她祖宗十八代，簡直比清宮劇的容嬤嬤還壞。她就是苦命的紫薇，今兒注定受摧殘。

不行，她不能認命，謝夫人會來救她的，她要挺住，拖延工夫。

謝瀾之進宮後，直接去齊鴻曦的住處。可宮人們說，六皇子被明宣帝宣去，不在殿內。

王太后猜到謝家會請齊鴻曦幫忙，早命人將齊鴻曦哄到前朝去了。

謝瀾之心急如焚，沈玉蓉等著救命，在寧壽宮多待一會兒，就可能有生命危險。

在宮裡，他也就認識齊鴻曦，與其他皇子不熟識。齊鴻旻是王家人，別說救人，不落井下石就是好的。至於三皇子、四皇子，兩人都已搬出宮，開府另住了。

謝瀾之忽然靈光一閃，住在宮裡的還有五皇子齊鴻曜，雖然少往來，卻也算認識。

齊鴻曜去過謝家，還吃過沈玉蓉做的飯，請他尋齊鴻曦應該可以，只要找到齊鴻曦，救沈玉蓉就有指望。

謝瀾之問小太監，齊鴻曜住在哪裡？小太監見他不問齊鴻曦，也就放心，帶他來到齊鴻曜住的宮殿。

齊鴻曜正要出門，去藏書閣找幾本書，看見謝瀾之匆匆朝這邊走來，心下疑惑。這邊是他的錦瀾殿，難道謝瀾之找他？這就怪了。

謝瀾之瞧見齊鴻曦快步走來，先行禮問安，請齊鴻曜帶他去前朝，他想找齊鴻曦，有十萬火急的事。

小太監見謝瀾之請齊鴻曜幫忙找人，頓時有些急了，欲言又止，道：「六皇子出宮了，如今不在宮裡。」

「你方才還說六皇子在前朝，如今又說出宮，我從宮外來，怎麼沒碰到人？你分明說謊，不想讓我找到六皇子。」謝瀾之憤憤不平，又對齊鴻曜道：「五殿下，在下的嫂子進宮了。您也知道嫂子性子灑脫，欠缺了些規矩，娘怕嫂子衝撞貴人，讓六皇子幫忙看著。」不敢說沈玉蓉被王太后宣進宮的事。

齊鴻曜自小在宮中長大，見謝瀾之心急，知事情不簡單，又想到自己在謝家蹭吃蹭喝，這些小事理當幫忙，便訓斥小太監幾句，帶著謝瀾之來到前朝。

第三十五章

他們問了幾個人，都不見齊鴻曦的蹤影，心急如焚時，遇見了劉公公。

劉公公笑咪咪道：「六皇子在御書房，聽墨軒殿的奴才們說，六皇子昨晚作噩夢了，哭了好久。皇上知道了，一早把六皇子叫來，這會兒應該哄得差不多了。你們若有急事，奴才請六皇子出來。」

說話間，幾人前後來到御書房外，齊鴻曦聽到謝瀾之的聲音，歡快地跑出來，臉上又驚又喜。「瀾之表哥，你怎麼來了？」心裡卻有不好的預感。

昨晚，他明明沒有作噩夢，殿內伺候的人卻如此稟報，顯然是撒謊，可他找不出原因。如今見謝瀾之來宮裡，就知道有大事發生了。

謝瀾之靠近齊鴻曦，在他耳邊小聲嘀咕幾句，孰料齊鴻曦聽了面色大變，居然哭了起來，嘴裡還嚷著。「我不去，我怕，我怕！」轉身跑進御書房，左等右等不出來了。

謝瀾之急得直跺腳，讓齊鴻曜進御書房，把齊鴻曦拉出來，等著救命呢。

原來，齊鴻曦躲進明宣帝的御案下，明宣帝問他怎麼了，他也不回答，渾身顫抖，一個勁兒嚷著害怕，任憑明宣帝如何勸，就是不出來。

劉公公想出一個主意，乾脆把御案挪走。明宣帝允了，立刻命人動手。

齊鴻曦不讓人抬御案，將頭埋在雙腿間，嚷著自己害怕。

明宣帝問他害怕什麼，他說害怕皇祖母，還說皇祖母宣表嫂進宮了，肯定要打表嫂，會把表嫂打死，他害怕。

明宣帝這才知道，王太后宣沈玉蓉進宮了，後宮居然沒傳出一點消息。好啊，真是好，又想一手遮天，想收拾誰便收拾誰。

明宣帝越想越氣，伸手試圖把齊鴻曦拉出來，安慰道：「曦兒別怕，父皇帶你找你表嫂去，定會護你表嫂周全。」

齊鴻曦蜷縮成一團，仰起臉，清澈明眸看向明宣帝。「父皇撒謊，父皇怕皇祖母。母妃死了，我不要母妃死，我要母妃，我要表嫂。」說著竟嗚咽著哭起來。

劉公公彎腰垂頭，儘量掩飾自己的存在。明宣帝怕王太后，這種話也只有齊鴻曦敢說。

明宣帝渾不在意，使勁將齊鴻曦拉出來，小聲哄道：「父皇的膽子變大了，再也不怕你皇祖母了，這次定給曦兒做主。走，讓曦兒看看，父皇是你的天，可以為你撐起一切。」

齊鴻曦順著他的力道出來，直直望著明宣帝。「真的嗎？那我們快去救表嫂，我要吃表嫂做的菜，我不要表嫂找母妃。」

「好。」明宣帝眼眶濕潤，臉上是慈祥的笑容。

他不能辜負孩子的信任，連一個孩子都知道他怕王太后，多可笑，多可悲。

這次，他就讓所有人看看，他是這天下的主宰，不怕任何人，也可以保護想保護的人。

明宣帝帶著齊鴻曦出了御書房，抬眼遠遠瞧見長公主，莊如悔跟在她身邊。

長公主也看見了他們，瞧見那張與某人相似的臉龐，眸光閃了閃，深深吸口氣，快步來至明宣帝跟前，冷冷道：「皇上這是上哪兒去？」

「妳怎麼突然進宮了？」明宣帝答非所問，想了想便明白了，自然是為沈玉蓉。

長公主笑了。「想大哥了，故地重遊。還是說，你當了皇帝，不允許我去東宮了？」

明宣帝無奈。「妳明知我沒這意思。」

「自然知道，不然我也不會進宮。我不多說廢話，謝家求到我跟前，我已經答應要保那丫頭，希望你莫要扯我後腿，二哥。」

長公主的一聲二哥飽含感情，讓明宣帝彷彿回到了小時候。

那時，皇后還未去世，大哥還在，加上墨家三兄妹及武安侯世子，他們七人從小一起長大，情誼非同一般。

母妃忙著爭寵，他常常跟在大哥與妹妹身後，是皇后關心他、愛護他，大哥和妹妹有的東西，他都會有。他在皇后那裡得到缺失的母愛，體會到親情的溫暖，非常珍惜。

他從未想過當太子、爭皇位。年輕時他想著，若大哥當皇帝，他盡心盡力輔佐大哥，將大齊治理成強大富饒的國家。

誰能想到……

明宣帝看著長公主紅了眼眶，聲音有些沙啞。「這次換我來吧。我是皇帝，是這天下的主宰，能保護你們。」話落，率眾人去了寧壽宮。

寧壽宮中，沈玉蓉還在跪著。本以為一個時辰就到頭了，可王太后那老妖婆的耐心很好，已經過了一個時辰，仍沒有讓她起來的意思。

「嬤嬤，您去瞧瞧太后吧，讓她老人家出來走走，活動活動，睡多了對身子不好。」沈玉蓉揉著膝蓋，好心提醒道。

「無須妳操心，操心操心妳自己吧。」老嬤嬤依然是不近人情的模樣。

沈玉蓉滿面堆笑，心裡卻在扎小人，詛咒太后和老嬤嬤。好歹給個說法呀，一直讓她跪著是什麼意思？難道只是給她下馬威，讓她別和王家作對，這好像不是王太后的風格。

內殿中，王太后躺在紫檀羅漢榻上。兩個宮女伺候著，一個捶腿、一個揉肩。不遠處，另一個宮女手裡捧著一本書，抑揚頓挫地唸著，內容正是《紅樓夢》。

等宮女的聲音停了，王太后睜開慵懶的眼，詢問道：「唸完了？」

「回太后的話，奴婢唸完了，這是最新章節，您已經聽了五遍。聽說，新章節還要等一段時日才能出來。」宮女放下書，跪下回話。

王太后擺擺手，嘆息一聲。「可惜，以後怕是聽不到《紅樓夢》的新章節了。」伸出手，兩個宮女立刻上來，恭敬地扶住她。

「咱們去看看，那丫頭的銳氣也該磨得差不多了。」王太后邁開蓮步，朝正殿走去。她對沈玉蓉起了殺心，今日必須除掉沈玉蓉，免得夜長夢多。

沈玉蓉很聰慧，能隱忍，若是嫁進王家，定能助王家更上一層樓。

可惜了……聰明人不能為她所用，只能自取滅亡。

「嬤嬤，現在什麼時辰了，何時可以回去？我出來得太久，怕家人擔心。」沈玉蓉揉著膝蓋道。

這時，王太后從內殿出來，正巧聽見這話，笑了笑。「人都來了，喝杯茶再走。妳看哀家，年紀大了，容易忘事，竟把妳忘了，讓妳受委屈。」又嗔怪老嬤嬤不提醒她。

老嬤嬤笑著道：「大少夫人皮糙肉厚，這點委屈不算什麼。」這是嘲諷沈家門第低，謝家落魄了。

此刻，沈玉蓉也不與她較真，笑著站起來。「多謝太后體恤，早聽聞您慈眉善目，厚待小輩，看不得小輩們受委屈。起初民婦還不信，如今見到您的真容，才真是信了。」

王太后抿著茶，誇沈玉蓉會說話，示意宮女為她上茶。

宮女奉上茶，沈玉蓉假裝抿了一口，其實只濕了濕唇瓣。她可不想喝寧壽宮的茶水，她還沒有這樣的福氣。

王太后也不在意，依然笑咪咪地看著沈玉蓉，她的目的不在此。

沈玉蓉也在猜測王太后的心思，只是讓她跪著，給她一個下馬威嗎？不，肯定不只這些，應該還有後招等著。可究竟是什麼呢？她實在摸不透。

就在她思索時，王太后突然吐出一口鮮血，夾雜著黑色，隨即倒在軟榻上。

寧壽宮大亂，沈玉蓉也猜到王太后的目的了。毒殺太后，其罪當誅，滅九族也不為過。王家與太后沒給她留後路，想置她於死地，更甚者，讓沈家與謝家萬劫不復。

沈玉蓉知道，這一刻，她不能坐以待斃。若坐實罪名，沈家和謝家真的就完了。

她趁亂悄悄朝門口退去，可事與願違，老嬤嬤抬手，指著她喊道：「別讓她跑了，就是她毒害太后！」

「別血口噴人。」

留下這句話，沈玉蓉轉身就跑，心裡只有一個念頭，絕不能落在王太后手裡，否則小命休矣。

王太后設計好了一切，就是為了要沈玉蓉的命，豈能讓她離開。

沈玉蓉跑到院子裡，便被侍衛們團團圍住，個個凶神惡煞，手持刀劍，似要把她吃了。

「真正的刺客已經跑了，你們還不快追。」沈玉蓉指著遠處，煞有介事地說著。

老嬤嬤出來，緊緊盯著沈玉蓉。「太后懿旨，沈玉蓉記恨太后，意圖謀殺，立刻捉拿。

若有反抗，格殺勿論！」

聽見格殺勿論四字，沈玉蓉不敢動了。刀劍無眼，反抗是死，不反抗尚有搏命的機會。

侍衛見她不反抗，立刻反手壓得她跪在地上。

沈玉蓉大呼冤枉，此刻只能利用三寸不爛之舌拖延工夫。

老嬤嬤逼她認罪，沈玉蓉如何肯認，一旦認了，無論謝家，還是沈家，都逃不了滅族的下場。她就算死，也不能認罪。

王太后早算準這一點，老嬤嬤見她不認罪，立刻命人大刑伺候。

有人立時搬了長凳，拿來長棍，沈玉蓉被叉到長凳上按住。

沈玉蓉不知所措，沒想到王太后這麼狠。越是緊急關頭，腦子越發清醒，放聲高呼。

「太后娘娘，您不能定我的罪，刑部審犯人，還需人證物證。如今人證物證皆無，您就想定我的罪，是不是太草率了些？民婦不服，民婦是冤枉的！」

老嬤嬤道：「太后娘娘說了，茶水就是物證，寧壽宮的宮人們就是人證。我們所有人都看見了，是妳下藥毒害太后，只因太后讓妳多跪了一會兒，便記恨在心。如今，人證物證俱在，妳還不認罪，那就打到妳認罪。打，給我狠狠打，打到她認罪為止。」

她話落，手掌寬的板子落在沈玉蓉身上，沈玉蓉只覺鑽心的疼，骨頭彷彿要被打碎。

兩板子下去，沈玉蓉額頭上沁出汗珠，唇瓣被她咬得通紅，口內依然喊著冤枉。

她越是喊冤枉，落下的板子就越重，幾個呼吸之間，她已經挨了好幾板。

沈玉蓉皮開肉綻，渾身刺骨的疼。不能再這樣下去了，真會被打死。

「我招，我招。」她有氣無力地喊著。

老嬤嬤見狀，抬手讓行刑的人停下，緩步來到她跟前，冷冷一笑，居高臨下地看著她。

「早這樣不就好了，省得吃這些苦頭。」

沈玉蓉抬頭看老嬤嬤，忍著疼痛道：「招供前，我有個秘密要說。」

「秘密？我對秘密不感興趣。」老嬤嬤彎腰，湊近沈玉蓉。「別想玩什麼花招，太后想要妳的命，沒人能救得了妳。」

「這麼說，太后能隻手遮天，那我更有用處。我會很多東西，可以送給太后。只要太后網開一面，放過謝家和沈家，我願意為太后所用。」

沈玉蓉說的自然不是真心話，只為拖延工夫。不知道誰會來救她，能拖一會兒是一會兒吧，能活著比什麼都好，活著就有希望。

老嬤嬤知道王太后喜歡《紅樓夢》，這書就是沈玉蓉所作，若她還會其他東西，又能為王太后所用，王太后或許會饒她一命，遂回正殿稟報。

第三十六章

正殿裡，王太后想起了《紅樓夢》，故事跌宕起伏，作者功底豐厚，堪稱一部奇書。她正為不能看故事結局而惋惜，也為沈玉蓉這個人惋惜，能寫出這樣的書，若是能為她所用，自然最好不過。

如今看來，沈玉蓉還算識時務，懂得審時度勢。

「罷了，既然她聰慧，又識時務，便給她一次機會。」王太后揮手道。「一場誤會而已，替沈姑娘宣太醫。」

老嬤嬤還未傳話，院外傳來王皇后的聲音，命人將沈玉蓉拉到長凳上，繼續打板子。

老嬤嬤聽見動靜，忙轉身出去阻止。

沈玉蓉快被氣瘋了，剛忽悠了一個老的，又來一個小的，王家的女人都是瘋子。她解釋幾句，王皇后根本不聽。王昶死了，王太師心中充滿憎恨，唯有沈玉蓉死了，才能平息這怒火。

王皇后厲聲吩咐道：「給我狠狠地打，打死了算我的。」

沈玉蓉奮力掙扎，瞥見幾抹熟悉身影，懸著的心落到實處，這下不用死了，立刻告饒。

「皇后娘娘饒命，太后娘娘饒命，借給我天大的膽子，我也不敢毒害太后，請太后和皇后明察，還民婦一個公道。」

王皇后不予理會，命令道：「快給我打。」

「朕看看誰敢打！」明宣帝帶人來到王皇后跟前，怒目而視。「皇后這是做什麼，動用私刑嗎？」

王皇后見明宣帝來了，先向明宣帝行禮，又道出沈玉蓉毒害王太后的事。

齊鴻曦一腳踹開拿板子的人，蹲到沈玉蓉跟前。「表嫂，別怕，曦兒帶父皇來救妳了。」

沈玉蓉慘白的臉上有了幾分笑意，撫摸齊鴻曦的臉龐，忍著疼痛道：「曦兒乖，表嫂謝謝你。等出去了，表嫂給曦兒做好吃的。」

齊鴻曦紅著眼點點頭。「表嫂痛嗎？我叫人宣太醫。」

謝瀾之脫下外衫，蓋在沈玉蓉身上，安慰道：「嫂子，別怕，瀾之帶妳回家。」

沈玉蓉眸中噙著淚花，笑著點頭。

長公主看向身後的嬤嬤，吩咐道：「找人去請太醫，再尋一塊門板來，把這丫頭抬回去。頭一次答應別人救人，竟半死不活，真不知該如何向她家人交代。」

這話是說給明宣帝聽的，她不希望明宣帝心軟。

果然，明宣帝聽見這話，臉色更加陰沈，眸光能凝出冰，彷彿可以立刻射死人。

老嬤嬤走至正殿門口，瞧見明宣帝變了臉，轉身回到王太后身邊，問該怎麼辦。

王太后冷笑。「這丫頭倒是命好，也是個聰慧的。」此刻她才明白，沈玉蓉根本不是臣服她，而是拖延工夫，等著人來救呢。

「皇上來了，怕動不了那丫頭了。」老嬤嬤道。

「哀家想要人死，誰能攔得住，皇上來了又如何。」王太后起身，顯然要出去看看。

老嬤嬤會意，雙手虛扶著她往外走。「太后說的是。」

院中，明宣帝聽見王皇后的解釋，氣樂了。「毒害太后？她一個小女子，妳借給她幾個膽子，她也未必敢。」

「人證物證俱在，就算大理寺審理，也逃脫不了毒殺太后的罪名。」王皇后理直氣壯。

明宣帝抬手給王皇后一巴掌，直接將她打倒在地。「放肆！人證物證還不是妳們安排的。她一個女子，無故被妳們宣進宮，寧壽宮那麼多人，她敢毒害太后，除非腦子進了水。」雖沒明說是誣陷，但就是這意思。

王皇后被打懵了，捂著臉愣在原地，沒想到明宣帝居然如此不給她面子，當著眾人的面掌摑她。

想明白後，她笑了，明宣帝不愛她，甚至恨她、恨王家，自然不會顧忌夫妻情面。

王太后被人簇擁著走過來，見王皇后倒在地上，臉上還有掌印，便知道發生了何事。

「為了一個外人，你竟連夫妻情分也不顧。謝沈氏毒害哀家，證據確鑿，這是哀家定的，與皇后無關。」話落，命人將王皇后扶起來。

「她為何毒害太后，動機又是什麼？」長公主出聲了，看向王太后時，眸光盡是諷刺。

王太后看向長公主，眸中有些詫異。「妳居然進宮了。」

「思念故人，進宮來瞧瞧，順便向太后請安。」長公主渾不在意自己的態度。是順便向太后請安，而不是特意。她與太后之間形同水火，不是妳死就是我亡，沒必要做面子活。

王太后看出她的態度，冷哼一聲。「怎麼，妳也管起謝家的事了？可惜呀，有些事妳管不了。」

「我自然管不了，比不得太后，權勢滔天，說一不二，誰敢忤逆您，連當今皇上也要聽您的。」長公主這話相當不客氣，暗指王太后手太長，管得太寬，把持朝政，無視人命。

王太后沒有反駁，而是望向明宣帝，看他如何處理。

明宣帝命人帶走沈玉蓉，王太后要攔，明宣帝態度強硬。「人，朕一定要帶走。太后再阻攔，便把這皇位拿去吧。」

王太后怒極，眼睜睜看著沈玉蓉被帶走，指著明宣帝半天說不出話，好半晌才道：「當著這麼多人的面，你非要和哀家作對？」

「同樣的話，朕送給太后，當著這麼多人的面，您非要與朕作對。太后不要忘了，朕才是這大齊的皇帝，是這天下的主宰！」最後兩句話，明宣帝用盡平生的力氣，吼了出來。

他平日溫和有禮，對待王太后也是恭謙有佳，從未大聲說過話，更不可能吼。

太后第一次見這樣的明宣帝，瞠目結舌，連話都不會說了。「哀家用心良苦，踏過荊棘之路，淌過血流之河，把這江山送到你手中，你就是這樣回報哀家的？早知如此，哀家就不該生下你。」

明宣帝仰天長笑一聲，滿面悲哀，語氣極盡諷刺。「您的確不該生下朕。生而不養，成天沈浸在權謀中，整日算計人的性命，在您身上，朕從未感受到母愛，是皇后給了朕母愛，大哥和妹妹給了朕親情。您知道嗎？朕十分珍惜這一切，不想要皇位，但朕所珍惜的一切，全被您毀了。

「朕想殺了您，可您偏偏是朕的生母。這些年，朕對您唯命是從，任由王家坐大，到了如今的位置，一人之下，萬人之上，只為還您的生恩。朕做得夠多了，您的生恩也還了，朕不欠您什麼了。您和王家，休想再控制朕！」

「你、你……」王太后險些氣昏過去，緩緩癱在地上，老嬤嬤扶著她安慰著。

她知道明宣帝心中有怨氣，只是沒想到，這怨氣竟這樣深，多年的母子情分被消磨得一乾二淨。

明宣帝背過身，不看她，硬了硬心腸，繼續道：「皇后還是皇后，但那個位置，王家不要想了，朕不會給王家。」等於斷了齊鴻旻即位的希望。

「你不能啊！」王太后落下兩行清淚，懇求道。

她苦心經營多年，手上沾染人命無數，為的是王家。只要齊鴻旻能即位，王家就還是原來的王家，無人能撼動。若其他人當皇帝，登基後，第一個收拾的便是王家。

明宣帝轉身，見她癱坐在地，心有不忍，但想起沈玉蓉面容蒼白地趴在長凳上，想起長公主的冷嘲熱諷，想起皇后慈愛的臉龐，想起大哥昔日對他的關懷，想起王太后的強勢霸道，想起王家人的囂張跋扈，想起墨妃慘死在他懷中，便讓自己的心硬起來。

「太后年紀大了，以後在寧壽宮養老吧，莫要再管閒事。」他停頓一下，又道：「您若看不慣朕，連朕一塊毒死吧，好讓朕去向那些人賠罪。」

王太后聽了這話，再也受不了，眼白一翻，昏了過去。

老嬤嬤嚇得魂不附體，拍著王太后的臉頰，試圖叫醒她，又命人去請太醫。

一時間，寧壽宮雞飛狗跳。

明宣帝坐在一旁，冷眼看著這一切。這樣的戲碼上演太多次，他的心早已麻木。這次，王太后不是裝的，是真暈了，被親生兒子氣的。明宣帝不允許齊鴻旻繼承皇位，還變相將她禁足。

老嬤嬤見明宣帝如此絕情，心也沈下去。明宣帝這是徹底絕望和死心了。

另一邊，沈玉蓉被抬出寧壽宮，明宣帝安排她在墨軒殿偏殿，讓太醫診治一番。除了挨打的皮外傷，不見其他傷口，外傷看著嚴重，但並未傷到筋骨，才鬆了口氣。

原來行刑的人曾經受過墨家恩惠，知道沈玉蓉是謝夫人的兒媳，手下留情。

長公主見沈玉蓉精神尚好，道：「宮中是吃人的地方，不安全，咱們早些離開吧。」

沈玉蓉點頭，齊鴻曦要跟著，不讓他跟著就哭鼻子。

長公主冷冷瞥他一眼。「多大了還哭鼻子，也不嫌丟人。」明知他是哥哥的血脈，想對他好，卻只能冷嘲熱諷。這種心情難以言說，她終於明白當年大嫂的感受了。

齊鴻曦聽見長公主的話，嚇得縮了縮脖子，往齊鴻曜身後躲。

莊如悔拉拉長公主的衣袖。「娘，好了。」一見面就對小傻子凶，也不怕嚇到他。

長公主幫莊如悔整了整衣裳，微微挑眉，勾唇輕笑。「看在我兒的分上，日後我不為難他就是了。」

她說著，從懷裡掏出一塊玉珮，走到齊鴻曦身旁，親自掛到他脖子上。「本公主這麼做，不是給你面子，也不是給皇帝面子，而是給我兒子面子。以後大大方方的，莫要往後藏了，我是你小姑母，見了記得叫人。」

她眸中隱隱噙著淚，卻忍住了。她多想摟這孩子入懷，感受他的存在，這是哥哥唯一的骨血，即便是傻子，她也不會嫌棄。可為了他的安全，她不得不這樣做。

齊鴻曦清澈見底的眸子緊緊盯著玉珮，覺得今日的長公主變了，不再冷漠，想靠近他卻不敢，似乎在隱忍。跟當初的母妃像極了，這到底是為什麼？

莊如悔咧嘴笑了，對長公主作了個揖。「多謝娘親。」母親說到做到，以後定不會再為難齊鴻曦。

明宣帝進來，正巧看到這一幕，冷漠的面容浮現溫和笑意。「臻兒，朕早說過，曦兒是個好孩子，妳會喜歡他的。」

長公主背對著門口，不知道明宣帝來了，聽見他的聲音，後退一步，拉開她與齊鴻曦的距離，回頭看向明宣帝，又恢復往日的冷漠。

「是個不錯的孩子。我不為難他，不是為你，而是為了阿悔，她不願見六皇子傷心。」莊如悔嘆息，算了，只要母親對小傻子好，想怎樣就怎樣吧。

明宣帝聽到長公主冷漠的話，斂去笑容。「事情算是解決，你們該離開了。」這是不高興，要趕人了。

沈玉蓉也不是沒眼色的人，聽聞這話，拉拉謝瀾之的衣袖。「咱們離開吧，娘一定很著急，莫要再讓娘擔心。」

謝瀾之答應著，讓人把沈玉蓉抬到門板上，向明宣帝告辭，跟著長公主出宮。

第三十七章

自從長公主進宮後，謝夫人便在宮門口等著，左等右等不見人出來，實在急了，塞給守門的侍衛不少銀子，煩請他進宮打聽打聽。

可侍衛進宮後，便不見蹤影，再也沒出來。

她越想越不對勁，正要往宮裡闖時，看見了長公主的身影，身後跟著莊如悔、謝瀾之、還有齊鴻曦，卻沒有沈玉蓉。

謝夫人以為沈玉蓉出事了，嚇得差點癱坐在地，但此刻還不是暈的時候，她得弄清楚怎麼回事。

長公主來至謝夫人跟前，見她面色蒼白，解釋道：「人已經出宮，無性命之憂，但受了些傷。太醫瞧過了，回去休養一些日子，便能活蹦亂跳了。妳託付我的事，我也算完成了，咱們兩不相欠。曦兒的事，還要謝謝妳。」最後一句話，是貼在謝夫人耳邊說的。

謝夫人施了一禮。「謝長公主救命之恩，改日必親自登門道謝。」

長公主擺擺手。「不用了，這本就是一場交換，妳告訴我秘密，我幫妳把人救出來。」

謝夫人了解長公主的脾性，也不多說，來到沈玉蓉身邊，見她趴在一塊門板上，頭髮凌亂、臉色慘白，身上披的是謝瀾之的衣服，就知她挨了板子，眼淚立時掉出來。

「讓妳受苦了，都是娘沒本事。」

沈玉蓉安慰她。「娘，我沒事，您別擔心。長公主他們來得及時，我只是挨了兩板子，他們看我是女流之輩，才用門板抬著的，其實一點事都沒有，還能走路。」說著便要下來。

謝夫人不信，知道沈玉蓉寬慰她，哭得更凶。沈玉蓉又勸了一回，其他人也幫著勸。

等勸好謝夫人，謝瀾之命人把沈玉蓉抬到馬車上，向長公主等人告辭，回了謝家莊子。

路上，謝夫人要看沈玉蓉的傷勢，沈玉蓉不肯，說是難為情，怕謝夫人瞧了傷心。

謝夫人對王太后恨得咬牙切齒，囑咐車夫慢些，到某間小酒樓前停下，她有些事要辦。

王太后欺人太甚，他們不能坐以待斃。沈玉蓉的事，不能就這麼算了。謝衍之也在京城，這件事讓他去辦，自己的媳婦自己護著。

到了酒樓，車夫停車，謝夫人要下去，被謝瀾之攔住。「娘要做什麼？吩咐兒子就是。」

「你們放心，我等會兒就回來。」謝夫人下了馬車。

這小酒樓也是楊淮開的，她進去後，拿出一塊玉珮遞給掌櫃。

掌櫃接過，仔細端詳，又抬眸看向謝夫人，恭敬有禮道：「夫人請稍等，我立刻去請東家。」話落轉身去了內堂。

少頃，楊淮出來了，今日他正巧在，見掌櫃拿著謝夫人的玉珮找他，就知謝夫人有事，直接問：「蓮華姊姊怎麼來了？」

「你可知衍之在何處？」謝夫人道，猜測謝衍之與楊淮有聯繫。

楊淮詫異。「昨兒見了一面，衍之神神秘秘的，應該辦事去了。蓮華姊姊若有事，可以交給我，保證幫妳辦妥當。」

謝夫人說出沈玉蓉進宮被打的事。

楊淮聽了，氣得火冒三丈，對著皇宮方向罵道：「老妖婦，一把年紀了，還折騰人。給我等著，遲早有一天收拾她！」罵完舒坦了，答應會把事情原原本本告訴謝衍之。

至於謝衍之會怎麼做，那是他的事了。

依照謝衍之的脾氣，肯定不會讓王太后好過，他也想看王家和王太后的好戲呢！

謝衍之本就要給王家製造麻煩，盯著王鳳好幾天，王鳳終於按捺不住，去了香滿樓。

他在暗處盯著，等王鳳和陳二公子獨處一室，往屋內吹了些特製的春藥。

王鳳和陳二公子，一個乾柴，一個烈火，又中了春藥，很快便褪盡衣衫，滾在一處。

不久，房內傳來女人的尖叫和男人的低吼聲。

謝衍之站在僻靜角落，唇角上揚，勾起一抹嘲諷的笑。

王鳳與男人幽會，還在香滿樓裡。如此大膽，若說王家人不知，誰信啊！

香滿樓是王家產業，知情人不敢胡言亂語，才縱得王鳳無法無天，青天白日公然與男人苟合。事後自然有王家人善後，就算林家人知道，礙於王家權勢，也不敢如何，只能打碎牙齒，和著血水往肚裡嚥。

不過，當唯一的遮羞布被掀開，骯髒不堪的畫面出現在眾人眼前時，結果便不一樣了。王家教女不嚴，縱容女兒與男人苟合，德行有虧。就算權勢滔天，在京城，一人一口唾沫也能把王鳳淹死。

林家變成有理的一方，依林夫人對王鳳的憎惡，定毫不猶豫選擇休妻，縱然不能休，也會和離，而不是被王鳳休夫。休妻與和離，無論哪個結果，謝衍之都願意看到。

王鳳來香滿樓時，林夫人便得了消息，命得力的婆子先帶人趕來，她隨後就到。

「快快快，就在這裡，聲音是從這裡傳出來的。」婆子領著一群人，一起擁上二樓。

謝衍之聽見聲音，知道該來的人來了，便躲了起來。

一行人剛上來，就被管事攔住了。

婆子也不是吃素的，長年幹活，力氣比尋常人要大些，一把推開攔路人，直衝到王鳳在的房間門口，二話不說，抬腳踹開門。

哐噹一聲，門開了，但房內歡好的兩人中了特製春藥，依舊忘我親熱著，放蕩的呻吟聲、不堪入目的畫面，都呈現在眾人眼前。

管事想上前攔住婆子，可婆子腳步很快，已經衝進房內，直奔床邊，拉開兩人。

隨後又進來幾個人，林夫人也趕到了，對著身無寸縷的他們指指點點，罵罵咧咧，又哭嚷著兒子命苦等話語。屋內一片混亂，哭聲、喊聲、叫罵聲，一聲比一聲高。

謝衍之悄然離去。王家與林家的事，由他們自己解決，只要王家有麻煩，他便樂見。解決了這事，他渾身舒服，來至小酒樓，想與楊淮說說此事，也能當笑話樂呵樂呵。

孰料，謝衍之剛進小酒樓，就聽楊淮道：「你的心肝兒受傷了，是太后命人打板子的，此刻應已安然回府，你要回去看看嗎？」

「心肝兒？」謝衍之不明白他說的是誰，他哪裡有什麼心肝兒，只有一個心上人，隨即會意，上前抓住楊淮的衣領，急切問：「你說的可是玉蓉？她受傷了，是太后打的？」

楊淮扳開他的手，後退一步，點點頭。「應該是這樣，你娘親自過來說的，錯不了。那老妖婦欺負你家小媳婦了。」

謝衍之暴怒，眼眶通紅，似要殺人。「老妖婦，我饒不了她。」話落，轉身出去。

楊淮問他去哪裡，謝衍之未回頭，應答一句。「報仇。大仇不報，寢食難安。」不替沈玉蓉報仇，他無顏見她。

既然他能收拾王鳳，自有辦法對付王太后。他知道王太后的秘密，明的不行就來陰的。

不過，謝衍之沒有去皇宮，而是先回了謝家莊子。

他悄悄溜進謝夫人的正院，見謝夫人不在，猜測謝夫人去了棲霞苑，便在屋裡等她。

謝衍之也想去棲霞苑，可大剌剌出現在眾人跟前，沒法解釋。柳震還在京都，一旦他輕舉妄動，柳震和王家定然會發現他，他不能冒險，更不能給親人帶來危險。

沈玉蓉被抬回謝家莊子後，謝家的孩子們見她趴著回來，既心疼又震怒，在心裡咒罵王太后千百遍，梅香更是哭得死去活來。

謝淺之年紀大，尚能控制自己，忍著淚去廚房熬藥。

謝沁之和謝敏之年紀小，見沈玉蓉受傷，當即哭了出來。謝清之嚷著要替沈玉蓉報仇。

沈玉蓉見孩子們關心她，覺得做的一切都值了。

她哄了謝沁之和謝敏之一會兒，又安撫好謝清之，喝完藥，趴在床上睡了。

謝夫人見她睡了，領著幾個孩子出來，囑咐他們，沈玉蓉身上有傷，讓幾個小的安分些，莫要再惹出亂子。尤其是謝清之，別仗著自己年紀小、易衝動，就去找人尋仇。

謝清之不服，嘴裡嚷著。「他們憑什麼打嫂子？嫂子又沒犯錯。」

齊鴻曦走在最後面，天真道：「她們說表嫂毒害太后。」

「胡說！」謝清之回頭怒喝。「嫂子怎麼會毒害太后，一定有人陷害嫂子。」

十歲小兒都知這是誣陷，王太后卻明目張膽這樣做，憑的是什麼，還不是手中的權。

這一刻，齊鴻曦比任何時候都想要得到權力。

謝夫人摸摸齊鴻曦的頭，又看向謝清之。「這是大人們的事，與你們無關，你們只要好好讀書，用功練武，保護好自己，剩下的娘親會處理。你們忘了，還有你們大哥呢。」

謝沁之噘著嘴。「大嫂都被打了，也不知道大哥在哪裡。等大哥回來，大嫂的傷也好了。不行，我要給大哥寫信，告訴他嫂子受傷了，讓他幫嫂子報仇。」

十二歲的小姑娘，對感情有些懵懂，但她明白，應該保護沈玉蓉的是謝衍之。

謝夫人刮刮她的小鼻子。「人小鬼大，去寫吧，娘幫妳寄信。」

她說著，將幾個孩子送回去，又囑咐一遍，才忐忑離開。她總覺得幾個孩子都大了，有了主意，管不了他們了。

許嬤嬤看出她憂心，安慰道：「夫人，姑娘和公子都是知道分寸的人，莫要擔心。」

「就是有分寸，我才擔心。他們對玉蓉的感情深，見不得她受委屈，我真怕幾個孩子衝動，做出什麼事來。王家正盯著咱們，玉蓉又出了事，咱們不能再出一點錯，否則承受不起。」謝夫人的心懸在半空中，上不去，下不來，難受極了。

兩人來到正院，許嬤嬤見謝夫人面色難看，知道她擔憂一天，心神俱疲，送她回屋後，提議去廚房幫她熬一碗安神茶。

謝夫人擺擺手。「去吧。」

等許嬤嬤走了，謝衍之才從內室走出來。

謝夫人嚇一跳，正想喊，定睛一瞧是謝衍之，鬆了口氣。「你怎麼現在才來？」想了想又問：「你知玉蓉受傷了？」

謝衍之沈著臉，嗯了聲。「娘，玉蓉傷得重嗎？還請您如實告訴我經過，不可隱瞞。」

謝夫人道：「我沒去宮中，不很清楚。玉蓉怕我擔憂，只告訴我挨了兩板子。都趴在那裡了，兩個膝蓋又青又紫，還說只挨了兩板，這是在寬慰我呢。」說到這裡，眼眶又紅了。

謝衍之聽了，攥緊拳頭。「娘，我知道，我不會讓人再欺負她，必會幫她討回公道。」

謝夫人怕他魯莽，忙問道：「你想做什麼，進宮找太后報仇嗎？」硬碰硬肯定不行，王家權大勢大，王太后又一手遮天，如今謝家鬥不過他們。

謝衍之指了指自己的腦袋。「自然是靠這裡。」

過幾日是王皇后的壽辰，想整垮王太后，需故技重施。

王家兩個女兒行為不檢，與男人苟合，名聲會臭遍大街吧。固然王太后權勢滔天，也堵不住悠悠眾口。

第三十八章

掌燈時分，沈玉蓉還未醒來。

謝淺之看了一回，見她沒有發燒，便放心了。

謝夫人也來探望沈玉蓉，見沈玉蓉還睡著，不知何時能醒過來，吩咐廚娘溫著飯菜，等沈玉蓉醒來就能吃，幫沈玉蓉掖了掖錦被，帶著謝淺之回去。

謝淺之想留下，謝夫人沒答應，還把梅香支開。

「衍之？」謝淺之猜出來了，小聲問。

她知道謝衍之回來了，卻沒見到人。謝家人都知道，誰都沒說，大家心照不宣。

「走吧。」謝夫人拉著謝淺之離開，關了門。

片刻後，謝衍之潛進來，上前坐在床邊，眸中滿是心疼，抬手摸著沈玉蓉的秀髮。

「妳受苦了。放心，我定幫妳報仇，用不了幾天，那些害妳的人都要付出代價。」

沈玉蓉偏著頭枕在枕頭上，眉頭緊鎖，顯然傷口令她睡得不安穩。

謝衍之伸手撫摸她的眉心。「傻丫頭，打我的時候不是很凶悍嗎？那些人打妳，妳就打回去啊，打不過就跑，弄這一身傷回來，想讓我心疼死。」

迷迷糊糊中，沈玉蓉聽見有人在說話，就坐在床邊，且是個男人的聲音。

她告訴自己，要醒過來，可眼睛似被膠水黏住了，怎麼也睜不開。

那人絮絮叨叨說了許多話，好像是小時候的事，又似是她的事。沈玉蓉努力掙扎，告訴自己醒過來，還是睜不開眼，想喊梅香，卻發不出聲音。

她這是怎麼了，被人算計了嗎，到底發生何事？

謝衍之不知沈玉蓉的心思，見她眉心擰得更緊，心疼道：「是不是傷口疼了？」從懷裡掏出一只瓷瓶，唇角上揚。「這藥是我從寧壽宮偷來的，據說可生肌玉膚，對妳的傷有好處，還可以滋潤皮膚，一舉兩得。我特意幫妳偷的，我對妳好吧。」

沈玉蓉有意識了，就是醒不來，心裡暗罵：好個大頭鬼啊，你到底是誰，給老娘報上名來，不然我打破你的頭！

「我幫妳抹上。」謝衍之說完，拿著藥瓶的手立時僵硬了，抹藥的話得脫衣服啊。他們只有夫妻之名，沒有夫妻之實，萬一沈玉蓉醒來知道了，怨恨他怎麼辦？

謝衍之看看藥瓶，又看看沈玉蓉，見她眉頭緊皺，以為她很疼，豁出去了。

「不管了，最重要的是上藥。再說了，妳是我娘子，早晚都是我的人，就算看了身子也不算失禮。沒錯，夫妻之間相互看看，怎麼能算失禮呢。」絡腮鬍下的俊臉脹得通紅，心一橫，掀開被子替沈玉蓉上藥。

映入眼簾的是紅腫的傷痕，從大腿根到屁股，腫得老高，觸目驚心，像把刀子戳在謝衍之的心上。

上過戰場的漢子瞬間紅了眼。「放心，我會讓那些人付出代價。」

他紅著眼睛幫沈玉蓉上完藥，躺在床邊，摟著她說話。

聽見梅香過來的動靜，他的吻落在沈玉蓉額上，起身飛快離去。

等謝衍之走了，梅香進屋，見窗戶沒關，有些詫異，上前關了。「咦，我明明有關上，怎麼又開了？」

她轉身來到床邊，見沈玉蓉沒醒，摸摸她的額頭，自言自語道：「幸虧沒有發燒，不然要壞事了。」

梅香見沈玉蓉額頭有汗，出去打了盆水，回來弄濕帕子，替沈玉蓉擦臉。

她擦完，正要出去倒水，沈玉蓉就醒了，喊住她。「梅香？」

梅香見沈玉蓉醒了，忙放下手裡的盆子，跑到床邊，關切地問：「姑娘醒了，傷口還疼嗎？餓不餓？飯菜在爐子上熱著，我幫您端些來。」

沈玉蓉用胳膊撐起身子，環顧四周，見沒有別人，試探道：「可有人來過？」

方才，似乎有一個男人坐在她床邊，絮絮叨叨說著話，還給她上藥。

難道是夢？可那夢也太真實了些，藥抹在身上涼絲絲的，連疼痛都減少了幾分。

梅香回答。「沒瞧見別人，夫人和大姑娘來了一趟，見您還睡著便走了，說晚些時候再來瞧您。」看了看周圍，問道：「難道，還有其他人來過嗎？」

「興許我睡迷糊了。」沈玉蓉笑了笑。

屋頂上，謝衍之拿開一片瓦，搜尋沈玉蓉的身影。可惜婚床是架子床，他什麼也看不見，只能聽見她們說話。

聽她們話中的意思，沈玉蓉好像知道他來了，這怎麼可能？

片刻後，梅香去廚房端來一碗粥，小心地餵沈玉蓉吃，看著她睡下，吹燈離去。

沈玉蓉躺在床上，想著方才的事。她確定有人坐在床邊，這人到底是誰？

想起那日在天下第一樓遇見的絡腮鬍男人，沈玉蓉恍然大悟，越想越覺得有可能，勾唇一笑，閉眼裝睡。

今晚，她非得讓那人露出臉來。

屋頂上，謝衍之見梅香走了，還關上門，等了一會兒，覺得沈玉蓉睡著了，跳下屋頂，推開窗戶摸進來。

謝衍之站在床邊聽了聽，呼吸聲均勻，床上的人兒確實睡了，抬步來到床邊，自然而然躺下，順勢摟著沈玉蓉的肩膀。

「好好養傷，快些好起來，看著我幫妳報仇。」

沈玉蓉猛地睜開眼，厲聲問：「你是誰？」

謝衍之沒防備，嚇了一跳，身子一動，撲通從床上滾下來，來不及多想，轉身想逃。

他沒想到沈玉蓉裝睡，目的就是引他出來。這丫頭傷成這樣，還不消停。

謝衍之跑了幾步，正準備跳窗戶離開，聽見身後傳來沈玉蓉的聲音。「謝衍之，今兒你若走了，明個兒我給你一封休書，我休了你。」

「妳怎麼知道是我？」謝衍之摸摸臉上的絡腮鬍，苦笑問道。

他自問沒有任何破綻，滿臉鬍子，就是熟悉的人也難以認出他。沈玉蓉沒見過他，是怎麼認出來的？他真的很好奇。

沈玉蓉托著頭，得意道：「猜的。過來點上蠟燭，讓我瞧瞧你的模樣。」

謝衍之這才想起來，屋裡沒點燈。他長年練武，眼力比旁人好，在黑暗裡也能看見。方才他心虛，被沈玉蓉發現就想跑，其實可以不用跑，玉蓉根本看不清楚他的模樣。

謝衍之想到這裡，暗自鬆口氣，轉身坐在離她最近的椅子上。「休書這話，莫要再提。妳進了謝家的門，就永遠是我謝衍之的妻子。」下輩子也是。他在心裡默默補充了這句話。

沈玉蓉笑了。「我以為，你娶我是不情不願。」

「誰不情不願了，妳是我千辛萬苦求來的。」謝衍之立刻反駁。

「千辛萬苦求來的？我才不信。既是如此，新婚之夜，你為何突然離開？」沈玉蓉的聲音陡然變冷。

謝衍之想也不想，回答道：「因為我想給妳一份尊榮。」

沈玉蓉愣住，沒想到會是這種緣由。

謝夫人喜歡她，她以為謝衍之不滿這婚事，才憤然離去。上一世，別人也是這樣傳的。原來，這婚事是謝衍之求來的。

「既然求了這婚事，你這般做，想過別人會怎麼說嗎？」沈玉蓉每句話都是質問。

謝衍之自知理虧，支支吾吾半天，又道：「妳那繼母不是東西，聽說她要把妳嫁給別人當填房，當人家的繼母，妳是我……繼室不好當，妳怎能當別人的繼室。」

沈玉蓉聽了這話，明白了，有人偷偷喜歡她，就是不知從何時開始的。

「咱們以前認識？」沈玉蓉問。不然怎麼會心儀她，還求娶她。

謝衍之見她忘了，又看穿了他的心，有些羞惱。「以前誰認識妳啊，本公子是武安侯府世子，妳是哪個犄角旮旯冒出來的？」

「犄角旮旯裡出來的，都能被你求娶回家，你可真有本事。」沈玉蓉冷冷諷刺。若不是身上有傷，她真想下床暴打他一頓。

謝衍之瞬間洩氣，論嘴上功夫，他說不過沈玉蓉，輕咳一聲掩飾自己的尷尬，勾唇露出七分討好的笑容。

「好吧，我承認，大婚當夜離開是我的錯。」

「這還差不多。既然知道錯了，就應該受到懲罰。」沈玉蓉道。

「說吧，妳讓我做什麼，上刀山下火海，我都願意。」

「暫時沒想到，等想到了再說。不許耍賴，誰耍賴誰是小狗。」

「君子一言，駟馬難追。」謝衍之寵溺地笑了。

他自然不會耍賴，巴不得沈玉蓉天天讓他做事，這樣才是夫妻，是人人羨慕、如膠似漆的一對夫妻。

「點上燈。」沈玉蓉還沒見過謝衍之，想看看他。

謝家人的相貌都不錯，謝衍之長得應該不醜吧，若是還順眼，就湊合著過，反正也沒其他合適的人選。

謝衍之摸摸鬍子，猶豫片刻，拒絕了。

「為何不能點燈，你長得醜，不能見人？」沈玉蓉自動腦補。

她將謝夫人的容貌和武安侯的畫像想了一遍，發現男的俊逸、女的俏麗，堪稱一對璧人，實在看不出哪裡有缺點。

京城人都說謝衍之長得好，那他為何不敢露面？

回想那日的初見，沈玉蓉笑了。「滿臉大鬍子，不敢讓我看？」

被人猜中心思，謝衍之心一緊，結結巴巴道：「胡說，本公子就算滿臉鬍子，也是京城第一公子，無人能比。」

沈玉蓉撇嘴。「你就吹吧，看都不敢讓我看，還京城第一公子，自封的吧？」

「激將法對我沒用。」謝衍之一眼識破沈玉蓉的目的，毫不客氣拆穿，上前幾步，坐到床邊。「我記起來了，我欠妳一件事。」

沈玉蓉看不見他，他卻能瞧清沈玉蓉，月光投射進來，她的臉龐一如白日亮眼。

「什麼？」沈玉蓉不記得。

「洞房花燭夜。」謝衍之一本正經地說。

第三十九章

沈玉蓉聽了這話，臉頰立時紅透，啐謝衍之一口。「呸，胡說什麼，交杯酒都沒喝，竟想著洞房。」

謝衍之起身，假裝往外走，嬉皮笑臉道：「我去拿酒，把該補的都補上。」

沈玉蓉扯住他的衣袖。「我受傷了。」他們不熟，怎能圓房？她打心裡排斥。

謝衍之坐回去，忍住笑。「逗妳呢。欠妳的以後補上，先給些利息。」

「利息？」沈玉蓉一頭霧水，這種事還能給利息，怎麼給？

正當她呆愣時，謝衍之一手執起她的下巴、一手扶住她的頭，灼熱的唇瓣貼上去。

沈玉蓉回神，猛地推開謝衍之，卻牽動傷口，倒吸一口冷氣。「嘶……」

「怎麼了，傷口又疼了？」謝衍之扶著沈玉蓉，又懊惱又心疼，暗罵自己蠢笨，不該在這個時候動情。

「你這哪裡是還利息，分明是占我便宜，真是不要臉。」沈玉蓉的臉熱起來，推開謝衍之。「我睏了，要歇息。」出聲趕人。

謝衍之怕打擾她，道：「那妳歇著，我幫妳守夜。」看著她睡也是好的。

有他在，沈玉蓉睡不著，自然不答應，將他趕出去。

謝衍之站在門口，望著緊閉的門，摸著唇咧嘴傻笑，彷彿唇瓣上還有餘香，久久不散，令人回味。

沈玉蓉拉上被子，蒙上頭，趴在被窩裡，暗罵謝衍之混蛋，還說是利息，分明就是占她便宜。

可是，她摸摸滾燙的臉頰，到底誰占了誰的便宜？

等沈玉蓉睡著，謝衍之再次進來，坐在床邊，就那樣靜靜看著她，心裡全是幸福。

沒想到，他們第一次相處竟如此融洽，沒有一絲彆扭，像多年的夫妻一樣。他若不去戰場，洞房花燭後，應該過著平凡而又幸福的日子吧。

黎明將近，謝衍之才依依不捨離去。

又過了一個時辰，梅香進來伺候，見沈玉蓉還在睡，放下水盆，道：「姑娘還睡著呢，可見昨晚傷口好多了。」

沈玉蓉悠悠醒轉，用慵懶的聲音問：「什麼時辰了？」謝衍之呢，就那樣走了？

梅香見她四處張望，問：「姑娘在找什麼？」

「妳看見其他人了嗎？」沈玉蓉不確定地問。謝衍之是不是走了，也沒吱一聲。

梅香打濕帕子幫她擦手，疑惑地說：「沒看見啊！」想起前兩日鬧賊的事，心一緊，追問道：「難道又有賊人進來了？」

「沒有。我餓了，等會兒妳去廚房看看有什麼吃的。」沈玉蓉立刻轉移話頭。

梅香不疑有他，替沈玉蓉梳了頭，就去廚房。不一會兒，端著一碗瘦肉粥和幾個素包子回來。

「姑娘，夫人吩咐，您現在受傷，只能吃些清淡的。」

沈玉蓉嗯一聲，將就吃了些。

吃完早飯，沈玉蓉準備找本書看。現在她只能趴在床上，哪裡也不能去。

這時，一個婆子來報，說沈家來人了。

沈玉蓉忙道：「快請進來。」一定是父親和弟弟知道了昨日的事，特意來探望。

「老爺一向疼愛姑娘，見姑娘受傷，不知多傷心呢。還有大公子，護您跟護眼珠子似的，肯定心疼。」梅香叨念著。

沈玉蓉只想見到父親和弟弟，不想聽梅香囉嗦，打發她去沏茶，再準備糕點。

糕點是她前幾日做的，應該還有不少，雖沒剛出爐的好吃，味道也不錯。

片刻後，沈父領著張氏和沈謙、沈誠、沈玉芷進來了。

沈父見沈玉蓉趴在床上，就知傷得很重，忍著心疼，問她傷勢如何？

「爹，我沒事，只是挨了兩板子，皮糙肉厚，歇兩天就好了。婆母他們就是小題大做，怕女兒磕著碰著再受傷，才要我在床上休息呢。」沈玉蓉側身看向沈父他們。

昨晚沈父才知道，女兒進宮挨了打，立刻想來看看，被張氏攔住，說城門早已關閉，他們出不去。就算能出去，也沒有晚上去看病人的道理。

沈父躺在床上，一宿輾轉無眠，一早便向朝中告假，趕來看沈玉蓉。

張氏也上前關心幾句，見沈玉蓉精神很好，就放下心。

沈謙紅了眼眶。「妳進宮一趟，怎麼挨打了？」他一心讀書，不是很清楚外面的事，王家與謝家的恩怨，沈玉蓉和沈父也儘量瞞著他。是以，沈家與王家的恩怨，他並不知情。

沈父瞥他一眼，喝斥道：「小孩子家問這些做什麼，好好讀書，將來考個功名，替你姊姊撐腰才是。」同樣的話，又對沈誠說一遍。

沈玉蓉出來打圓場。「爹爹別責備弟弟們了，你們好不容易來我這裡一趟，前日我做了些糕點，都嚐嚐吧。」

梅香早已回來了，端上糕點，親熱招呼沈家人。

沈玉芷無心品嘗糕點，坐在床邊問沈玉蓉還疼不疼，可上藥了？

「我沒事，已經上過藥。藥是太醫開的，可以去疤，效果很好。」沈玉蓉心裡暖暖的。

沈玉芷姊弟被張氏教養得很好，品性沒話說，待人坦誠，知恩圖報，像沈家人。

沈父聽見有疤，吃到嘴裡的糕點立時苦澀難嚥。都留下了疤痕，女兒還說無礙，這是寬慰他呢。

沈謙也是這樣想，捏著糕點的手緊了緊，決定加倍努力讀書，將來做大官，給姊姊撐腰，誰也不能欺負她。
謝夫人知道沈家人來了，特意吩咐廚房多做些飯菜。
沈家人吃過午飯，又陪沈玉蓉說話，聽人來報，說齊鴻曜和齊鴻曦來了，這才離開。
沈父帶人出了謝家，瞧見沈玉蓮，眉心擰緊，板著臉道：「妳怎麼來了？」
一早他們叫沈玉蓮跟著出門，她說偶感風寒，怕將病氣過給沈玉蓉，推辭不來。如今他們要走了，沈玉蓮反倒來了。
沈父和張氏不知沈玉蓮的打算，只當她來給沈玉蓉添堵，便說沈玉蓉已經睡下了，沒工夫見她，要沈玉蓮一同回去。
沈玉蓮怎會願意。今兒一早，沈父和張氏出門後，她也出門，在城門口等著齊鴻曜呢。
沈玉蓉被打，齊鴻曦肯定會去看她，齊鴻曜和齊鴻曦走得近，說不定也會去謝家莊子。
雖然心裡不舒服，沈玉蓮還是想偶遇齊鴻曜。
她在城門口等，等到午時後，也不見齊鴻曜，準備回去時，看見他的馬車正要出城，便一路尾隨而來。
沈玉蓮親眼見齊鴻曜下車，進了謝家莊子，豈會放過這樣的機會。
前幾日，她特意去天下第一樓，等了幾天，都沒見到齊鴻曜。
她又打聽一番，聽聞他常去橋緣茶樓聽《紅樓夢》，便追過去，終於見到人了，欣喜之餘，帶著幾分忐忑。

沈玉蓮主動上前打招呼，但齊鴻曜居然不認得她，問她是哪家的姑娘。

沒等她回答，齊鴻曦便伸手推開她，還罵她是狐狸精，拉著齊鴻曜走了，邊囑咐他離她遠些。

她與齊鴻曜就這樣錯過了，都怪那個傻子。

沈父執意要沈玉蓮離開，改日再來看沈玉蓉。沈玉蓮不肯，說自己的風寒好多了，來謝家是為了探望妹妹，已經到了門口，卻見不到妹妹，別人會說閒話，說沈家姊妹不睦。

沈父無法，囑咐沈玉蓮快去快回，他們在這裡等她。

沈玉蓮點頭應聲，邁著碎步進了謝家。

等沈玉蓮走遠，沈玉芷道：「爹爹，這些日子大姊姊常出門，下人們說是去了天下第一樓。那雖是二姊姊開的，二姊姊也不常去，大姊姊為何總去那裡？」

莫不是為了莊世子？沈父和張氏同時想到這一點，對視一眼，將此事放在心上。

莊世子是長公主唯一的兒子，別說沈玉蓮，就是沈玉蓉也不可能進莊家當正妻。若是小妾還有可能，但沈家女兒不與人做妾。

沈玉蓮的目標是五皇子妃，若是沈父和張氏知道了，會驚掉下巴。皇子妃，她也真敢想。

第四十章

謝家下人知沈玉蓮是沈家人，不敢怠慢，直接迎她去了棲霞苑。

齊鴻曜和齊鴻曦剛從棲霞苑出來，瞧見沈玉蓮，齊鴻曦拉住齊鴻曜，擋在他面前，一副母雞護崽似的盯著沈玉蓮。

齊鴻曜扯開齊鴻曦。「六弟怎麼了？」

齊鴻曦歪頭看向沈玉蓮。「她看你的眼神太古怪，咱們離她遠些。」

齊鴻曜摸摸齊鴻曦的頭，溫和笑著。「好，聽你的。」他一向好說話，也最聽齊鴻曦的，遂拉著齊鴻曦走了，看都沒看沈玉蓮一眼。

沈玉蓮見齊鴻曜走了，激動雀躍的心情瞬間跌入谷底，目光陰沈，暗罵齊鴻曦壞了她的好事。

上次也是齊鴻曦毀了她的用心，難道他生來就是剋她的？

莊如悔站在廊簷下，正巧看見這一幕，轉身回屋，搬了把椅子，坐到沈玉蓉跟前。

「妳那庶姊怎麼回事，好似看上了五表弟？」

沈玉蓉正在看雜記，聽見這話合上書，驚訝地問：「怎麼說？」連莊如悔都知道了，發生了何事？

莊如悔說了方才的事，還說沈玉蓮經常去天下第一樓，順帶講了橋緣茶樓發生的事。

那天沈玉蓮偶遇齊鴻曜，她也在樓上，瞧個正著。

那日還不確定，今日確定了。沈玉蓮看齊鴻曦的眼神不對，驚喜、雀躍、嬌羞，這些表情出現在一個未出閣女子臉上，說明什麼？說明她看上那個男人了。

「這消息太嚇人了。」沈玉蓉驚得目瞪口呆。

她知道沈玉蓮有野心，想嫁給齊鴻曜當正妃，卻沒想到她如此大膽，敢主動追求他。

她話落，沈玉蓮掀開簾子進來，笑吟吟地問：「什麼事太嚇人？妹妹別藏著掖著，也說給我聽聽。」

沈玉蓉尷尬地笑了笑，翻開書繼續看。「我覺得妳不想聽。」誰願意聽自己的閒話。

莊如悔對沈玉蓮豎起大拇指。「眼光不錯，要努力喲。」起身告辭，離開棲霞苑。

她喜歡看戲瞧熱鬧，樂得看沈玉蓮吃癟。

齊鴻曜看似好說話，一派溫文爾雅，其實很挑剔，十八歲了還未訂親。據說德妃為了此事，也是絞盡腦汁。

京城所有貴女的畫像都送進宮裡，他不是說這個太瘦，就是說那個太胖，還說京城的美人呆板無趣，他要選一個合自己心意的，聰慧靈秀，膽大開朗，不唯唯諾諾的人。

京城有這樣的閨閣姑娘嗎？貌似沒有，個個都無趣得很。

想到這裡，莊如悔轉身看向棲霞苑，這裡倒是有一位，可惜已經嫁為人婦了。

她準備抬步離去，忽然想到什麼，瞪圓雙目，低呼出聲。「不會……」齊鴻曜喜歡的人是……怎麼可能？

莊如悔想到這裡，立即搖頭否定，不可能，齊鴻曜眼光高，不會喜歡有夫之婦的。

沈玉蓉不知莊如悔的想法，沈玉蓮來了，她不想搭理，假裝看書。

可沈玉蓮卻不想放過沈玉蓉，拿走她的書，笑顏如花，溫和道：「妹妹，姊姊來看妳，妳不用熱情招待嗎？」

「是看我的笑話吧。」沈玉蓉掀起眼皮瞧她，冷聲嘲諷道。

「什麼都瞞不過妹妹。」沈玉蓮捂唇輕笑，一臉得意，唇角恨不得翹到天上去。

昨兒她得了沈玉蓉挨打的消息，興奮了一晚上。

今早，沈玉蓮本想跟沈父過來，順便嘲諷沈玉蓉。可想到齊鴻曜可能要來，便改了主意，在城門口等著，如此既能偶遇齊鴻曜，又能看沈玉蓉的笑話，豈不美哉。可惜被齊鴻曦那傻子破壞了，不過能取笑沈玉蓉，她也高興。

「我沒死，妳一定很失望吧。」沈玉蓉冷然道。

「姊姊怎麼會希望妳死呢，只是想看妳過得不好而已。」沈玉蓮說著惡毒的話，臉上的笑容依然不減。「妳若幫我，我也會幫妳，咱們姊妹相互扶持，應該能走得更遠。」

「這才是妳的目的吧。」沈玉蓉用手支起下巴，看小丑似的盯著沈玉蓮。「妳真可憐，妄想不屬於自己的東西，安安分分不好嗎？」

「什麼東西屬於我，什麼東西不屬於我？我只知道，爭到手中才是自己的，咱們從小不是這樣嗎？哦，咱們不一樣，妳是嫡出，我是庶出，嫡庶有別，妳想要什麼，妳娘自然捧到妳跟前。嫡母走了，繼母當家，還有爹爹護著妳。可我呢，我親娘只是姨娘，微不足道，若不爭不搶，任何東西都不屬於我。」

沈玉蓮憤憤說著，想到沈玉蓉的處境，笑了起來，繼續道：「妳變聰明了又如何，還不是嫁進謝家，嫁給了一個紈袴，處境非常尷尬。我若成了皇子妃，事情就不一樣了，皇子妃的妹妹，別人會高看妳一眼，誰也不敢欺辱妳。」

沈玉蓉渾不在意。「即便嫁給紈袴，我也能活出自己的精采。不然，我不會幫大姊和離。謝家是我自己想留下的，是苦是累，甘之如飴。若有一日，我想離開，誰也攔不住。」

沈玉蓮聽了，冷眼看她。「妳當真不幫我，不念姊妹情分？」

「抱歉，幫不上妳的忙。」沈玉蓉淡然一笑。再說，她們都撕破臉了，上一世她的死，雖是自己想不開，但其中不乏沈玉蓮的手段。她不與沈玉蓮為敵就不錯了，怎麼可能幫忙。

「好，好得很。」沈玉蓮目光森然，看沈玉蓉像看死人一樣。

沈玉蓉正準備和她叫板，一塊石頭飛進來，直接打在沈玉蓮的肩膀上。

沈玉蓮倒在地上，昏了過去。

沈玉蓉一驚，正想叫人，窗外傳來謝衍之的聲音。「人沒死，妳莫怕。」

他一早去了城中，找楊淮安排些事，想著沈玉蓉身上有傷，便急忙趕回來，沒想到見到沈玉蓉被人欺負。他自然不能忍，果斷出手，打暈沈玉蓮。

知道是謝衍之，沈玉蓉不怕了，看向窗外問：「你都來了，進來說話啊。」

「不進去了。」謝衍之站在窗下，踢著腳邊的石頭，現在的臉不好看，晚上再進屋。

沈玉蓉自然知道他在擔心什麼，挑眉笑了笑。「咱們都成親了，我還不知道你的長相呢，快進來讓我瞧瞧。」是美是醜，總得見人啊。

謝衍之聽見這話，愣了一下，沈玉蓉想知道他的長相，心裡是有他的，忙答應道：「我擅丹青，畫一張像給妳，保證唯妙唯肖，和真人一樣。」

「就不能比真人好看些，我喜歡好看的。」沈玉蓉調侃道。

「我好看。」謝衍之大言不慚。

「你都不讓我看，我怎知你好看不好看？」沈玉蓉瞥向窗戶邊，要不是有傷在身，她早過去看了。到底是怎樣的一張臉，還不讓人瞧了。

謝衍之沈默片刻，道：「人都是妳的，早晚會看到，不差這一時半會兒。」

人是她的？

沈玉蓉。「……」調戲人不成，反被調戲了？

這時，梅香進來，聽見有男人的聲音，警惕地看向窗邊。「誰在那裡？」見沈玉蓮躺在地上，立刻驚叫起來，喚人來抓賊。

沈玉蓉捂上耳朵。「沒人，她氣性大，把自己氣暈了。妳找人送她回去，順便向爹爹解釋一下。她自己有病，跟謝家無關。」

謝衍之聽見這話，心裡熨貼極了，沈玉蓉這是在幫謝家呢，肯定是看在他的面上。

梅香應下，出門去喊人來抬走沈玉蓮。

謝衍之見梅香走了，屋內沒人，正想說話，瞥見莊如悔大剌剌進來，眉頭緊鎖，暗自嘀咕。「怎麼又來了？」不會是妄想他媳婦兒吧？

沈玉蓉聰慧大方，個性開朗，做飯好吃，孝順長輩，愛護小輩，心腸極好，被人妄想也是正常。

不行，他得提醒沈玉蓉，莫要被莊如悔迷住。

莊如悔進門來問沈玉蓮的事，好好的一個人，怎麼昏倒了？

沈玉蓉瞄向窗外，對謝衍之的到來閉口不言。「她大概有病，把自己氣昏了，跟我沒關係。我一個傷者，肯定不是我打的。」

莊如悔聰慧過人，又有功夫，豈是那麼容易糊弄，盯著沈玉蓉好一會兒。「妳身邊有高手？」沈玉蓮身上有瘀青，是被重物擊中留下的。

沈玉蓉矢口否認，她越是否認，莊如悔越發肯定，沈玉蓉身邊有人，試探地問：「難道，妳真紅杏出牆了？」

沈玉蓉哭笑不得，想起外面的謝延之，唇角上揚，露出一抹不懷好意的笑。「就算紅杏出牆，也是伸到妳家去呀，妳說是不是，世子？」這聲世子叫得風情萬種，情意綿綿。

莊如悔見她有心情說笑，瞬間跟著入戲，道：「伸到我家去正好，我還缺個溫柔體貼的小娘子。怎麼樣，考慮一下？」走到沈玉蓉跟前，抬手托起她的下巴，對她拋了個媚眼。「小娘子，小生對妳傾慕已久，妳就從了我吧。」

「我要殺了你——」謝衍之暴喝一聲，跳窗戶進來。

莊如悔嚇一跳，循聲望去，見一彪形大漢闖進來，滿臉絡腮鬍，問沈玉蓉。「刺客，還是妳的姘頭？」說話間，擺好攻擊的姿勢。

青天白日，不蒙臉行刺，膽子夠大。不過，這絡腮鬍遮住了大半張臉，也看不清長相。

沈玉蓉不答話，雙手托著臉，笑吟吟地看著謝衍之。「這模樣是醜了點，就眼睛漂亮，目似點漆、燦若列星。」

謝衍之聽了這話，心內一喜，她這是在誇他？又打量對面的莊如悔，瞬間板起臉，先解決眼前的人再說。

莊如悔聽了這話，皺起眉，擋住沈玉蓉的目光，回頭道：「姑奶奶，這都什麼時候了，妳還犯花癡？這是刺客。妳別忘了，妳是謝家婦，別真紅杏出牆啊。」

她要是男人，還真喜歡沈玉蓉這一型。可她是女人，貨真價實的女人，她喜歡男人呀。

「若是他，我願意。」沈玉蓉瞧著謝衍之，笑得像花癡。人都愛美，京城人誇謝衍之皮囊好，果然不錯，就是不知刮了鬍子是何模樣。

莊如悔氣急，對沈玉蓉無語了，揮開手中的鞭子，朝謝衍之甩去。

謝衍之側身躲開，伸手抓住莊如悔的鞭子。「你離她遠些。」

莊如悔聽出不對勁了，扯了扯鞭子，沒扯動，回頭問沈玉蓉。「這是什麼情況？」

沈玉蓉攤開手。「這是謝衍之本尊。怎麼，妳不認識？」她要是不略施小計，謝衍之這廝會出來？

謝衍之鬆開手，莊如悔上前幾步，仔細瞅著他。「你怎麼變成這副鬼樣子了？得，這是你們夫妻之間的事，我是外人，還是離開吧。」收起鞭子準備走人。

「慢著。」謝衍之喊住他。調戲了他的夫人，還想離開，門都沒有。

第四十一章

莊如悔回頭，皺眉問：「還有事？」

謝衍之走到沈玉蓉跟前，彎腰在她臉上親了一口，摟著她霸道地說：「她是我娘子，你離她遠些，再讓我看見你對她有親暱之舉，我剁了你的手。」

沈玉蓉呆若木雞，他竟然親了她，還當著別人的面，這、這也太前衛了。不過，她的心似小鹿亂撞，是怎麼回事？

莊如悔氣急，指著謝衍之道：「欺我未成家，在我跟前恩愛，你們給我等著。」話落，轉身走了，再不理會沈玉蓉和謝衍之。

謝衍之目光灼灼盯著沈玉蓉。

沈玉蓉被看得心虛，結結巴巴道：「你……你怎麼這樣看著我，我臉上有東西？」

「妳想紅杏出牆？」謝衍之猶豫片刻，還是問出口。

沈玉蓉指著自己的鼻尖，雙眼瞪得溜圓，想到方才的話，噗哧笑出聲。「我若不那樣說，你會現身？」

「妳騙我？」謝衍之後知後覺。

「兵不厭詐，你都是上過戰場的人了，連這個道理都不明白？」沈玉蓉理直氣壯。

謝衍之失笑，捧著她的臉吻了下去。看著那張朝思暮想的臉，他就心軟，不忍心說她，也說不過她。

沈玉蓉掙扎幾下，謝衍之鬆開她，頭抵上她的，喘著粗氣道：「我會比莊如悔厲害，別離開我。」

「我……我累了，要休息。」沈玉蓉拉過被子蒙上頭，閉起眼睛，小聲道。

謝衍之扯開錦被，笑著說：「我先幫妳上藥，等會兒再睡。」

若是上藥，豈不被他看光了？沈玉蓉說什麼也不願意，拉住被子裝睡。

謝衍之道：「昨日就看過了。要是覺得吃虧，我可以讓妳看回來。」

「啊……」沈玉蓉大喊一聲，叫他出去。

謝衍之見她不好意思，扭動間還扯動了傷口，不再強求她，囑咐她注意身子，記得按時抹藥。

沈玉蓉嫌他囉嗦，揮手讓他離開。

謝衍之跳出窗戶，等沈玉蓉鬆口氣，才趴在窗口道：「記得想我，離那姓莊的遠些。」

沈玉蓉不耐煩地答應了，只為讓他快點離開。

謝衍之離開後，莊如悔又來了，見人走了，調侃沈玉蓉。「孤男寡女獨處一室，又乾柴烈火的，若什麼也沒發生，本世子可不信。」

沈玉蓉臉頰通紅，也不辯解。這事越描越黑，還是不說的好。

莊如悔以為她默認，又道：「那傢伙功夫不錯，床笫之間如何？」

她從小混跡在男人堆裡，耳聞過不少葷話，去過青樓，也學男人調戲良家女子。聽過話本，看過春宮圖，唯獨沒嘗試過魚水之歡。聽聞男人可以令女人欲仙欲死，不知是真是假。

沈玉蓉臉頰更紅，白她一眼。「想知道，自己試試不就行了？」

莊如悔嗤之以鼻。「聽聞第一次很疼，能讓女人落淚，我可不想嘗試。從小到大，小爺就沒流過淚。」要是因為那檔子事流淚了，臉往哪兒擱？

「這麼說，妳打算孤獨終老？」沈玉蓉笑著問。

「這倒不至於，反正不會流淚。」莊如悔信誓旦旦。

兩人又說了一會話，莊如悔才與齊鴻曜、齊鴻曦一起離開。

謝衍之到了晚上才回來，沈玉蓉沒等到人，便睡著了。

謝衍之依然摟著她睡了一夜，次日天未亮便離開。

沈玉蓉一整晚沒見到謝衍之，心中有些失落，也僅僅是失落而已。

往後幾日，謝衍之每天都偷偷摸摸回家，只是白天很少出現，都是晚上過來。

有時，沈玉蓉還醒著，兩人就說說話；沈玉蓉若睡了，謝衍之就抱著她睡。

三月二十七日，謝衍之在棲霞苑待了一下午。沈玉蓉看書，他也坐在一旁看書；沈玉蓉累了，他就唸書給沈玉蓉聽。
臨近傍晚，謝衍之要離開，道：「今晚我很可能不回來，妳自己睡，蓋好被子，莫要著涼，記得讓梅香幫妳上藥。」
沈玉蓉抬頭問他。「你做什麼去？」
「報仇。」謝衍之留下兩個字，翻窗離開。
沈玉蓉眨眨眼，瞬間明白他的意思。

今日是王皇后生辰，晚上特意宴請官眷，但只有四品以上的官眷才能赴宴。
前幾日，王家女兒王鳳白日與陳家二公子在香滿樓苟合，被婆家人抓個正著。林家要與王家和離，王家不許，林夫人為此去王家大鬧一場，將王鳳往日罪行統統說了。
王家徹底沒了臉，不僅如此，陳二公子的妻子也鬧上門，說王鳳是狐狸精，自己有夫君，還勾搭別人的，不守婦道，是淫婦，該浸豬籠等等。
為了臉面，王家與林家和離，又給了陳二公子的妻子不少賠償，這事才算就此了了。
王皇后聽聞王鳳的事，差點沒背過氣去。
偷人就偷人吧，還光天化日下被人抓住，傻不傻，蠢不蠢？她都懷疑王鳳不是王家的種了。如此愚蠢，孺子不可教。
王皇后的生辰在即，王家卻出了醜，王皇后本想撤掉生辰宴，可王太師不許。臉面丟盡，無可挽回，如今只能用權勢震懾。

他要讓所有人看看，即便王家顏面盡失，依舊高不可攀，貴不可言，有王太后和王皇后撐腰，永遠不會倒。

王太師想讓林家人知道，失了王家這姻親，是他們的損失。

他真是想當然了，林家選擇和離，沒想過利害關係嗎？自然想過，還選擇和離，選擇放棄王家這棵大樹，已經是權衡利弊，全面考慮後的結果。

即便和離，林家長輩也不願兒子要王鳳，不然兒子一生真完了。

大齊皇后的生辰宴，熱鬧非凡，一個月前禮部便著手準備，請帖也早已發出。

官員和官眷如約而至，宴會設在泰和殿，按品階入座。

長公主也來了，座位在最前端，旁邊是謝夫人，兩人互看一眼，扭過臉不再對視。

謝夫人早收到請帖，因為沈玉蓉的事，她不想來。沈玉蓉非讓她來，還說，不來會駁王皇后的面子，王太后被禁足，王家正惱怒，這個節骨眼，不可出錯。

謝夫人思量再三，權衡利弊，還是來了。她一個人來的，沒有帶孩子們。

齊鴻曦看見謝夫人，興匆匆跑過來行禮。謝夫人拍拍他的肩膀，誇讚兩句。

長公主冷哼一聲。「眼裡只有你姨母，可瞧見我這姑母了？」

齊鴻曦身子一僵，不由後退一步，但還是向長公主行了禮。

長公主點點頭，嗯了聲讓他起來。礙於王皇后在，沒敢親近齊鴻曦，冷漠地趕他離開。

齊鴻曦不敢多留，看看謝夫人，施了一禮，告辭兩人離去。

謝夫人有些不滿，小聲道：「他雖是個孩子，也有心。妳這樣做，會讓他寒心。」

長公主愣了一下，眸中浮現水霧。「我若對他太熱情，才會害了他。不信，妳看上面。」不著痕跡對謝夫人使了個眼色。

謝夫人順勢看去，見王皇后正盯著她們，面上雖有笑意，卻能感覺到笑意背後的森然。

王皇后這是恨毒了她們。

王皇后見謝夫人瞧過來，綻開笑容。

「武安侯夫人也來了，可帶了妳的兒媳？她是咱們京城的名人呢！剛進謝家就懲罰下人，趕走討債的地痞，毆打郭家夫妻，腳踹郭家妾室，蠻橫地幫謝淺之和離，隨後又開了天下第一樓，還哄得皇上親筆題字，當真是女中豪傑呀！」

這些話看似誇讚沈玉蓉，實則說她不善，蠻橫無理，還哄騙明宣帝，堪稱禍國殃民。

官眷們一時噤若寒蟬，不敢接話。

謝夫人緩緩起身，移步到中央，施了一禮，柔聲道：「回皇后娘娘的話，玉蓉只是小女子，當不得您誇讚。下人犯錯，主子自然要罰；拿著假字據上門討債，若是謝家認了，豈不是我們有眼無珠，還吃了大虧？

「與郭家和離一事，是臣婦應允。郭家求娶我女兒，一年有餘不曾圓房，還任由妾室欺辱，實在不能忍。皇上是當之無愧的明君，也說郭家不是好去處，郭大人治家不嚴，縱子寵妾滅妻，已被貶出京。天下第一樓是皇上親筆題字，卻非因為玉蓉，而是六皇子。事情經過如何，民婦不敢置喙。」

王皇后暗恨，齊鴻曦是個傻子，與謝家沆瀣一氣，是謝家人手中的刀，又是明宣帝的心頭寶。他請明宣帝題字，明宣帝自然不會拒絕。

她心中不豫，面上卻不顯山不露水，和和氣氣地聊著，倏地又問：「聽聞謝家是兒媳當家，妳還這般年輕，就讓兒媳當家，是否草率了些？」

張氏坐在下首不遠處，聽見這話，瞄王皇后一眼，又瞥向謝夫人。

王皇后這是要挑撥謝夫人和沈玉蓉的關係呢，手段果然高明，在壽誕之際說出口，全京城人都會知道。若謝夫人小器，回去後，定會為難沈玉蓉。

不過謝夫人不笨，且十分聰慧，對王皇后的心計心知肚明，微微一笑。「年輕人精力旺盛，亂七八糟的事，合該他們操心，也是鍛鍊。玉蓉果真沒讓臣婦失望，臣婦面容看著不老，心卻老了，有些事力不從心。」

拳頭彷彿打在棉花上，讓王皇后興致缺缺，揮手命謝夫人退下，喚來王夫人問話。

王夫人乘機獻上禮物，是東海玉珊瑚，質地好、品相佳，難得的是大，遠看著像個壽字，未經雕琢，有天然之美。

王皇后見了，喜笑顏開，對王夫人的態度更加溫和，語氣熱絡，臉上的笑容真誠可見，又賜了不少東西給王家。

其餘官眷也乘機獻禮，雖然貴重，卻不及王家稀有。王皇后也難得展顏，誇讚幾句。謝家的壽辰禮，不貴重、不落俗，顯得平淡了些。

長公主起身，緩步上前，舉起酒杯。「祝皇后生辰快樂，年年有今日，歲歲有今朝。您的眼光高，怕看不上這些凡品，本公主就不獻醜了。」

明宣帝對長公主寵信有加，王皇后不想落她面子，笑著應下，說人到就是最好的禮物。

這時，明宣帝帶人過來，聽見長公主沒送生辰禮，少不得編排幾句，說她小器。

長公主道：「等你過生辰時，我再送吧。」

小時候，長公主每年都會送生辰禮給明宣帝，後來發生一些事，長公主不進宮了，生辰禮自然也沒了。

第四十二章

明宣帝得到許諾，心情很是愉悅，命奏樂起舞。

此刻，變故突生，一名黑衣蒙面人驟然出現，舉著劍朝明宣帝刺來。

劉公公眼疾手快，伸出手臂擋在明宣帝跟前，驚恐高呼。「有刺客，保護皇上！」

黑衣人的劍尖逼近劉公公時，突然轉了方向，朝他身後的明宣帝刺去，趕來的侍衛及時用寬刀挑開。

黑衣人見一批侍衛湧上前，轉身便逃。

劉公公望著黑衣人離去的方向，大聲喊道：「快追，莫讓刺客逃了。」

侍衛立刻分成兩批，一批去追黑衣人，另一批留下保護明宣帝。

長公主看看王皇后，勾唇輕笑。「這刺客好生奇怪，不往宮外跑，怎麼往內宮逃呢，難道是宮裡的人？」

王皇后頓覺不妙，喝斥長公主。「妳這話是何道理，難道後宮藏了刺客不成？」

長公主挑眉，冷嘲道：「誰知道呢？有沒有藏，搜一搜不就知道了。」眼角餘光看向明宣帝，見他陰沈著臉，望向後宮，目光深邃，唇角微微上揚。

前幾日，有人送一張字條給她，上面說了今日謀劃的事，讓她設法引明宣帝去寧壽宮。

長公主巴不得這對母子反目，自然不會拒絕，這才進宮赴宴。

王太后剛被禁足，就出現刺客。如今刺客往後宮逃去，看樣子，好像去了寧壽宮。

這不能不讓明宣帝多想，他與王太后雖是母子，卻無情分可言。他清楚王太后的為人，王昶就是她命人殺的，那是她的姪孫，說殺就殺了。

在明宣帝心中，王太后太過冷酷無情，為了權勢，不擇手段。

「走，去瞧瞧。朕倒要看看，這刺客到底是何人。」明宣帝說著，甩袖率先走了。

王皇后一干人等忙跟上來。

途中，有侍衛來報，說刺客進了寧壽宮。

明宣帝的臉色猶如千年寒冰，指著寧壽宮方向，道：「去找，莫要讓刺客傷了太后。」

王皇后聽了這話，心中越發不安。今天的一切，彷彿是一個局，目標還是王太后。

難道是謝家？她瞥著謝夫人，見她面色如常，並無喜色，又瞄向長公主。

長公主對她勾唇一笑。「皇后看我做什麼，難道以為是我要行刺太后不成？」

不等王皇后開口，明宣帝便打斷她。「休要胡說，怎麼可能是妳。」若是長公主要行刺，早就做了，何必等到現在。

長公主燦然一笑。「二哥信任我便好。」

「二哥自然信妳。」一聲二哥，讓明宣帝心中極為熨貼。

沒有母愛又如何，兄弟故去又如何，他還有皇妹。只要皇妹在，他們手足之間的情誼便不會散。

一行人來至寧壽宮，見門外的侍衛昏倒，慌忙進去。

發現殿內也有侍衛倒地，明宣帝大驚。「快去看看太后。」說著便衝進正殿。

伺候的宮女、太監不見蹤影，明宣帝喊了兩聲，未聽見人回應，立刻往內殿走去。走至門口，他停住腳步，身子僵直，一動不動。

王皇后帶人跟進來，正要開口說話，便聽見內殿傳來男人的低吼聲，夾雜著女子的叫喊聲，隱隱帶著歡愉。

她是過來人，還有何不明白，再看明宣帝，臉色冷得能結冰了，渾身散發著殺氣。

「定是宮裡的宮人耐不住寂寞，來此偷歡。讓臣妾進去瞧瞧，定把那小蹄子揪出來，按罪論處。」王皇后急中生智，便要進內殿。

明宣帝拉住她，摔在地上，目眥欲裂，怒吼道：「滾，都給我滾！」內殿是誰的聲音，他聽不出嗎，王皇后這是欲蓋彌彰，真當他是傻子不成。

為了避嫌，隨行的年長皇子在正殿候著，不敢進內殿。跟來的官眷們悄然離開，皇家的事私密，聽不得，更看不得，一個不小心，命都沒了。

齊鴻曦年紀最小，又是傻子，混在人群中進來，聽見王太后的叫喊，似歡快、似痛苦，面露不解，又見明宣帝發怒，扯扯他的衣袖。「父皇，刺客欺負皇祖母，您快進去救她。」

眾人一臉同情地看他，不敢出聲，暗道真是一個傻子。

這哪裡是欺負，根本是與人私通。堂堂大齊太后與男人歡好，被皇帝和嬪妃抓個正著，以後還有臉待在後宮嗎？

平日與王皇后交好的皇家女眷面露尷尬，內心忐忑。與王皇后不睦的，幸災樂禍，一個個看起了笑話。

明宣帝摸摸他的頭，露出苦澀的笑容。「曦兒乖，父皇派人送你回去。這是大人的事，你莫要摻和。」話落喚人送齊鴻曦回墨軒殿。

齊鴻曦乖巧點頭，跟著太監們離開了。

等他走後，明宣帝命兩個會功夫的宮女進殿抓人，又命所有人離開，唯獨留下王皇后。

齊鴻曦離開寧壽宮，回到墨軒殿，看著太監們離開，換了身衣衫去冷宮。

冷宮內，謝衍之早等在那裡了，見齊鴻曦過來，便問：「寧壽宮那邊可有大動靜？」

齊鴻曦哈哈一笑。「果然，我一猜便知是你做的，來這裡碰碰運氣。」找了個地方坐下，蹺著二郎腿，笑嘻嘻地看著謝衍之。「表哥怎知那老妖婦與人私通？」

「無意間撞到的。」謝衍之坐到他旁邊。「你說，皇上會如何處置她？」

「肯定不會殺了，不過，這宮裡她沒辦法待了。今晚的事，許多人都看見了，明面上不會說，私下裡的議論不會少。父皇為了皇家的顏面，老妖婦定得滾出皇宮。」齊鴻曦恨毒了王太后。若不是她，他母妃不會死。

謝衍之見他滿臉恨意，拍拍他的肩膀，安慰道：「放心吧，姨母的仇、舅舅的仇，還有謝家的仇，我一樣都不會忘，統統還給王家及太后。這才剛開始，好戲還在後頭呢。」

王太后被趕出宮，王皇后便沒了靠山，她在宮中樹敵無數，自有人收拾她。等王皇后失寵，不用他們出手，明宣帝也會收拾王家，這就叫多行不義必自斃。

齊鴻曦別有深意地瞧他一眼。「說得冠冕堂皇，你是為了表嫂吧。」

謝衍之摸摸鼻子。「替你哥留些面子。」雖是為了沈玉蓉，卻也幫家裡報仇，一舉數得，何樂不為？

齊鴻曦怕宮女跟太監尋他，不敢多留，辭了謝衍之，回墨軒殿去。

謝衍之從密道出宮，準備回謝家莊子，但城門關了，只能去楊淮開的小酒樓睡一晚。他剛進去，就見柳震從裡面走出，忙躲起來。偷偷看去，見他懷裡摟著一位小娘子，醉醺醺的，腳步踉蹌，說話連舌頭都打結了。

「花娘放心，本將軍會經常來看妳，一定不會負妳。」

名叫花娘的女子扶著他，媚眼如絲，說話柔柔弱弱的。「奴家自是信將軍，可嬤嬤不信，將軍若是為奴家好，就幫奴家贖身吧。將軍也知道，奴家賣藝不賣身，可奴家是真心喜歡將軍，傾慕將軍，願意為奴為婢，常伴將軍左右，日日侍奉。」

柳震見她妖嬈明媚，嘿嘿傻笑兩聲，在她臉上親一口，許諾道：「本將軍知妳的心意，卻不能帶著妳。邊關凶險，為了妳的安危，本將軍替妳置辦宅子，妳安心等本將軍回來。」

花娘不依，非要跟柳震去邊關。

柳震無奈，只能答應她。

花娘攙扶著柳震離去，謝衍之出來，望向兩人的背影，陷入沈思。

他覺得那女子有古怪，若是尋常青樓女子，有貴人贖身，又另置宅院，定會老老實實待在京城，等貴人回來。或者想方設法進府，當姨娘也是好的。

可這女子卻願到邊關受苦，難道這就是真愛？

沈玉蓉願意跟他去邊關嗎？他不願意沈玉蓉過去吃苦，但可以問問，就一句話的事。

謝衍之在小酒樓歇了一晚，待城門打開就出了城，直奔謝家莊子。

第四十三章

沈玉蓉趴在床上，百無聊賴。

這幾日，謝衍之每晚都來，說些逗趣的事，就算她受傷趴在床上，也不覺無聊，還甚覺有趣。

偶爾，沈玉蓉也逗謝衍之，有時還故意氣他。

謝衍之雖生氣，卻也不惱，只是沈默不語，以此來表示不滿。

可昨日謝衍之說不來了，還說有事情要辦，連來看她一眼都不曾。晚上要辦事，沈玉蓉忍不住胡思亂想，哄其他姑娘去了？越想越覺有可能。

這時，梅香端著水進來，見沈玉蓉目光遊離，托腮盯著窗戶，笑問：「姑娘，您看什麼呢？從早上醒來就這樣，不知道人還以為您思春了。」

窗外傳來布穀鳥的聲音，沈玉蓉瞬間來了精神，簡單洗漱一番，找藉口讓梅香出去。

梅香帶上門離開，謝衍之跳窗戶進來，見沈玉蓉依然趴在床上，走過來坐在床邊，問：「今兒傷好點了嗎，昨晚可有上藥？」

動作行雲流水，自然而然，彷彿他就是沈玉蓉的夫君，兩人生活多年，默契十足。

沈玉蓉趴在床頭，滿臉幽怨。「你還來做什麼，不去哄你的小娘子？」

謝衍之不懂她想做什麼，攤開手。「我的娘子不就是妳？」

沈玉蓉才不信。「一夜未歸，不是陪娘子，就是陪妾室通房，再不然就是外室。」反正沒陪著她。

謝衍之氣笑了。「哪裡來的妾室通房外室？」

「誰知道，如今沒有，說不定日後就有了。」沈玉蓉忍住笑。

「以後也不會有，只妳一個。」謝衍之回答得乾脆俐落。

沈玉蓉歪頭，直直瞅著他。「真的？」

謝衍之立刻舉手發誓。「真的。若是假的，天打雷劈。」

「油嘴滑舌。」沈玉蓉挑眉。「說，昨晚幹什麼去了？神神秘秘，準沒幹好事。」

謝衍之聽聞這話，來了精神。「妳猜？」

「猜不著。」沈玉蓉道。

「太后與人私通，被明宣帝捉姦在床。」謝衍之一臉得意。

「你是怎麼做到的？」沈玉蓉興奮地問。

老妖婆得到懲罰，還是謝衍之做的。這麼說，他昨晚真幫她報仇去了？

謝衍之見沈玉蓉想聽，來了興致，滔滔不絕說起來。

王皇后壽辰，但王太后被禁足，定不會露面。

之前王太后被明宣帝擺了一道，心裡不爽，自會找人安慰。趁著宮宴，把男寵宣進宮。謝衍之早在寧壽宮候著了，見男寵過來，就把助興的藥悄悄放入香爐中。

趁他們調情時，謝衍之蒙臉去泰和殿刺殺明宣帝，故意失手，逃入寧壽宮，打暈外面守夜的侍衛，拿走香爐，確認太后和男寵在行房，接下來就看長公主和明宣帝的了。

長公主的消息是他送的。不僅如此，御林軍中也有他的人，就算長公主沒出現，御林軍的人也會引明宣帝去寧壽宮。

去了寧壽宮，明宣帝等人發現昏迷不醒的侍衛，為了王太后的安全，定會衝進內殿。

接下來的事便順理成章，中了春藥的男女，情不自禁發出些聲響，引人無限遐想。

如何處置王太后，就看明宣帝了。

沈玉蓉對謝衍之豎起大拇指。「能打擊當朝太后，怕也只有你了。」

謝衍之拱手作揖。「多謝娘子誇獎，愧不敢當。」

這傢伙看著嬉皮笑臉，其實就是黑芝麻餡兒的湯圓，面白心黑，她以後要小心些才是。

沈玉蓉揪住謝衍之的耳朵。「說，王家女兒在香滿樓被人捉姦在床，是不是你做的？還有，你看見了多少？」

謝衍之舉手告饒。「娘子，我什麼也沒看見，只是給當事人報信。沒有妳的允許，我不敢看活春宮。」

沈玉蓉不信。「那你書房裡活色生香的春宮圖是怎麼回事？別告訴我你沒看過，這話不老實啊！」

謝衍之捂住耳朵。「書房裡的書櫃有機關，妳是如何發現的？」他記得走之前就把該藏的東西藏好，怎麼會被翻出來，還讓沈玉蓉看見春宮圖?!真是要死了，跳進黃河也洗不清。

「為了不讓我看見，你設了機關？」沈玉蓉更惱怒。本不想與他翻舊帳，今兒說到這裡了，就不能草率了事。

「不是，不是，本來就有機關，不是為了防妳才設的。那些春宮圖，我可以解釋，妳能不能先鬆手？」沈玉蓉雖未用力，謝衍之卻不敢掙脫，怕她生氣，只能捂著耳朵假裝很疼。

沈玉蓉鬆開他。「好，你解釋。若我不滿意，你且等著瞧。」

謝衍之揉揉耳朵，嬉皮笑臉道：「不解釋了，等著妳收拾。妳想怎麼收拾我，我保證站著不動。」

見沈玉蓉怒目而視，謝衍之連忙改口。「解釋，我好好解釋。」猶豫片刻，欲言又止，見沈玉蓉瞪過來，忙道：「其實……那些春宮圖都是我畫的。」話落，立刻起身後退幾步。

「好啊，果然是真紈袴。」沈玉蓉掙扎著作勢要打他。見他跑遠，拿著軟枕扔過去。

謝衍之接住枕頭，抱在懷裡聞了聞，讚嘆道：「真香。」

「色胚。」沈玉蓉甩出兩個字。

謝衍之抱著枕頭，幽怨道：「面對美女，可以坐懷不亂。但面對自己的娘子，若還坐懷不亂，那肯定不是人。」

沈玉蓉哭笑不得，拿起另一個枕頭砸向他。「油嘴滑舌。」

謝衍之接住，舉起來。「一對正好。」

一句話一語雙關，讓沈玉蓉臉紅，扭頭不去看他。

謝衍之哈哈大笑，把枕頭放回去，揉揉她的頭髮。「行了，不逗妳了。妳的傷如何了？若能下床，我帶妳去山裡轉轉。」

還有幾日，他就要離開了，他想帶她出門走走，好好享受兩人時光。

沈玉蓉早想進山了，聽見這話，喜不自勝。「真的，我現在就可以下床，你別食言。」

謝衍之給的藥很好，第二日便消腫，第三天就能下床。但謝夫人要她好好休養，不讓她下床，為了不讓謝夫人擔心，沈玉蓉才待在床上。

謝衍之讓她再休養一日，明日一早帶她上山。

這時，梅香的聲音從外面傳來。「姑娘，您跟誰說話呢？」隨後推門進來，看了看屋內，只有沈玉蓉。「方才我聽見有人在說話。」

沈玉蓉裝傻，說她聽錯了。幸虧謝衍之跑得快，不然真被逮個正著。

梅香皺眉，回想剛才聽到的動靜。「明明有聲音，還是男人的聲音！」

「妳一定是聽錯。」沈玉蓉十分肯定。

莊如悔背著手進來，手裡依然拿著鞭子，正巧聽見沈玉蓉的話，搭腔道：「什麼錯？說來我聽聽。」

沈玉蓉怕她追問，忙說渴了，讓梅香下去倒茶，再端些果子上來。

梅香應聲去了，莊如悔見沈玉蓉心虛，朝窗戶看，見窗戶開著，回頭神秘道：「某人又來了？」

沈玉蓉嗯了聲，翻看手裡的書，不搭話。

莊如悔搬來椅子，坐到沈玉蓉跟前，搖頭嘆息。「他偷偷摸摸的，不知道的，還以為妳有姘頭呢。」

沈玉蓉掀起眼皮看她。「不知道的人，還以為妳有龍陽之好呢。」

莊如悔笑了，摸著下巴，意味深長道：「這麼快就護上了，他給了妳什麼好處？你們盲婚啞嫁，成婚前未見過面，他還在新婚之夜出逃。論起來，咱們認識的時日長，妳卻幫他說話，喜歡上他了？妳的心也淪陷得太快了些。」

「怎麼可能。」沈玉蓉極力否認，莊如悔卻不信，擺手打斷她的話。「行了，妳的心思留給謝衍之。今兒我來，是有件事要告訴妳。」

「何事？」沈玉蓉見她一臉看好戲的表情，暗想不會是王太后的事吧。

果然，莊如悔說了王太后的事，還道明宣帝下令，讓太后去千佛寺帶髮修行，派了一隊禁衛軍跟著。誰都知道，明宣帝這是要幽禁王太后了。

王太后抵死不從，命人攔住明宣帝的禁衛軍。為此，她的護衛隊和禁衛軍打了起來，護衛隊死傷慘重，王太后被強行送走。

此刻，文武百官才看清了明宣帝的實力。這些年，他一直隱忍不發，養精蓄銳，為的就是有朝一日與王太后對抗，與王家對抗。

王皇后替王太后求情，鳳印卻被明宣帝收走，讓皇貴妃、德妃、淑妃共同協理後宮。王家女王鳳與人通姦，王太師教女不嚴，德行有虧，交出兵權，暫留太師一職。許多官員紛紛上書，替王太師求情，請明宣帝三思而後行。

沈父站出來，說王家的確教女不嚴，明宣帝處事公允。

沈父此舉，不是要為明宣帝分憂，而是替沈玉蓉鳴不平。王家位高權重，有人撐腰，就可以欺負人嗎？沈家也不是好欺負的。

又有幾人站出來，說王家欺人太甚，羅列罪行。

明宣帝見有人支持他，震怒之餘有些欣喜，當即貶了幾個官員，這才作罷。

被罷黜的官員，其中就有戶部尚書。為了安撫謝家和沈家。明宣帝又下了一道旨意，讓沈父任戶部尚書，還賞了不少東西。而站出來反駁王家的人，也多少得了些賞賜。

明宣帝就是要讓人看看，跟他作對沒好下場；支持他的人，能得高官厚祿。

經此一事，朝中許多官員看清，這江山還是齊家的，王家權勢再大，也要聽明宣帝的。

更有人羨慕沈父，才進京堪堪半年，前些日子剛升了戶部侍郎，如今又坐上戶部尚書的位置。羨慕嫉妒後，只餘下悔恨了，早知王家不堪一擊，他們就力挺明宣帝。

別說別人嫉妒羨慕，沈父自己也感慨良多。這官職升得太快，心虛。

沈玉蓉聽完事情經過，想仰天長嘯。「這心裡真舒坦。」

莊如悔忍不住潑冷水。「妳別忘了，王家背後還有一個二皇子。他去賑災了，如今不在京城，等他回京，王家人就抖起來了。」

王太師門生眾多，關係盤根錯節，又有齊鴻旻扶持。所謂百足之蟲，死而不僵，王家只是失去兵權，暫時落敗。

「二皇子回來後，要收拾我？」沈玉蓉忍不住擔心。

「也許會，但還早呢。人生如白駒過隙，需及時行樂。走，妳寫的《紅樓夢》新章節出來了，咱們去茶樓聽聽。」莊如悔提議道。

「不去，我的傷勢還未好呢。」沈玉蓉拒絕，她沒忘記與謝衍之的約定。

——未完，待續，請看文創風994《二嫁的燦爛人生》2

2021年9月出版

繼母不幹了

文創風 990~992

心有所屬的丈夫、捂不熱的繼女、備受輕視的夫家……

這些她都不稀罕了，誰想要誰拿去，她要帶著肚子裡的孩子過自由生活！

只是怎麼和離之後，反而更多人出現，讓她的生活更「精采」了?!

和離出走闖天下，女子何須依附誰／李橙橙

她本是忠臣之後，但父母遭逢不幸、雙雙過世，她與哥哥寄人籬下，
成了家族的棋子，被安排嫁給武昌侯當繼室，卻是另一段不幸的開始……
一覺醒來，她依然是武昌侯夫人，也仍因繼女挑撥而被侯爺送到莊子上，
面對再怎麼努力也挽不回的婚姻、捂不熱的繼女，還有虎視眈眈的表小姐，
重生的她只想護住肚子裡的小生命，至於亂糟糟的武昌侯府與侯夫人位置，
哼，誰要誰拿去，她沈顏沫如今不稀罕了！
打定主意，她靜待武昌侯送來和離書，只是這一世怎麼多了三萬兩「贍養費」？

為流浪貓狗加油 和貓寶貝 狗寶貝 廝守終生(一定要終生喔！)的幸福機會

對人來說，貓寶貝狗寶貝只是生活的一部分，
但妳（你）對牠們來說，卻是生活的全部，領養前請一定要考慮清楚——

▲ 軟萌破表的 柔柔一家子

性　　別：柔柔是媽媽，玳瑁迪是小女生，小虎泰、小黑熊是小男生
品　　種：都屬米克斯
年　　紀：媽媽約1歲半，小孩都是1個月大
個　　性：媽媽親人親貓、穩重愛撒嬌；小孩好動愛玩
健康狀況：媽媽血檢正常、體內外驅蟲，身體狀況佳；
　　　　　小孩目前尚未做任何檢查
目前住所：台北市大安區（中途愛媽家）

本期資料來源：黃庭盈小姐個人臉書
https://www.facebook.com/profile.php?id=100000360110864

『柔柔一家子』的故事：

柔柔原本和夥伴們生活在五股一處防火巷內，周遭環境惡劣，餵養人潘阿姨雖然有心照料，但因經濟條件不允許，這群貓孩子只能吃街坊鄰居提供的廚餘，過著有一餐沒一餐的生活，再加上附近民眾不友善，不斷驅趕著牠們，甚至在防火巷旁的停車場內常發現不少孩子已成為車下亡魂……種種困境下只有潘阿姨挺身照護著，直到我們發現並給予協助。

經展開誘捕、結紮、送養計畫後，大部分貓孩子都有了新生活，惟獨剩下準備待產的柔柔，因環境不佳又有多隻野狗不斷獵殺追趕，讓牠只好將新誕下的寶貝叼到潘阿姨家門口求救，於是我們緊急聯絡善心愛媽暫且收留這一家，柔柔也才能安心餵養寶貝。

隨著時間一天天流逝，貓咪泰迪熊寶貝們——小虎泰、玳瑁迪和小黑熊，從搶奶、依偎、互舔毛到現在的打鬧玩耍，身為媽媽的柔柔總在一旁溫柔呵護，如此和樂融融的天倫情景，更堅定了我們要為這一家子尋找新家的信念。

如果您還在尋找天使貓，或者有想養貓的念頭，請您停下腳步，好好關注下這軟萌破表的一家子，不要讓牠們再回街上流浪，過著吃廚餘的日子。若您有意進一步了解，請上黃庭盈小姐個人臉書私訊，讓可愛的一家大小進駐您家吧！

認養資格：

1. 認養人須年滿20歲（男役畢佳）、有經濟能力，若未滿20歲須家長陪同。
2. 須同意簽認養寵物切結書，並出示身分證核實。
3. 須同意貓咪結紮，及定期預防注射。
4. 貓咪可分開送養，但若能一起認養更好，請認養人自行評估能力後決定。
5. 須同意送養人日後之追蹤探訪，對待貓咪不離不棄。

來信請說明：

a. 個人基本資料：姓名、性別、年齡、家庭狀況、職業與經濟來源等。
b. 想認養貓咪的理由。
c. 過去養寵物的經驗，及簡介一下您的飼養環境。
d. 若未來有結婚、懷孕、出國或搬家等計劃，將如何安置貓咪？

文創風
993

二嫁的燦爛人生 1

國家圖書館出版品預行編目資料

二嫁的燦爛人生 / 李橙橙著. --
初版. -- 臺北市 : 狗屋出版社有限公司, 2021.09
冊 ; 公分. --（文創風 ; 993-995）
ISBN 978-986-509-250-4（第1冊 : 平裝）. --

857.7　　　　110013132

著作者　李橙橙
編輯　安愉
校對　吳帛奕
發行所　狗屋出版社有限公司
地址　台北市104中山區龍江路71巷15號1樓
電話　02-2776-5889～0
發行字號　局版台業字845號
法律顧問　蕭雄淋律師
總經銷　知遠文化事業有限公司
電話　02-2664-8800
初版　2021年9月
國際書碼　ISBN-13　978-986-509-250-4

定價260元
狗屋劃撥帳號：19001626
網址：love.doghouse.com.tw　E-mail：love@doghouse.com.tw